KB022483

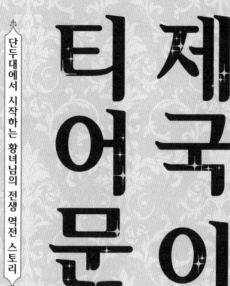

단두대에서 시작하는 황녀님의 전생 역전 스토리

티어문 제국 이야기

TEARMOON
EMPIRE STORY
WRITTEN BY
NOZOMU MOCHITSUKI

XIII

모치츠키 노조무 지음
Gilse 일러스트

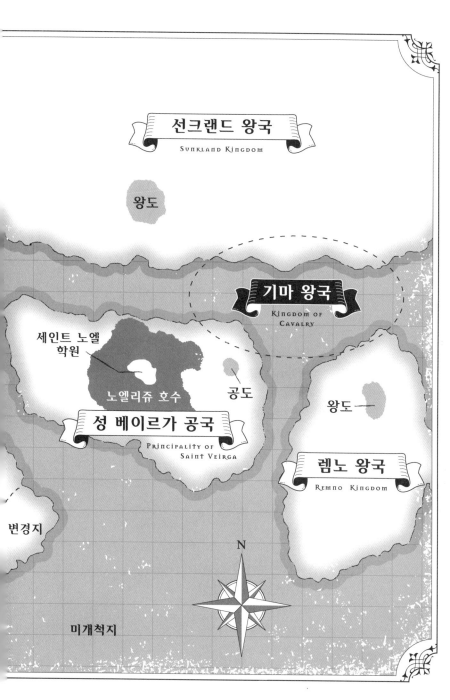

제5부 황녀의 휴일 Ⅱ

제6부 한여름 밤의 꿈 Ⅰ

혁명

원수

루돌폰 변경백가

세로

티오나의 남동생. 우수하다.
추위에 강한 밀을 개발했다.

티오나

변경백의 장녀.
미아를 학우로서 좋아한다.
이전 시간축에서는 혁명군을 주도했다.

서전

원수

선크랜드 왕국

키스우드

시온 왕자의 종자.
시니컬한 성격이지만
실력이 좋다.

시온

제1왕자. 문무겸비의 천재.
이전 시간축에선 티오나를 도와
훗날 단죄왕으로 이름을 떨친
미아의 원수.
이번 삶에선 미아를
'제국의 예지'로 인정하고 있다.

[바람 까마귀]   선크랜드 왕국의
첩보대.

[백아(白鴉)]   어떤 계획을 위해 바람 까마귀 내부에
만들어진 팀.

지원

성 베이르가 공국

지원

라피나

공작 영애. 세인트 노엘 학원의
학생회장이자 실질적인 지배자.
이전 시간축에서는 시온과
티오나를 후방에서 지원했다.
필요하다면 웃는 얼굴로 살인할 수 있다.

[세인트 노엘 학원]

인근국의 왕후·귀족 자제가 모이는
엘리트 중의 엘리트 학교.

렘노 왕국

아벨

왕국의 제2왕자.
이전 시간 축에서는
희대의 플레이보이로 유명했다.
이번 삶에선 미아를 만나 진지하게
검 실력을 단련하기 시작했다.

[포크로드 상회]
클로에

여러 나라에서 활동하는
포크로드 상회의 외동딸.
미아의 학우이자 독서 친구.

혼돈의 뱀

성 베이르가 공국과 중앙정교회를 적으로 보며
세계를 혼돈에 빠뜨리려고 하는 파괴자 집단.
역사의 그늘 족에서 암약하지만, 상세는 불명.

티어문 제국

수수께끼의 소녀
벨과 같이
나타났는데……?

손녀와 할머니

미아벨
목에 화살을 맞고
빛의 입자가 되어
사라졌지만
성장한 모습으로
다시 나타났다.

미아

주인공.
제국의 유일한 황녀이자
제멋대로 굴던 황녀.
하지만 사실은 그냥 소심할 뿐.
혁명이 일어나 처형당했지만
12세로 회귀했다.
단두대 회피에 성공했지만,
벨이 나타나서는……?!

사대 공작가

루비
레드문
공작가의 영애.
남장 미인.

슈트리나
옐로문 공작가의
외동딸.
벨이 사귄
첫 친구.

에메랄다
그린문
공작가의 영애.
자칭 미아의
절친.

사피아스
블루문 공작가의
장남.
미아 덕분에
학생회에 들어간다.

루드비히

젊은 문관. 독설가.
지방으로 좌천될 뻔했으나
미아가 막아준다.
자신이 숭상하는 미아를
황제로 만들 생각이다.

안느

미아의 전속 메이드.
가족은 가난한 상가.
회귀 전엔 미아를 도와주었다.
이번 삶에서는
미아에게 충성한다.

디온

백인대의 대장으로,
제국 최강의 기사.
이전 시간축에서
미아를 처형한 인물.

원수

※ ── 미래 시간축에서의 관계   ※ ……… 이전 시간 축에서의 관계

티어문 제국

니나
에메랄다의 전속 메이드.

발타자르
루드비히와 같은 스승 밑에서 배웠다.

질베르
루드비히와 같은 스승 밑에서 배웠다.

무스타
티어문 제국의 궁정 주방장.

에리스
안느의 동생으로, 리트슈타인가의 차녀. 미아의 전속 소설가.

리오라
티오나의 메이드. 삼림의 소수민족 룰루 족 출신. 활의 명수.

바노스
디온의 부관으로 티어문 제국군 백인대의 부대장. 체격이 좋다.

마티아스
미아의 아버지. 티어문 제국의 황제. 딸을 극진히 사랑한다.

아델라이드
미아의 어머니. 고인.

갈브
루드비히의 스승. 노현자.

루돌폰 변경백
티오나와 세로의 아버지.

기마 왕국

마롱
미아의 선배. 승마부 부장.

후이마
불꽃 부족의 후예. 미아의 친구.

황람
월토마. 미아의 애마.

선크랜드 왕국

모니카
백아의 일원. 아벨의 종자로서 렘노 왕국에 잠입해 있었다.

그레이엄
백아의 일원. 모니카의 상사에 해당하는 남자.

상인

마르코
클로에의 아버지. 포크로드 상회의 수장.

샬로크
대륙의 각국에 다양한 상품을 판매하는 대상인.

렘노 왕국

린샤
렘노 왕국의 몰락 귀족의 딸. 라피나의 메이드로 일하면서 세인트 노엘 학원에서 학업에 힘쓰고 있다.

페르쟝 농업국

라나
페르쟝 농업국의 제3왕녀. 미아의 학우.

아샤
라나의 언니로, 페르쟝 농업국의 제2왕녀.

S T O R Y

이기적인 황녀로 혁명군에게 처형당했던 티어문 제국의 황녀 미아는
피투성이 일기장과 함께 12살 때로 시간 역행! 어떻게든 단두대의 운명을 회피했으나
미래에서 온 손녀 벨이 제국의 붕괴를 알려준다.
암약하는 '혼돈의 뱀'과의 싸움 끝에 그녀를 잃어버리지만——
성장한 벨이 수수께끼의 어린아이와 함께 다시 나타나는데?!

제5부 황녀의 휴일 II

PRINCESS' HOLIDAY

프롤로그

"저희는 잊어선 안 됩니다. 맛있는 디너를 먹은 뒤에는 맛있는 디저트가 기다리고 있다는 걸. 실력이 뛰어난 요리사의 디저트는 디너와 마찬가지로 맛있는 법. 아니, 오히려 디저트인 케이크가 주역이 되는 일도 종종 있죠. 따라서 방심해선 안 됩니다. 디너에 전력을 다하고 디저트 때 대충 임하는 건 어리석은 짓이에요."

제국의 예지, 미아 루나 티어문 황제는 저녁 만찬 자리에서 황월 토마토 스튜를 세 그릇 더 먹은 후에 자신의 아이들에게 이렇게 말했다…… 고 역사서에 적혀 있다.

그건 위정자의 중요한 마음가짐. 한 가지 문제가 정리되었다고 해도 결코 방심해서는 안 된다. 오히려 더 큰 문제, 근원적인 문제는 앞서 한 문제를 해결한 뒤에 명명백백해지는 법이라는 가르침을 위한 비유였다고 미아의 충신 루드비히는 해설했다.

"미아 님께선 이렇게 말씀하셨지. 실력이 뛰어난 요리사는 신과도 같다고. 후후, 아마도 표현이 부족하셨던 거겠지. 아마 미아 님께서는 이렇게 말씀하고 싶으셨을 거야. 운명을 관장하는 우리의 신은 때로 실력이 뛰어난 요리사처럼 제공한다고."

그렇게 즐겁게 이야기했다고 하지만…….

과연 그 진의가 어디에 있는지…… 그건 확실하지 않다. 확실하지 않지만, 적어도 이날의 미아에게는 이 경구가 필요했다고 말할 수 있을 것이다.

　이날…… 세인트 노엘 학원, 대성당에서.
　특별 초등부의 아이들을 지키기 위해 대성당에서 연설을 마친 순간의 미아는 방심했다. 완전히 방심했다!
　그렇다. 말 그대로 미아는 호화로운 디너를 다 먹고 진심으로 만족한 듯한 상태였다.
　확인하듯 회장 안을 둘러보고 안도의 숨을 내쉬었다.
　도중에 '어라? 벨과 리나 양은 아직 안 왔군요'라는 사실을 깨달기는 했으나 뭐! 괜찮겠지! 하며 산뜻하게 무시해버리고는.
　──아무래도 잘 된 모양이에요…….
　그렇게 가슴을 쓸어내렸다.
　아마 특별 초등부 일로 아직 불만이 있는 사람도 있기는 할 테지만……, 대다수의 얼굴에는 수긍한 기색이 보였다. 그것만으로도 충분한 전과라고 할 수 있다.
　그래서 전투복인 안경을 벗고 어깨에서 힘을 빼버려도 무리가 아니었을지도 모른다.
　하지만 특대…… 메인 디저트는 먹는 사람이 방심했을 때 나오는 법이다.
　"미아 님……. 범인이 움직였어."
　"…………흐어?"

……사건은 조용히 해결을 향해 움직이기 시작했다.

제1화 벨은 아주 시원시원하다

"아…… 앗……."

바르바라를 본 순간 슈트리나는 벼락을 맞은 것처럼 굳어버렸다.

입을 연신 벙긋거리지만 거기서 말이 나오는 일은 없었다…….

"어머나, 그렇게 입을 크게 벌리다니 경망스러워라. 후후후, 더 가까이서 얼굴을 보여주시지요."

창문 너머에서 팔이 쑥 나왔다.

그걸 보고 반사적으로 한 걸음, 두 걸음 물러나는 슈트리나.

"저런, 머리카락이 조금 상했군요. 제대로 된 메이드가 없는 것 아닙니까? 아아, 아니면 새 메이드가 없다거나? 다른 사람이 머리카락을 건드리면 제 생각이 나서 무서우니까, 그 머리카락도 손수 손질하고 있는 것 아닙니까?"

끈적한 미소를 짓는 바르바라를 보며 슈트리나는 새파래진 얼굴로 한층 더 물러나려고 했다가…….

"리나는 장래에 제 머리카락을 손질해줄 때를 위해 연습하고 있는데요?"

조용한, 하지만 굳건한 목소리가 울렸다.

"리나, 계단 조심하세요. 떨어지면 다칠지도 몰라요."

그 목소리에 슈트리나는 퍼뜩 고개를 들었다. 그러고는 천천히 돌아보자…… 어느새 계단 코앞까지 와 있었다. 그 이상 물러났다간 벨의 말대로 떨어졌을 것이다.

상대의 마음의 상처를 후벼파서 유도한다. 그것이 뱀의 수법……. 말재간에 놀아나 자칫 계단에서 굴러 떨어질 뻔했다는 사실에 슈트리나는 분해서 이를 악물었다.

"어라. 후후후, 그쪽에도 반가운 얼굴이 있군요."

한편 바르바라는 벨에게 희번득한 시선을 보내며 불쾌하다는 듯 얼굴을 일그러뜨렸다.

"이런, 무녀가 죽었다는 이야기를 들었는데 살아 있지 않습니까. 뭐, 그자도 원래는 왕녀. 그리 기대할 정도도 아니었던 거겠죠……. 당신과 마찬가지입니다, 슈트리나 아가씨."

"리나는 제 친구예요. 제 친구를 우롱하는 건 용서하지 않겠어요."

단호한 목소리로 말하는 벨을 보며 바르바라는 살짝 어이없어하는 얼굴로 대꾸했다.

"용서하지 않겠다? 예전에도 생각한 거지만…… 당신은 조금 위기감이라는 걸 갖추는 게 좋지 않겠습니까? 자기가 붙잡힌 신세라는 걸 이해하고 있는 건지……."

"……어? 아……."

벨도 그제야 떠올렸다.

자신의 팔을 단단히 고정해서 움직이지 못하게 만든 사람의 존재를……. 등 뒤에 선 유리우스를.

순간 이건 혹시…… 그것을 쓸 때가 아닌가 하는 생각이 머리를 스쳤다. 그, 못된 남자를 해치울 때 쓰라고 미아 할머니에게서 배운 금단의 기술을……!

　──지금이 그 순간일지도 몰라!

　벨은 용맹하게 흡 기합을 주고…….

　──어라? 하지만 이거, 어떻게 차는 거지……?

　커다란 의문에 봉착했다.

　뒤에서 팔이 잡힌 상태로 필살의 킥을 날릴 수 있을까…….

　잠시 숙고하며 몇몇 미래를 상상하자…… 결론은 바로 나왔다.

　──불가능할 것 같네……?

　벨은 빠르게 포기했다. 자력으로 탈출하는 건 무리다.

　시원시원한 태세로 유명한 벨이다. 특히 그 시원함은 공부 분야에서도 발휘되어 종종 재상 루드비히의 고민거리가 되기도 하지만…… 뭐, 그건 그렇다 치고.

　벨은 다시금 유리우스를 올려다보았다.

　"유리우스 선생님, 당신이 은 제구를 훔친 범인이었어요?"

　우선 유리우스가 무언가 행동을 하지 않도록 대화로 붙잡았다.

　시간 벌이는 중요하다. 입구의 초상화를 떼어놓고 왔으니 이변이 일어난 걸 누군가가 눈치챌지도 모른다. 게다가 조금 전부터 아무런 말도 하지 않고 일부러 존재감을 지우고 있는 듯한 슈트리나가 무언가 손을 써 줄지도 모른다. 게다가…….

　──미아 할머니가 우리가 없는 걸 이상하게 여기지 않으실 리가 없어! 분명 눈치채고 무언가 손을 써주실 거예요.

　……벨과 슈트리나가 안 보이지만 괜찮겠지 하고 넘어갔다는 사실은 꿈에도 모르는 벨이었다. 현실은 잔인하다.

아무튼, 주변에 아군이 압도적으로 많은 상황이다. 시간만 잘 벌면 상황이 호전될 가능성은 컸다.

그런고로⋯⋯ 자기가 무모한 짓을 할 필요도 없다고 시원하게 포기하는 벨이었다.

주제 파악은 아주 중요하다.

산술을 못 하면 안 해도 되지 않을까? 싫으면 조금쯤은 미뤄도 되지 않을까? 다른 특기 분야를 키우면 되지 않을까? 예를 들어 승마나 미각 같은⋯⋯ 그런 걸 단련하면 되잖아.

그렇게 주장하는 벨이었다!

⋯⋯실제로 그랬다간 혼날 테니까 입 밖에 내지는 않지만.

어쨌든, 벨이 질문한 순간 유리우스의 몸이 움찔 굳었다.

잠시 바르바라 쪽을 멍하니 바라보고 있었으나⋯⋯.

"아⋯⋯ 네. 네, 맞습니다. 제 방에 숨겨놓았으니까 찾으면 바로 발견될 겁니다."

순순히 자백했다.

"그건 바르바라 씨를 구하기 위해서인가요?"

"으음, 글쎄요⋯⋯."

이번에는 애매모호한 대답이다.

"이 섬에서 그녀를 데리고 나가는 건 지극히 어려울 테죠. 적어도 저에게는 방법이 떠오르지 않습니다."

유리우스는 쓴웃음을 지었다.

"솔직히 몸을 쓰는 것도 특기가 아니고⋯⋯ 할 줄 아는 것이라고는 이 정도뿐⋯⋯."

"아하하. 거기 당신, 제법 눈썰미가 좋군요."

유리우스의 말을 듣고 바르바라가 즐겁다는 듯 웃었다.

"그래. 같은 뱀이라고 해서 도와줄 필요는 없습니다. 우리가 생각해야 하는 건 어떻게 상대방에게 타격을 줄 것인가. 자, 그 꼬마를 죽이세요. 그러면 미아 황녀와 저기 있는 슈트리나 아가씨에게 심각한 타격을 줄 수 있습니다. 효과적으로 두 사람을 뒤틀어버릴 수 있죠."

바르바라는 일그러진 미소를 지으며 말했다. 하지만.

"그런 짓은 안 합니다."

유리우스는 어딘가 슬퍼 보이는 얼굴로 고개를 저었다.

"이미…… 제 바람은 이뤘으니까요."

"뭐……? 무슨 소릴 하는 거죠? 당신은……."

바르바라가 의아한 표정을 지은 직후였다.

"거기까지 하십시오."

엄숙한 목소리. 동시에 여러 명의 남자가 나타났다.

그 선두에 서 있는 건 라피나의 충신인 초로의 남자…….

"산테리 밴들러 님. 섬의 경비를 담당하는 분이셨죠?"

"이 섬에 도착했을 때 인사했었죠, 유리우스 님."

"감시병을 세우지 않았던 것도 당신입니까?"

"라피나 님의 지시였습니다. 공연히 일을 저질러 학생에게 피해가 가지 않도록, 이곳으로 유인해서 잡는 게 더 낫다고 하셨죠. 계산하지 못한 두 분이 휘말리고 말았지만……."

산테리의 시선을 받은 유리우스는 벨을 놓아주었다.

"뭘 하는 겁니까? 인질을 해방하다니……."

바르바라의 다급한 목소리가 들렸으나 유리우스는 그 말엔 대답하지 않고 산테리 쪽을 보았다.

"어리석은 짓을 하셨군요."

딱딱한 얼굴인 사테리를 보며 유리우스는 어깨를 으쓱했다.

"사람에게는 손에 넣은 모든 걸 잃는다 해도 이루고 싶은 게 있는 법 아닙니까? 감사드립니다. 감시병을 물려주신 것……. 여기까지 들어오는 걸 허락해 주신 것을……."

그러더니 유리우스는 다시금 바르바라 쪽으로 시선을 던지더니 깊이 머리를 숙였다.

제2화 뻔뻔하다!

"유, 유리우스 선생님이······? 세상에."

전교생 집회가 끝나자마자 미아는 라피나의 부름을 받았다. 학생회의 다른 임원들도 마찬가지였다.

그렇게 학생회실에 들어와 바로 듣게 된 사실. 그건 제구를 훔친 사람이 유리우스라는 것이었다.

"하지만 어째서 유리우스 선생님이 그러한 짓을······."

무심코 중얼거리는 미아였다. 동시에 미아의 머리에 떠오른 것······ 그건······.

──유리우스 선생님은······ 제국 출신이었죠······!

사태의 책임 소재를 제국에서 멀리 치워놓았는데······ 어느새 바로 등 뒤에 책임이라는 두 글자가 다가와 있었다.

아무리 그래도 아이들과 같은 논리는 적용되지 않을 테지만······ 그래도 아주아주 어두운 얼굴이 된 미아였다.

"충격인 건 이해해. 나도 무척 충격이었어."

미아의 가라앉은 표정을 보자 라피나도 슬픈 표정을 지었다.

"하지만······."

그렇게 말을 이어가려던 차에 노크 소리가 들렸다.

"나머지는 본인과 함께 하기로 할까요."

문이 열리고 들어온 사람은 유리우스와······ 벨과 슈트리나였다.

"어라? 어째서 두 사람이 같이······?"

고개를 갸웃거리는 미아를 향해 '흐흥!' 하고 득의양양한 표정인 벨. 마치 '제가 잡았습니다!' 같은 표정인 벨이었다. ……참으로 뻔뻔하다!

그리고 당연하게도 미아는 벨이 잡았다는 가능성은 고려하지 않았다.

제국의 예지는 속지 않는다. 슈트리나라면 모를까 벨이 잡았다니? 말이 안 된다!

한편 유리우스 쪽은, 이쪽도 평소와 다르지 않은 온화한 얼굴이었다. 상황에 어울리지 않는 표정으로, 마치 다과회에 초청이라도 받은 것 같은 차분한 모습이었다.

"유리우스 씨, 묻고 싶은 게 있어서 와 달라고 했어. 잠시 괜찮을까?"

라피나의 말에도 유리우스는 표정을 무너트리지 않았다.

"음……. 이제 와서 제게 물어보실 건 없을 것 같지만요……."

체념한 건지 당황하는 것도 아니고 억울해하는 것도 아니고……. 그는 어디까지나 침착한 목소리로 대답했다. 하지만…….

"당신이 은접시를 훔친 건 이미 알고 있어. 당신의 방에서 나왔고, 아마 당신도 부정은 하지 않을 테지?"

"네……. 도난당한 물건이 발견되었다면 저도 꼴사납게 변명하지는……."

"혹시 일부러 아니고?"

라피나는 유리우스의 얼굴을 살펴보며 말했다.

"일부러……? 무슨 말씀이시죠?"

"당신이 훔쳤다는 증거가 발견되도록 했다는 뜻이야……. 당신이 범인이라는 걸 우리에게 알려주려고 일부러 찾기 쉽게 두었던 거 아니야?"

"하하하. 굳이 그런 짓을 하는 의미가 어디 있습니까?"

이상하다는 듯 웃는 유리우스였으나…… 라피나는 아랑곳하지 않고 진지한 얼굴이었다.

"의미라면 있지. 아이들을 지키기 위해서. 당신의 경력이 전부 거짓말로 보이진 않으니까."

그렇게 말한 뒤 라피나는 양피지 다발을 유리우스 앞에 놓았다.

"당신이 아이들을 아끼고 고아들의 교육을 열심히 궁리했었던 걸 잘 알 수 있었어."

"……하하하. 그럴싸한 경력이죠? 뱀이 준비해줬습니다. 베이르가 공국의 눈을 속이다니, 역시 우리 뱀이 한 수 위……."

"더 가벼운 걸 훔칠 수도 있었는데 일부러 무거운 은그릇을 골랐지. 어린아이가 훔치는 물건으로 그 그릇은 명백히 부자연스러워. 그걸 암시하려고 일부러 그걸 선택한 거야. 그렇지 않았다면 미아 님도 그렇게 당당히 아이들을 믿는다고는 말하지 못했겠지."

──응?

순간 무언가 오해가 섞인 듯한 느낌이 안 드는 것도 아니었지만…… 꾹 삼킨 미아는 고개를 끄덕끄덕 흔들었다.

마치 '저는 전부 다 알고 있었답니다!'라는 얼굴로…… 참으로 뻔뻔하다!

"소원을 이루는 과정에서, 아이들에게 최대한 피해가 가지 않도록 한 거야. 그렇지 않아?"

뱀이라면 아이들에게 혐의가 가도록 조장해서 사태를 더 비틀어놨어도 이상하지 않았다. 학생회와 학생들의 관계가 분열되도록 몰아가서 질서를 파괴할 수도 있었을 것이다.

하지만 유리우스는 그렇게 하지 않았다……. 그저 살짝 생긴 균열을 찌르듯 바르바라를 찾아갔을 뿐이었다.

그 방식은 어설퍼서…… 뱀의 치밀함에서도, 악랄함에서도 거리가 멀었다.

"선량하시군요. 라피나 성녀님……. 당신도 미아 황녀 전하도 참으로 사람이 좋아요. 이럴 줄 알았다면 이렇게까지 노골적으로 할 필요는 없었나……."

유리우스는 작게 어깨를 으쓱한 뒤 미아를 보았다.

"……당신들이 특별한 걸까? 아니면 내가 아는 녀석들이 우연히 쓰레기뿐이었던 걸까?"

유리우스는 고개를 설레설레 내저었다.

"저는 뱀……. 세상의 질서를 증오하고 당신들과는 함께할 수 없는 존재……. 그런 걸로 해두실 수는 없습니까?"

"그렇게 바르바라 씨와 같은 곳에 수감되는 것……. 그게 목적인가?"

라피나는 한번 말을 끊은 뒤 유리우스의 눈을 응시했다.

"유리우스 씨, 당신을 조사했어. 당신은 바르바라 씨의 아들……. 맞지?"

라피나의 질문에 미아는 멍하니 입을 벌렸다.

──흐어? 무, 무슨 말씀인 거죠? 라피나 님……. 바르바라 씨의 아들은 이미 죽었다고 했는데요……?

미아의 머릿속에 물음표가 가득해지거나 말거나 라피나의 이야기는 계속 이어졌다.

"그리고 당신의 복수는…… 이미 끝났어. 가문의 몰락. 자작가를 무너트림으로써 이미 복수는 끝났지. 그리고 남은 인생을…… 불행한 아이들을 위해 쓰려고 했어. 자신과 비슷한 처지의 아이들을 위해 쓰려고……. 그렇지 않아?"

"그렇군요. 이미 다 알고 계셨던 겁니까."

유리우스는 쓴웃음을 지으며 고개를 저었다.

"미련한 남자라고…… 웃으셔도 됩니다……."

깊디깊은 한숨과 함께 그는 말했다.

"딱히 같이 수감되려고 한다거나, 처형당하고 싶다거나, 거기까지 생각한 건 아닙니다. 그저…… 한번 만나고 싶었습니다. 그럴 기회는 지금밖에 없다고 생각했더니…… 가만히 있을 수가 없었어요. 그게 전부입니다"

그렇게 유리우스는 말하기 시작했다. 자신에게 무슨 일이 일어났었는지.

제3화 유리우스의 과거

"지적하신 대로 그곳에 갇혀있는 여성은 제 어머니입니다."

그 말에 미아는 눈을 부릅떴다.

──어떻게 된 거죠⋯⋯? 바르바라 씨는 역시 거짓말을 한 건가요?

끄으응 신음하는 미아. 조금 전 전교생 집회에서 혹사된 머리에서는 벌써부터 과부하로 열이 오르고 있었다. 그때였다.

"여러분, 저기⋯⋯ 우선 달콤한 간식이라도 먹으면서 조금 진정하시지 않겠습니까?"

라냐와 안느가 마카롱을 담은 쟁반을 들고 왔다.

──오오, 보상이 왔어요!

미아의 미소가 환해졌다.

그건 다과회에 흔히 나오는 평범한 마카롱이었다.

미아가 신나게 망상하면서 떠올렸던, 초호화 케이크와는 거리가 멀긴 했지만⋯⋯ 디저트에 귀천은 없다!

호화로운 케이크든 작은 쿠키 하나든 단것은 미아를 행복하게 해준다. 지하감옥에서 단것의 마법으로 구제받았던 미아는 그 감사함을 잘 알고 있다.

⋯⋯단것이라면 뭐든 다 괜찮은 거라고 말해서는 안 된다. ⋯⋯안 된다!

아무튼, 입을 행복으로 가득 채우면서 미아는 생각했다.

──그나저나 유리우스 씨가 바르바라 씨의 아들……. 뭐, 바르바라 씨라면 거짓말을 했다고 해도 이상하지 않죠.

바르바라는 미아가 아는 사람 중 가장 뱀다운 사고방식을 지녔다. 자신의 목적을 위해서라면 거짓말쯤은 꺼리지 않을 것이다.

그건 뭐, 그렇지만…….

──하지만 뭔가가 걸려요. 그때 바르바라 씨의 표정…….

미아와 아벨에게 과거를 이야기했던 그때의 얼굴……. 도저히 그게 거짓말 같지 않아서…….

──그렇다는 건, 바르바라 씨가 속았다? 하지만…… 으음…….

그것도 왠지 말이 안 되는 것 같다고 느꼈다.

그 바르바라가 속는다? 그런 게 과연 가능할까?

끙끙 고민하며 마카롱을 우물우물 먹어나가는 미아.

그 옆에서 유리우스의 이야기가 천천히 진행되었다.

"여러분에게는 의외일지도 모르지만, 그 사람은…… 어머니는 평범한 사람이었습니다. 가난한 생활 속에서도 어린 제게 애정을 쏟으며 길러주셨죠."

유리우스의 입에서 나오는 건 뱀으로 타락하기 전의 바르바라였다. 귀족의 자식을 임신한 메이드가 저택에서 추방당한 뒤에도 열심히 생활하려고 했던, 그런 풍경이었다.

"제가 7살이 되었을 때 변화가 생겼습니다. 오베라트 자작가의 후계자인 외동아들이 죽어서 저를 찾았죠. 저는 반강제로 끌려가다시피 해서 자작가에 거둬졌습니다. 어머니에게는 반드시 가주가 되어 데리러 가겠다고 약속했죠. 하지만…… 자작가에 오고 곧바로 어머니가 죽었다고 들었습니다. 전염병에 걸렸다고…….”

——흐음, 모자에게 각자 서로가 죽었다고 알려줘서 포기하게 만들었던 거군요. 상당히 악랄하지만 참으로 귀족 가문에서 할 법한 짓이에요. 흐으음…….

유리우스를 후계자로 데려올 때 가장 방해되는 건 바르바라의 존재다. 그 관계를 끊어놓고 싶었다는 건 알았지만…… 마음에 걸리는 게 없지는 않았다.

그 바르바라가 그 정도의 거짓말에 속을까?

——그 사람이라면 귀족가에 잠입해서 찾아보는 것쯤은 식은 죽 먹기일 것 같은 느낌인데요……. 아, 하지만 애초에 유리우스 씨가 죽었다는 이야기를 들을 때까지 바르바라 씨는 뱀이 아니었 죠. 그분이 어느 시점에 뱀과 접촉한 건지도 모르니, 일반 백성이 귀족가의 내정을 캐내는 건 어려울지도 모르겠네요.

그렇게 수긍한 차에 미아의 귀에 유리우스의 말이 꽂혔다.

“뭐, 저는 정말로 죽을 뻔했지만요……. 위험하던 차에 선대 황 후님께서 구해주셨습니다. 저희 오베라트 자작가는 아버지가 여 러 여성에게 손을 대는 바람에 저축은 바닥을 치고 가문은 기울 어갔죠. 타이밍도 나쁘게 흉작기가 닥쳐서……. 하하, 한심한 일 이지만 귀족이면서 굶어 죽을 뻔했습니다.”

——선대 황후님…… 패티, 잖아요……?

그건 어쩐지 신경 쓰이는 부분이었다. 확실히 자금 사정이 궁해 진 귀족 가문을 황실에서 구제해주는 일이 없는 건 아니지만…….

그날 바르바라와 대치했을 때, 패티는 말했다.

'불쌍해'라고.

그때의 얼굴이 뇌리를 스쳤다.

"그렇게…… 몸이 회복되고 성장한 저는 영광스러운 오베라트 자작가를 몰락시키기로 했습니다."

자신의 복수를 이야기하는 그의 눈에는 어둑한 빛이 깃들어…… 있진 않았다.

그 눈에 깃든 건 어디까지나 평온하고 지적인 빛이었다. 그건 이미 해야 할 일을 마친 사람의 눈이었다.

"늙어서 아무것도 하지 못하게 된 아버지의 눈앞에서 영광스러운 자작가의 이름을 땅으로 떨어트린다……. 어렵지 않은 일이었죠. 원래도 황실의 도움이 없었다면 자연스럽게 기울었을 가문이니까요. 씀씀이를 키우기만 해도 바로 파산했습니다. 그리고 한번은 구해주신 황후님께서도 이번에는 도와주지 않으셨죠."

그건 낭비를 자제하지 않는 오베라트 가에 실망해서…… 일 수도 있지만…….

──유리우스 씨의 목숨이 위험할 때만 구해준 것처럼 보이기도 해요.

미아 안에 어떠한 추론이 완성되어가고 있었다.

그건, 즉…….

──패티가 이쪽 세계에서 느낀 감정을 안고 과거에 돌아가 과거를 바꿨다……. 그런 게 아닐까요?

단두대에서 과거로 돌아간 미아와 같은 행동을 패티도 했던 게 아닐까. 미아는 그렇게 생각했다. 그렇다면…… 그건.

자신의 생각을 정리하고자 미아는 눈앞의 마카롱으로 손을 뻗었다. 동그란 과자를 혀 위에 올리고 살며시 녹여서 음미한다.

——흐음, 설탕의 단맛, 이 풍미는…….

그런 식으로 일단 과자로 마음을 다독인다.

산편 유리우스의 이야기는 클라이맥스에 접어들었다.

"그렇게 자작가를 무너트리고 제 복수는 끝났습니다. 어머니를 비롯해 많은 여성을 가지고 놀았던 아버지는 실의에 빠진 채 병사했고, 오베라트 자작가의 이름은 땅으로 추락했죠. 솔직히 복수한다고 해도 그리 기분이 좋지는 않았지만…… 그래도 하나의 결말에는 도달했습니다."

"복수를 마치고 고국을 떠난 당신은 아이들을 위해 살기로 결심한 거지?"

라피나의 질문에 유리우스는 쓴웃음으로 대답했다.

"가난한 아이들을 위한다는 둥, 성인 같은 생각은 없었습니다. 아니, 오히려 미련을 버리지 못하고 구질구질한 사정이죠. 저는 자꾸만 어머니와 함께 살던 곳과 비슷한 장소에 있고 싶었습니다. 다시는 만날 수 없는 어머니의 그림자를—— 그때, 자작가에 가지 않았다면 맞았을지도 모르는, 어머니와 함께한 나날의 광경을 빈민가에서 찾으려고 했죠."

자작가의 후계자로서 난데없이 귀족가에 거둬진 유리우스에게 애정을 쏟아주는 사람은 없었다. 그래서 그의 마음속 어머니의 모습은 아무리 시간이 지나도 덧씌워지는 일 없이 계속 남았다.

"인간의 욕심은 끝이 없는 법. '어머니와 함께 살던 나날'이라면 그게 가난함 속에서 죽는다는 결말이어도 상관없다고, 그건 행복이라고, 처음에는 그렇게 생각했지만……. 자꾸 보고 싶어지더군요. 어머니와 함께 가난에 사로잡혔던 아이들이 떳떳한 행복을 손에 넣는 미래를. 제대로 살아갈 방법을 익혀 어머니와 함께 가난에서 탈출하는 광경을. 그들의 모습을 통해 제가 맞이하고 싶었던 광경을 보고 싶다고, 그렇게 바랐습니다."

그렇게 유리우스는 아이들의 교육에 뜻을 품게 되었다.

하지만…… 그런 열의를 품은 유리우스 앞에 뱀이 은밀하게 다가왔다.

제4화 마카롱 탐정 미아의 우웅빛 추리

미아는 다섯 개째 마카롱을 입에 넣었다.

안느에게 혼나지 않도록 그 속도는 느릿했다.

미아도 조금은 성장했다. 단맛이란 입에서 천천히, 혀 위에서 조금씩 맛본다면 오래 간다. 그래서 최근 미아는 적은 과자로 최대한 오래 단맛을 즐기기를 모토로 삼고 있었다.

아무튼, 유리유스의 이야기는 계속된다.

"이 섬에 오기 얼마 전이었습니다. 한 남자가 접촉해왔죠. 그는 제게 말했습니다. 어머니가 살아 있다고, 세인트 노엘 섬에 유폐되어있다고……."

그런 유리우스의 독백을 들으며 미아는 입 안에서 미약한 불쾌감을 느꼈다.

──입에 있는 수분을 마카롱에 빼앗기고 있어요. 자칫 목소리를 내면 기침이 나올 것 같네요…….

혀 위에서 마카롱을 굴려 단맛을 즐기던 인과가 마침내 돌아오고 말았다!

그런 미아의 이변을 눈치챈 건지 타이밍 좋게 안느가 미아 앞에 컵을 내려놓았다.

찰랑찰랑 가득 따라진 하얀 액체, 그것은 달달한 냄새가 나는 핫밀크였다.

마카롱에는 우유. 맛과 영양을 고려한 안느의 훌륭한 선택이었다.

"고마워요."

눈빛으로 말을 걸며 미아는 컵에 입을 댔다.

맛있다. 풍미로 보아 오늘 아침에 갓 짠 모양이었다. 신선함 그 자체인 우유로 입을 채웠지만…… 무심코 좀 더 호화로운 맛을 떠올리고 말았다…….

"기마 왕국의……."

깜빡 입 밖으로 나올 뻔해서 급하게 말을 삼키고는…… 속으로 마저 이어갔다.

——기마 왕국의 그 맛있는 우유가 그리워요. 또 마음껏 마셔 보고 싶어요.

그런 생각을 하며 흡족해하고 있을 때…….

"기마 왕국……! 그래. 젠장, 눈치채지 못했어. 유리우스 님, 혹시 당신에게 접근한 남자는 기마 왕국 스타일의 복식을 하고 있지 않았나?"

시온이 날카롭게 혀를 차며 언성을 높였다. 전에 동생을 함정에 빠트린 존재, 그 남자가 또 관여한 거냐고 득달같이 물어보자 유리우스가 대답했다.

"네. 말씀하신 대로 기마 왕국 억양을 쓰는 남자였습니다……. 말하는 것도 수상했고, 아마 저를 이용하려고 한다는 건 알았습니다. 하지만…… 저는 사정을 듣지 않을 수 없었습니다."

그 결과 유리우스는 바르바라의 악행을 알았다. 왕족, 대귀족에게 저지른 짓들을 알았다.

"남자는 말했습니다. 이만한 짓을 해버렸으니 어머니는 확실하게 처형당할 거라고. 그리고 저라면 어머니를 구할 수 있다고, 그걸 도와줄 수 있다고……."

그건 말 그대로 뱀의 속삭임이었다. 상대의 욕구를 교묘하게 읽어내고 자신들에게 유리하게 유도하는 뱀의 소행이었다.

──그렇군요. 뱀은 이미 바르바라 씨의 아들이 살아 있다는 걸 알고 있었어요. 하지만 그걸 말해 주면 바르바라 씨는 아들을 되찾는 것만 생각하며 살겠죠. 뱀이 아니게 되는 거예요. 그래서 정보를 숨긴 거군요. 논리적으로는 맞지만…….

그래도 미아의 머리에는 묘하게 걸리는 게 있었다. 역시 패티의 존재가 자꾸 신경 쓰였기 때문이다.

"너무해……."

유리우스의 이야기를 듣고 눈썹을 찌푸리는 티오나와 그 옆에서 분노한 듯 씩씩거리는 리오라. 다른 학생회 구성원들도 다들 불쾌해하는 얼굴이었다.

우유로 입을 개운하게 헹군 미아도 주변을 힐끗 확인한 뒤 불쾌해하는 표정을 지었다.

조화를 어지럽히는 걸 싫어하는 미아는 주변 분위기에 맞추는 능력을 지니고 있다.

"그나저나 역시 미아야. 그 남자가 예의 그 남자라는 걸 눈치채다니."

시온의 말에 당연하다는 듯 고개를 끄덕인 미아…… 가 아니라, 그 옆에 있던 라피나가 고개를 끄덕였다.

"미아 님이라면 어렵지 않은 일이지. 유리우스 씨가 세인트 노엘에 올 때까지 어디에 있었는지, 그리고 선크랜드에서 떠난 그 남자가 어디에 갔는지. 게다가 이 방식⋯⋯. 몇몇 단서를 조합하면 자연스럽게 답이 보여."

그렇게 라피나는 친구의 지혜를 뿌듯하게 이야기했다.

"미아 님이라면 이 정도의 추리는 간단히 해낼 수 있어."

그런 라피나의 말을 부정하는 사람은 한 명도 없었다.

"미아 할머니, 대단해⋯⋯."

벨마저 눈이 반짝반짝해졌다!

"아무리 그래도 그건⋯⋯ 과찬이 지나치시네요. 오호호."

반면 미아는 천연덕스러운 얼굴로 웃으며 얼버무렸다.

"으음, 그래서 당신은 바르바라 씨를 구하기 위해 이 섬에 온 거죠?"

미아의 질문에 유리우스는 지친 얼굴로 고개를 저었다.

"어머니가 저지른 짓은 용서받을 수 없는 일이니 처음부터 구출할 생각은 없었습니다. 그 사람은 처형당할 만한 짓을 저질렀죠. 그래서⋯⋯ 제가 바란 건, 더 사소한 것입니다."

그렇게 말하며 유리우스는 웃었다.

"미련한 남자라고 생각하셔도 어쩔 수 없는 일이지만⋯⋯ 그저, 한번 보고 싶었습니다⋯⋯. 제 바람은 그게 전부였습니다."

"그저, 보고 싶다⋯⋯."

그 말에 벨이 고개를 끄덕였다.

한때 부모를 잃고 키워둔 부모인 안느와 에리스, 충신 루드비히와 디온을 떠나보내야 했던 벨은 그 갈망을 아는 사람이다.

평소의 태평함은 사라지고 아주 진지한 얼굴로 유리우스의 말을 들었다.

"제게 아이들을 가르치는 건 보람 있는 일이었습니다. 세상을 행복하게 바꾸는 데 한몫 거들고 있다는 뚜렷한 만족감이 있었죠. 제 주변에 있던 많은 분의 신뢰도 제게는 귀중했습니다. 그마음에 보답하고 싶었습니다. 하지만…… 어린 시절의 집착은…… 어머니를 그리워하는 마음이란 참으로 무시무시하더군요. 죽은 줄 알았던 어머니를 만날 수 있다, 아니, 지금을 놓치면 정말로 다시는 만날 수 없다고 생각하자 멈출 수 없었습니다."

지금까지 한 이야기를 듣고 미아는 생각했다.

이 유리우스라는 남자는 이성적인 사람이다.

그가 쓴 안경이 그 이미지에 다소 영향을 주는 느낌이 없지는 않았지만, 아무튼 미아에겐 그렇게 보였다.

그렇게 이성적이고 스스로를 다스리는 방법을 잘 아는 남자조차 뱀에게 조종당한다. 그가 유일하게 버리지 못하는 집착. 어머니에 대한 마음을 붙들고 이용했다.

남자는 몇 살이 되어도 어머니를 동경한다…… 같은 차원의 이야기가 아니었다.

유리우스의 눈앞에 제시된 그건, 어머니와 대화할 수 있는, 말 그대로 마지막 기회였다.

"저는 어머니의 복수를 위해 자작가를 무너트렸고, 아버지를 비참한 죽음으로 몰아넣었습니다. 이로서 제 복수는 이뤄졌지만,

반대로 저는 어머니의 복수를 빼앗아버린 건지도 모르죠. 제가 자작가를 무너트리는 바람에 어머니는 복수할 대상을 잃고 폭주한 게 아닐까. 지금도 여전히 그 분노에 사로잡혀 죽는 순간까지 해방되지 못하는 건지도 모릅니다."

거기서 유리우스는 라피나를…… 이어서 미아를 보았다.

"그건 너무나도 슬픈 일이 아닐까요? 어머니가 처형당하는 건 어쩔 수 없는 일이죠. 하지만 하다못해…… 지금도 그 마음이 복수에 사로잡혀있는 거라면 해방해드리고 싶었습니다. 그저 그것만이 제 바람입니다."

안경 너머, 항상 온화한 빛을 머금고 있던 눈동자가 지금은 아주 조금 에리해졌다.

"라피나 님, 미아 황녀 전하. 두 분의 인품에 기대어 부탁드립니다. 어머니과 대화하게 해주세요. 그 후에 어떠한 처벌도 받을 테니, 제발……."

머리를 숙이는 유리우스를 바라보며 미아는 고민했다.

──흐음……. 뭐, 흔한 뱀의 사정이라고는 생각하지만…… 이거 잘하면 바르바라 씨를 무해하게 만들 수 있지 않을까요……. 게다가…….

미아는 패티를 떠올렸다.

──그때 그 아이는 바르바라 씨를 불쌍하다고 했어요. 만약 저희가 바르바라 씨를 구해주면 의외로 쉽게 뱀에서 전향하게 만들 수 있지 않을까요?

어쨌거나 그 재회를 패티에게 보여주려는 미아였으나…….

제5화 건조시킨 것보다는 살짝 모자라지만…

일단 유리우스를 돌려보낸 뒤 라피나는 고민하는 표정을 지었다.

"일이 난처해졌네. 어떻게 할까…….."

우려로 가득한 한숨을 흘리고는…….

"우선…… 그가 바르바라 씨를 만나는 걸 반대하는 사람 있어?"

또렷한 목소리로 말했다.

그 대단히 자애로운 발언에 미아는 팔짱을 끼고 고개를 끄덕였다.

──그래요, 라피나 님. 그런 게 아주 중요해요!

거만하게, 마치 '성녀 라피나는 제가 키웠답니다!'라고 주장하는 듯한 얼굴로 고개를 끄덕이는 미아. 참으로 뻔뻔하다! ……고 말하고 싶지만…… 실제로 지금의 라피나를 형성하는 요소에 미아의 이런저런 행동이 아주아주 깊이 영향을 주었으니 강하게 지적할 수 없는 것이 참으로 아쉬운 부분이다.

"그건 아주 좋은 생각입니다."

라피나의 말에 티오나가 가장 먼저 동의를 표했다.

"역시 가족을 만나지 못하는 건 무척 괴로운 일이니까, 꼭 만나게 해야 한다고 봐요."

루돌폰 가는 가족 관계가 양호하다. 영지의 농민도 가족처럼 대하는 데다, 그 모든 '가족'이라는 개념이 티오나 안에서 강한 존재감을 지닌다.

"그래. 나도 그 의견엔 찬성이야."

이어서 시온이 말을 받았다. 그 또한 동생과 만나지 못하는 처지다. 유리우스의 마음을 이해하는 모양이었다. 뒤에서는 키스우드가 조금 걱정이라는 듯 시온을 바라보고 있다. 그 시선이 문득 라피나 쪽을 향했는데…… 살짝 우수에 젖은 듯 느껴졌다.

──어라? 키스우드 씨, 혹시…… 라피나 님께 마음이 있는 건가요?

본인 앞에서 말했다간 진심으로 살기가 날아올지도 모르는 망상을 하고 있었더니 불현듯 라피나가 미아에게 시선을 던졌다.

"미아 님은 어때? 무언가 좋은 생각이 있다면 듣고 싶은데……."

"흠, 글쎄요……."

미아는 다시 팔짱을 끼고 잠시 침묵한 뒤…….

"가능하다면 패티의 동행을 허락해주셨으면 하는데요……."

조금 전에 생각했던 걸 꺼내 보았다.

바르바라와 유리우스의 사정을 제대로 들려주는 건 패티를 건전하게 키우는 데 분명 도움이 될 것이다. ……아마도.

"패트리시아 양을……?"

라피나는 의아한 듯 고개를 갸웃거렸다. 뺨을 손으로 감싸고 잠깐 생각에 잠겼다가 입을 열었다.

"앗……. 혹시 아이들에게 유리우스 씨의 사정을 들려주고 싶다는 거야?"

라피나의 질문에 미아는 '으응?' 하고 의문을 느끼면서도 일단 아무 말 없이 웃었다.

의미심장한 미소를 써먹는 방법을 배운 미아다. 상대방이 어떻게 나오는지 볼 때, 무언가 생각하는 게 있다는 것처럼 웃는 건 제법 유효한 수단이다.

"저기, 무슨 말씀이세요?"

클로에가 대신 질문을 던졌다. 라피나는 한번 고개를 끄덕인 후 생각을 정리하듯 살짝 고개를 기울이며 대답했다.

"나는 유리우스 씨의 행동엔 동정할 부분이 있다고 봐. 하지만 아이들이 중상 모독을 당한 것 또한 사실이지. 신경을 썼다고는 해도 그 아이들은 부당한 의심을 받아야만 했어. 적어도 그 아이들은 유리우스 씨의 행동으로 피해를 입은 거야. 그렇지?"

라피나의 확인에 클로에는 고개를 끄덕였다.

"그래서 미아 님은 유리우스 씨에게 사과할 기회를 주고 싶었던 게 아닐까? 그리고 그러기 위해 그의 처지를 아이들에게도 알려주고 싶은 거지……. 그가 왜 그런 짓을 했는지, 그 마음을 알려주고 싶어서. 그렇지 않아?"

그러더니 라피나의 눈빛이 서글퍼졌다.

"유리우스 씨는 어머니를 만나고 싶어서 아이들을 위험에 빠트렸어. 하지만 아이들을 위하는 마음에도 아마 거짓은 없을 거야. 사람은 다양한 면모를 지니고 있으니까. 그저 나쁘기만 한 사람은 없다고…… 나는 요즘 그런 생각이 강하게 들어."

그 말을 듣고 미아는…… 무심코 감동했다!

──아아, 라피나 님이 너무너무 따뜻하세요. 자애가 흘러넘

처요.

미아의 눈에 지금의 라피나는 얌전한 사자로 보였다.

조금은 꼬리를 밟아도 용서해줄 것 같은…… 온화한 미소를 짓고 있는 사자로 보였다!

여기까지 오느라 정말 길었다고…… 온갖 것들이 절절히 치밀어오르는 미아였다.

──그건 그렇고…… 그렇군요. 그렇게 하면 유리우스 씨를 추방하지 않고 넘어갈 수 있을지도 모르겠어요.

그때까지 유리우스를 세인트 노엘에서 추방하는 건 피할 수 없을 거라고 생각하던 미아였다. 하지만 만약 아이들에게 제대로 사정을 설명한다면 상황이 조금 달라진다.

아이들에게는 조금 전 전교생 집회에서 설령 과거에 나쁜 짓을 저질렀다고 해도 용서하겠다고 말했기 때문이다.

모처럼 아이들의 마음에 안심을 심어주었는데 만약 유리우스에게 엄한 벌을 줬다간 살짝 앞뒤가 맞지 않는 인상을 주게 될 게 틀림없다.

그리고 어딘가에서 새로 강사를 데려오는 것보다는 유리우스가 계속 맡는 게 귀찮지 않을 것 같다고 미아의 직감이 외치고 있다.

새로 초빙한 강사가 더 위험한 뱀일 가능성은 부정할 수 없다. 물론 라피나 쪽도 경계는 하겠지만 완벽하게 막아내지는 못할 것이다.

그리고, 그 무엇보다 미아는…… 믿고 싶었다.

유리우스의 말을…… 그 이상으로, 그가 쓴 안경을……!

──잔소리기 심하고 시끄러웠지만 망할 안경은 좋은 사람이었으니까요. 그러니 유리우스 씨도 분명…….

　　그런 굳건한 신념을 지닌 미아였다.

　　안경에 대한 신뢰는 아주 단단하다. 건조시킨 버섯보다는 살짝 모자라지만, 그냥 버섯보다는 확실하게 단단하다!

제6화 목욕탕 대담

학생회실에서 회합이 끝나자…… 미아는 극도의 피로 상태가 되었다.

전교생 집회에서 이어진 유리우스의 처분에 대한 상의.

미아의 체력은 야금야금 깎여나갔다.

놀랍게도 저녁을 먹을 기력이 살짝 솟아나지 않을 만큼 미아의 의욕은 감퇴했다! 엄청난 일이다!

……참고로 딱히 대화하는 동안 마카롱을 너무 많이 먹어서 배가 꽉 찼기 때문은 아니다. 그건 정말로 오해다.

"흐음……. 저녁을 먹기 전에 배를 꺼트릴 겸 목욕을 할까요……?"

"네. 좋은 생각이십니다. 목욕하시면서 쉬시는 게 좋을 것 같습니다."

일이 끝나고 '목욕 먼저? 저녁 먼저?'라는 질문을 받는 건 미아에겐 최고로 까다로운 양자택일이지만, 이날은 비교적 빠르게 정해졌다.

이렇게 미아는 안느를 데리고 공중목욕탕으로 향했다.

탈의실 문을 열자 그곳에는 익숙한 두 사람의 모습이 있었다.

"어라, 야나 양. 패티, 두 사람도 지금부터 목욕하는 거군요."

말을 걸자 야나의 어깨가 움찔 튀었다. 그러고는 작은 목소리로,

"……네."

하고 대답한 뒤 옷을 벗기 시작했다.

그 반응에 미아는 작게 고개를 갸웃거렸다.

──묘하네요. 어쩐지 고민이 많은 듯한 얼굴인데요⋯⋯. 게다가 어쩐지 저를 기다렸던 것 같은⋯⋯?

패티에게 시선을 던져보았지만 이쪽은 평소와 다름없는 얼굴이었다.

──패티의 표정에서 속내를 읽어내는 건 어렵군요.

그렇기 때문에 드물게 감정다운 감정을 보였던 바르바라 일에 엮이게 하는 것에 의미가 있지만.

──유리우스 씨와 바르바라 씨의 재회에서 무언가 좋은 영향을 받았으면 좋겠는데요.

머릿속으로는 그런 생각을 하며 목욕탕으로. 빠르게 머리카락과 몸을 씻고 욕조에 몸을 담갔다.

"후우⋯⋯."

뜨거운 물이 굳었던 몸을 사르르 풀어주었다. 피부를 타고 전해지는 열기가 몸의 혈액순환을 도와줘서 뺨이 따끈해졌다.

"아아⋯⋯. 역시 세인트 노엘의 욕탕은 최고예요. 훌륭해요."

머리를 욕조 가장자리에 맡기고 눈에는 수건을 올리고는⋯⋯ '어흐으' 하며 참으로 아저⋯⋯ 아니, 음, 그게⋯⋯ 다소 영애답지 않은 목소리를 흘리며 목욕을 만끽하고 있을 때⋯⋯.

"저⋯⋯ 저기⋯⋯."

"음?"

수건을 치우고 고개를 들자 야나가 코앞까지 와 있었다. 머리카락을 감고 정수리 위에서 뭉쳐놓았기 때문에 이마에 있는 눈 모양의 문신이 드러나 있었다.

──해양 민족 바이더리언……. 이렇게 보니 이 문신은 아주 눈에 띄는군요. 이게 해적의 증표로 쓰였다는 걸 다들 알고 있다면 분명 삶이 힘들었겠죠.

혈액순환이 좋아진 미아는 비교적 회전이 빨라진 머리로 그런 생각을 했다. 그러고는 무언가 하고 싶은 말이 있는 듯한 야나에게 말을 걸었다.

"무슨 일 있나요?"

야나는 다시 어깨를 움찔거린 뒤 쭈뼛쭈뼛 입을 열었다.

"실은…… 그게…… 카론이, 며칠 전에, 저한테, 도둑질하지 않겠냐고…… 그랬는데……."

더듬더듬 이어지는 목소리.

"어머, 그런 일이 있었군요."

놀란 반응을 보이면서도 미아는 야나를 바라보았다.

몸통 양옆으로 늘어트린 팔. 작은 주먹은 무언가를 참으려는 듯 꽉 움켜쥐고 작게 떨고 있었다.

──그래서 목욕탕에서 기다렸던 거군요. 저와 대화해도 눈에 띄지 않을 법한 장소에서…….

야나의 행동은 아이의 눈에서는 고자질이다. 괜한 소릴 했다며 비난당할 행위였다. 딱히 좋아서 하고 싶은 것도 아닐 것이다.

물론 세상에는 기꺼이 고자질을 하는 인간도 있다. 그리고 이전 시간축에서 호되게 당했던 미아는 그런 종류의 인간을 별로 좋아하지 않았다.

하지만 미아가 봤을 때 야나는 고자질을 기뻐하는 타입으로는 보이지 않았다. 아픔을 참는 것처럼 움켜쥔 손이 그 증거다.

그런데도 그녀가 이렇게 말하러 온 건…….

──아마도 조금 전 전교생 집회에서 한 말에 감화되었기 때문…… 인 거겠죠.

미아는 그렇게 결론을 내렸다. 조금 전 미아가 한 말에 야나는 카론에게서 느낀 의혹을 말하지 않는 게 정의롭지 못하다고 생각한 모양이었다.

그래서 전부 말하기 위해 공중목욕탕에서 미아를 기다렸던 것이다. 미아의 방에 갔다간 카론에게 의심을 산다. 하지만 남녀가 따로 이용하는 공중목욕탕이라면 이렇게 대화해도 발각되기 어려우니까.

──그렇군요. 이 아이…… 제법 재치가 있어요. 벨과 비슷한 느낌이 드네요.

그렇게 감탄하는 사이에 야나가 힘차게 머리를 숙였다.

"죄송합니다. 지금까지 말하지 않아서……. 모처럼 반 리더를 맡겨 주셨는데…… 이런 짓을."

"아아, 야나 양……. 당신이 그런 식으로 머리를 숙일 필요는 없어요."

가느다란 어깨를 살며시 밀어서 몸을 일으켜준 뒤 미아는 말했다.

"게다가 제 생각에, 그 아이는 절대 훔치지 않았어요. 저는 믿어요."

사실은 이미 범인이 누군지 알지만…… 당연하게도 괜한 말은 하지 않는 미아였다.

"하지만……."

"조금 전 전교생 집회에서 했던 말이 진부랍니다. 만약 그 아이가 훔쳤다고 해도 저는 용서할 거예요. 물론 다시는 하면 안 된다고 혼내기는 하겠지만요……."

그렇게 미소 지은 미아는 그 순간 퍼뜩 떠올렸다.

──아, 그래요. 모처럼 기회니까…….

음흉한 미소를 지으며 미아는 말을 이었다. 목욕을 사랑하는 미아는 목욕하고 있을 땐 교활한 아이디어가 퐁퐁 솟아난다.

"야나 양, 저는 이렇게 생각한답니다. 용서한다는 건…… 아주 중요한 일이라고요."

미아는 주장한다.

사람이란 의외로 주변 분위기에 잘 휩쓸리는 법.

한번 만들어진 흐름에 굳이 반항하려는 강한 의지를 지닌 사람은 많지 않다. 흐름 타기를 극한까지 연마한 해파리, 미아는 아주 잘 알고 있다.

그리고 그 흐름이란 한 사람의 발언으로도 쉽게 만들어진다.

미아가 야나에게 기대하는 건 그 최초의 사람이 되는 것…….

하지만.

"하지만…… 용서할 수 없는 사람도, 있어……."

딱딱한 목소리가 울렸다. 시선을 주자 야나가 분하다는 듯 이를 악물고 있었다. 그 앳된 얼굴에는 지울 수 없는 해적의 증표, 눈 모양 문신이 미아를 똑바로 바라보고 있었다.

분명 지금까지 많은 괴로움을 겪었을 것이다. 그렇게 생각하면서도 미아는 짧게 신음한 후……

"사람은 자신이 뿌린 씨앗을 반드시 스스로 거둬야만 하는 법…… 이랍니다."

"네……?"

어리둥절한 얼굴로 고개를 갸웃거리는 야나를 향해 미아는 설득하듯 말을 이었다.

"어지간하면 응보를 받기 마련이죠. 저희 눈앞에서 나쁜 짓을 하면 저희 위정자, 귀족이나 왕족이 판결하고 벌을 내립니다. 그리고 저희의 눈이 닿지 않는 곳에서 저질러진 악행에는 신께서 벌을 내리시죠……. 그게 신성전의 가르침이에요. ……아마도."

기억이 흐릿한 부분이 없지는 않지만, 미아는 대륙의 공통인식을 먼저 짚고 넘어갔다.

"그러니까 당신이 분노에 사로잡혀 시간을 낭비할 필요는 없습니다, 야나. 그렇게 화를 내는 시간은 키릴을 다정하게 보듬는 데 사용하세요."

용서하는 건 중요하다고, 복수를 놓아버리는 게 중요하다고…… 강조했다! 착실히 강조했다!

그리고 덧붙였다.

"뭐, 그래도 어떻게 할 수 없을 만큼 화가 날 때는, 그래요. 상대방이 못된 남자아이라면 이렇게, 힘껏 걷어차서…….."

"미아 님……."

시선을 돌리자 안느가 욕조를 향해 걸어오고 있었다. 혼내듯이 미아를 바라보는 안느. 심지어 안느가 머리를 감겨준 듯한 패티가 그 옆에서 미아를 빤히 응시하고 있었다.

"음, 크흠. 아무튼. 용서하는 건 중요하답니다. 부디 저희를 믿어 주세요."

"미아 님……. 네. 알겠습니다."

야나는 그 눈에 분명한 확신의 빛을 머금고 작게 고개를 끄덕였다.

……해양 민족 바이더리언. 그 이름의 뜻밖의 무게로 미아에게 닥쳐드는 건 조금 더 시간이 지난 뒤었다.

제7화 벨, 붕붕

"세인트 노엘에 이런 장소가 있을 줄은 몰랐어요."

미아는 조금 낡은 홀의 벽에 뚫린 구멍을 보고는 '으음' 하고 신음했다.

"그런데 입구 부분은 항상 이렇게 열려있는 상태인 건가요?"

그렇게 물으며 라피나의 얼굴을 보았다. 그러자…… 라피나는 스윽 시선을 돌렸다.

"……음. 평소에는, 그…… 입구에 그림을 걸어놔."

"네. 훌륭한 초…… 그림이었어요. 라피나 아…… 님."

무언가 묘하게 말을 더듬으며 벨이 덧붙였다.

"어라, 그림이 걸려있었군요. 이 구멍을 가릴 정도라면 아주 큰 그림이겠군요."

"네……!"

대답한 사람은 또다시 벨이었다. 그러고는 스윽 라피나 쪽을 확인하더니,

"아주 훌륭한 천사 그림이었어요."

우쭐거리는 얼굴로 말했다.

──아하. 지금 이건 라피나 님께 아첨한 거로군요?

벨의 의도를 눈치챈 미아는,

"어머, 그렇군요. 그렇다면 꼭 보고 싶……."

보고 싶다고…… 자신도 라피나의 비위를 맞추려고 했다. 하지

만 라피나는 생긋 웃으며,

"그리 완성도가 좋지 않은 그림이야. 벨 양. 그렇지?"

동의를 강요하는 듯한 말투로 단언했다!

그 청초한 미소에 미아는 뭐라 말할 수 없는 박력을 느꼈다.

──이건…… 전에 저에게 '누구셨죠?'라고 물어볼 때의 미소
와 비슷해요.

이건 별로 건드리지 않는 게 좋은 화제라고 직감이 경고하는 걸
따라 미아는 입을 다물었지만…….

"아…… 네. 잘 생각해 보면 그냥 그런 그림이었어요. 어어, 아,
그래!"

벨이 손뼉을 짝 치고 말했다.

"아주 부끄러운 그림이었어요!"

"으윽……."

아무래도 벨의 한마디가 어딘가를 찌른 건지 라피나가 가슴을
누르며 무너졌다.

그 광경에 미아는 얌전한 사자의 꼬리를 꽉 붙잡고 붕붕 휘두
르는 손녀의 환각을 보았다.

──벨……. 이 아이에게 말하게 둬도 정말 괜찮은 걸까요? 아
니, 게다가 부끄러운 그림이라니…… 대체 무슨 그림이었던 거죠?

그림 내용이 궁금했지만, 미아는 일부러 캐내는 걸 멈췄다.

호기심은 숙녀를 죽인다. 이 세상에는 섣불리 건드리지 않는 게
나은 것도 존재한다. 예를 들어 '땅을 기어가는 자의 서' 같은…….

뭐, 그건 그렇다 치고…….

"펴, 평소에는, 여기에 감시병을 세워놓지만, 그날은 자리를 비우게 했어. 유리우스 씨가 어떤 행동을 할지 읽을 수 없었으니까."

눈꼬리에 살짝 눈물을 매달며 라피나는 화제를 바꿨다.

"그렇군요. 자칫 소란을 피우게 했다간 학생들에게 피해가 갈지도 모르죠. 그보다는 여기로 유인해서 잡아들인다는 계획이었군요."

당사자인 유리우스는 담백한 얼굴로 고개를 끄덕였다.

"제게 어머니가 어디 있는지 알려주신 것도 그게 목적이고요. 처음부터 수상하다고 의심하고 끌어들이려고 한 거죠."

"뱀은 아니지만, 거짓에 진실을 섞는 게 상대를 속이기 쉬운 법이야. 그런데 진실만 말해서 상대를 함정에 빠트릴 수 있다면 그게 가장 좋지. 우리도 머리를 쓰니까."

"그렇군요. 미처 알아보지 못했습니다."

유리우스가 웃으면서 대답한 그때.

"오오, 이거…… 상당한 대식구가 오셨군요?"

어둑한 목소리가 실내에 울려 퍼졌다.

벽의 구멍에서 나타난 사람은 산테리와 경비병, 그리고 팔이 묶인 바르바라였다.

"반가운 얼굴이 있군요…… 후후후. 음? 거기 있는 아이들은……?"

바르바라의 이질적인 분위기에 초등부 아이들이 숨을 삼켰다. 패티조차 겁에 질린 듯 몸을 꿈틀거리는 걸 미아는 놓치지 않았다.

──흐음, 그나저나 바르바라 씨…… 갇혀있는 동안 어둠의 기척이 한층 진해졌어요. 어쩐지 거무튀튀한 안개라도 뿌리는 것처럼 보이는데요.

그런 생각을 하며 미아는 아이들을 지키듯이 앞으로 나섰다.

"이 아이들은 견학입니다."

"견학이라……? 저를 구경거리로 삼으시겠다?"

괴이쩍은 표정인 바르바라를 향해 미아는 고개를 저었다.

"어디까지나 보기만 하는 겁니다. 이 아이들과도 상관없는 일이 아니니까요. 하지만 진짜 볼일이 있는 건 저분이에요."

미아가 가리키는 방향에 서 있는 건 유리우스였다.

"아아…… 그래, 그 남자에게 꼭 물어보고 싶은 게 있었습니다."

바르바라는 심기가 불편한 듯 코웃음을 쳤다.

"당신은 대체 뭡니까? 뭘 위해 이런 장소에 왔죠? 뱀이라고 하기에는 아주 어중간한 짓을……."

"오랜만입니다……. 어머니."

바르바르의 말을 가로막고 유리우스가 말했다.

"……당신, 대체 무슨 말을 하는 거죠?"

경계하듯 눈을 가늘게 뜨는 바르바라 앞에서 유리우스가 이름을 댔다.

"저는 몰락한 오베라트 자작가의 유리우스 오베라트. 오베라트 자작과 당신의 아이입니다."

바르바라는 고개를 갸우뚱 기울였다.

그러고는 유리우스 쪽을 빤히 바라보았다. 다른 건 아무것도 눈에 들어오지 않는다는 것처럼.

잠시 그렇게 바라보던 바르바라는 조용히 고개를 저었다.

"말도 안 돼. 당신들은 여기까지 와서 저를 비웃으려는 겁니까? 하하하, 역시 왕후귀족 여러분. 참으로 성미가 고약하지. 그렇지 않다면……."

바르바라는 뺨을 꿈틀거리며 뒤틀린 미소를 지었다.

"아니면 제가, 아들의 죽음을 확인하지 않았다고 생각하는 겁니까? 이 내가? 그렇다면 저를 다소 우습게 보셨군요. 확실히 제 아들 유리우스는 자작가에서 아사했습니다. 가주의 방탕함에 휘말려서 죽었죠."

그러더니 바르바라는 미아를, 그리고 슈트리나를 향해 손가락질했다.

"황실은, 대귀족은 구해주지 않았습니다. 먹을 게 없던 자작가를 방치했습니다. 그리고 아들은 죽었죠. 저는 시체도 확인했습니다. 아니면 당신들은 그게 '꿈'이었다고 하는 겁니까?"

그…… 순간이었다.

꿈이라는 단어를 입에 담은 순간, 바르바라의 몸이 작게 굳었다.

"꿈……? 말도 안 돼, 그건…… 하지만……."

그녀의 중얼거림을 듣고 미아는 살며시 패티에게 시선을 줄었다.

평소와 다름없는 무표정. 하지만 패티는…… 바르바라를 똑바로 바라보고 있었다.

제8화 제국의 예지의 판결 (표면)

"아니야, 내 아들은 죽었어. 그걸 내가 조사하지 않았을 리가. 그게 꿈이었다니, 그럴 리 없어. 꿈……, 말도 안 돼."

앞머리를 거칠게 움켜쥔 바르바라가 연신 중얼거렸다.

그런 그녀의 모습을 슈트리나는 살짝 당황스러워하며 바라보았다.

바르바라의 사정은 그녀도 들었다.

과거 귀족의 횡포가 바르바라에게 상처를 줘서 폭주하게 만들었다고.

하지만 이렇게 실제로 볼 때까지는 믿지 못했다.

슈트리나에게 바르바라는 항상 공포의 대상이었다. 정체를 알 수 없는 뱀이라는 존재, 그 체현자가 바로 바르바라였으며, 한때는 거역할 생각조차 하지 못했던 절대적인 악이었다.

그런 바르바라의 어두운 마음이—— 아들을 빼앗겼다는, 너무나도 이해하기 쉬우며 아주 인간적인 감정에서 왔다……. 슈트리나조차 상상할 수 있는 슬픔으로 형성되어있다. 그 사실을 슈트리나는 믿지 못했다…….

당장에라도 바르바라가 여유로운 미소를 지으며 무시무시한 짓을 하는 게 아닌가…… 그렇게 생각했는데…….

"촌극…… 아아, 정말 우스꽝스러운 연극이구나. 그래, 이건 저를 위한 함정…… 인 거죠? 그렇죠?"

바르바라는 라피나 쪽을 보며 말했다. 기묘하게도 그 목소리에는 매달리는 듯한, 도움을 요청하는 듯한 그런 뉘앙스가 느껴졌다. 지독하게 배신당한 듯한, 그런 울림이었다.

연약한 그 모습에 슈트리나는 그저 당혹스러웠다.

"어머니……."

그때였다. 유리우스가 살며시 손을 뻗어 바르바라의 손을 잡았다. 바르바라는 몸을 흠칫 떨었으나 손을 뿌리치지는 않았다.

"늦어져서 죄송합니다. 심지어 그날의 약속도 지키지 못했습니다. 저는 자작가의 가주는 되지 못했으니까요."

유리우스는, 그래도 바르바라의 얼굴을 바라보며 말했다.

"그래도…… 저는…… 저는 당신과…… 엄마와, 다시 만나서, 정말 기뻐요."

그렇게 말하는 유리우스의 눈에는 희미하게 눈물이 맺혔다. 그 환희로 물드는 얼굴을 바르바라도 더는 부정할 수 없었다.

"아아…… 이건, 이럴 수가……."

입에서 흘러나온, 미미하게 떨리는 목소리…….

"그럼, 나는, 뭘 위해……."

그 뒤에 이어질 말을 상상하고…… 슈트리나는 등에 오한을 느꼈다.

슈트리나의 눈에 비치는 건 연약한 인간의 모습. 그건 자신이 도달했을지도 모르는 인생의 말로다.

아이를 빼앗겨 뱀이라는 힘에 매달렸다. 매달릴 수밖에 없었던 그녀는 마지막에는 그 뱀에게서도 버림받았다.

슈트리나의 눈에는 바르바라의 몸에서 뱀이 떨어지는 모습이 뚜렷하게 보였다. 한 사람의 인생을 우롱해놓고는 훌쩍 떠나가는 그런 모습이.

뒤에 남은 건 상처받고 길을 잃어버린 늙은 여자뿐.

그건, 뱀에게 모든 걸 바치고 나면, 허무한 인생의 결실만이 남는다.

바르바라는 죄를 저질렀다.

유리우스의 말대로다.

그녀는 스스로는 절대 감당할 수 없는 죄를 저질렀다. 그 죄는 반드시 청산해야 한다. 그건 변하지 않는다.

불행한 처지를 감안하여 처형은 면한다고 해도 바르바라는 앞으로 영영 해방되지 못한다. 수감자로서 죗값을 치러야만 한다. 죄인으로서 평생을 마치게 된다.

그건, 참으로…… 슬픈 일이라고…….

이럴 바에야 뱀의 승리를 드높이 찬미할 때 처형하는 게 그녀를 위한 일인 건 아닌지…… 그런 생각마저 들었던……. 그때…….

"당신은 뱀에게서 해방되었어요. 바르바라 씨. 당신은 이미 뱀이 아닙니다."

미아가 엄숙한 얼굴로 선언하는 말…… 그것은.

"따라서 당신은…… 앞으로 삶의 방식을 바꿔야만 합니다."

조금 뜻밖의 말이었다.

죄를 갚으라는 말도, 벌을 받으라는 말도 아닌…… 삶의 방식을 바꿔라…….

그 말은 슈트리나 안에서 개운하게 들어맞았다.

바르바라에게서 뱀이 떠나가는 걸 그 눈으로 본 슈트리나에게는 미아의 말이 이렇게 들렸다.

'지금까지는 뱀과 함께 멸망의 길을 걸었지만, 이미 당신은 뱀이 아니다. 그렇다면 당신은 앞으로 당신 자신의 인생을 살아야만 한다'고…….

이어서…….

"바르바라 씨, 당신은 유리우스 씨와 함께 지내세요. 물론 당신은 죄수니까 유리우스 씨가 출퇴근하듯 찾아오는 형식이 될지도 모르지만요……."

조용하고 온화한 목소리로 말을 이어가는 미아.

슈트리나는 그 말이 의미하는 바를 날카롭게 통찰했다.

죄는 벌을 받아야 하지만, 동시에…… 상처도 치료해야만 한다.

아들을 잃고 상처받아 죄를 저지른 사람에게는 벌과 함께 치료가 주어져야 한다.

그래서 미아는 주장하는 것이다.

"유리우스 씨와 함께 사세요."

미아는 잠시 무언가를 생각하는 듯했지만……. 이윽고 작게 고개를 끄덕이고 다시 입을 열었다.

"흠…… 그래요. 유리우스 씨를 돕는 걸 당신의 형벌로 삼는 게 좋지 않을까요……? 물론 아이들에게 이상한 사상을 주입하지 않도록 감시를 붙여야 하겠지만요……. 남은 인생은 유리우스 씨가 시키는 대로 그를 도우면서 사는 것. 그게 당신이 해야 할 일이에요."

"저를, 용서한다는 겁니까? 제국의 예지, 미아 루나 티어문."

앞머리 사이로 바르바라가 날카로운 시선을 보냈다. 하지만 미아는 라피나 쪽으로 힐끗 시선을 줬다가 작게 고개를 저었다.

"용서라뇨……. 그건 말이 안 되죠. 당신은 용서받지 못할 일을 저질렀습니다. 당신은 잡혔고, 남은 인생을 죄인으로서 마칩니다. 당신은 당신이 뿌린 씨앗을 거둬야만 해요."

미아의 말은 더없이 무거웠다. 거기에는 일절 타협이 없었다.

"어쩌면 당신에게 원한을 가진 사람이 이 벌에 만족하지 못한다면 당신을 찾아내 죽일 겁니다. 만약 평화로운 죽음을 맞는다고 해도 하늘의 신께서 당신을 벌하실 겁니다. 당신의 죄는 사라지지 않아요. 하지만……."

미아는 거기서 말을 끊었다. 그러고는 바르바라에게 부드러운 미소를 지었다.

"'그때'까지는 아주 조금이지만 시간이 있을 테죠. 그렇다면 훗날 그 목숨이 다하는 날까지 할 수 있는 일은 있지 않겠어요?"

슈트리나는 눈을 부릅떴다.

미아가 하려는 말의 의미를 지금 막 깨달았기 때문이다.

미아는 이렇게 말하고 있다.

남은 시간을 써서 네 인생에 '의미'를 만들라고.

제 손으로 모든 것을 버리고, 파괴하고, 그래도 상관없다며 살아온 바르바라. 그 인생에는 아무런 의미도 없고, 가치도 없고, 결실도 없다.

그 끝에 존재하는 건 형을 받는 죄인의 시간뿐. 복수자의 비웃음 속에서 살해당하거나, 혹은 복수의 칼날을 두려워하며 훗날 떨어질 신의 판결을 두려워할 뿐.

본래 그녀가 받게 되는 건 그런 허무한 종막이었을 터.

하지만, 미아는 말했다.

그래도 그 인생에 의미는 있었다고…….

뱀은 죽지 않는다. 사람이 사람인 한 이윽고 어딘가에서 되살아나 다시 움직인다. 영원불멸의 존재.

하지만 훗날로 이어지는 흐름이란 딱히 뱀만 있는 게 아니다.

사람의 삶 또한 미래로 이어지는 어엿한 흐름이다.

유리우스라는 사람을 세상에 낳았다. 그리고 유리우스가 키워낸 아이들도 분명히 이 세상에 영향을 준다.

바르바라에게 남은 시간이 얼마나 있는지는 확실하지 않다. 하지만 그래도 미아는 그녀에게 그 흐름에 들어오라고 한다.

그 인생에는 분명히 의미가 있었다고, 그렇게 자랑스러워하며 죽을 수 있도록…….

미아는 바르바라를 바라보며 한 번 더 말했다.

"당신은 이미 뱀이 아니에요. 그렇다면 죄인으로서 벌을 받고, 유리우스 씨의 어머니로서 그의 선행을 돕도록 하세요. 그게 앞으로 당신이 해야 할 일입니다."

그 말에 바르바라는 조용히 눈을 깜빡였다.

제9화 제국의 예지의 판결 (표면·········· 장력)

"그래도…… 저는…… 저는 당신과…… 엄마와, 다시 만나서, 정말 기뻐요."

"아아…… 이건, 이럴 수가……."

감동적인 모자의 재회를 보며 미아는 무심코 눈물을 글썽거렸다.

──아아, 다행이에요. 정말로 잘 됐어요.

만족스럽게 고개를 끄덕인 후 미아는 문득 패티를 보았다.

패티는 두 사람의 재회를 빤히 응시하고 있었다.

──우후후, 이 정도면 패티도 만족스럽지 않을까요? 훌륭한 해피엔딩이니까…….

그런 생각을 하던 미아였으나…… 그 민감한 후각이 위화감을 감지했다. 두 사람을 바라보는 패티의 시선…… 거기에 살짝 걱정하는 기색이 보였다.

──어라? 뭔가 걱정거리가 있나요……?

주변을 살피자 옆에 있던 슈트리나도 무언가 불안해하는 얼굴로 바르바라를 보고 있었다.

패티라면 모를까 슈트리나까지 반응이 신통치 않자 아무리 미아라고 해도 불안해졌다.

잠시 숙고. 그 후 미아는 답을 하나 내놓았다.

──아아, 그렇군요. 저도 참, 이거 조금 마무리가 안이했어요.

제대로 확인해두는 작업을 깜빡 잊었군요.

그건 미아 본인도 자주 저지르는 짓이지만…… '이거 결국 어떻게 된 거지?' 하고 이해할 수 없게 되는 건 왕왕 일어나는 법이다.

눈앞에서 일어나는 일의 의미를 그 자리에서 제대로 확인해놓지 않으면 나중에 문제가 될 때가 많다. 서로의 인식이 종종 어긋나기 때문이다.

상대방이 미아와는 다른 것을 읽어냈을 가능성도 있다.

따라서…….

——여기선 유리우스 씨가 살아 있었다는 게 어떤 뜻인지 똑똑히 선언해서 바르바라 씨에게 이해시킬 필요가 있겠군요.

미아는 조용히 고개를 끄덕인 후 얼굴에 힘을 줘서 엄숙한 표정을 만들어냈다.

"당신은 뱀에게서 해방되었어요. 바르바라 씨. 당신은 이미 뱀이 아닙니다."

그렇다. 먼저 이걸 확인해야 한다.

바르바라는 이미 뱀이 될 이유가 사라졌다. 뱀으로서 활동할 이유는 어디에도 없다.

그렇기에 미아는 말하고 싶다! 진심으로 호소하고 싶다.

이젠 뱀이 아니니까 얌전히 지내라고…….

그 부분을 바르바라의 머릿속에 단단히 집어넣어야만 했다.

"당신은 삶의 방식을 바꿔야만 합니다."

이것도 일부러 입 밖으로 꺼내 확인했다.

'당신은 이제 뱀이 아니죠? 그럼 앞으로는 뱀으로써 사는 게 아니라 삶의 방식을 바꿔야만 하는 거죠?'라고…… 바르바라에게 단단히 일러두었다.

추가로 꼼꼼하게 틀어막았다!

"바르바라 씨, 당신은 유리우스 씨와 함께 지내세요."

이로서 바르바라는 유리우스의 얼굴을 볼 때마다 자신은 이제 뱀이 아니라는 걸 강제로라도 인식하게 된다.

추가로 더! 미아의 수는 계속된다.

──사람은 심심하면 쓸데없는 생각을 하는 법이죠. 성실한 저조차 수업 중에 아벨이 감동할 법한 러브레터를 완성하겠다는 무익한 시도를 해버렸죠.

참고로 들키지 않고 넘어가긴 했지만, 나중에 편지를 다시 읽어 보고는…… 만약 이걸 교사에게 들켰다면 어떻게 되었을지 상상했다가 새파랗게 질린 경험이 있는 미아였다.

──아무튼, 아무것도 시키지 않는 건 위험해요. 바르바라 씨가 못된 꾀를 부릴 새도 없을 만큼 무언가 역할을 줘야죠.

그런 과정을 거쳐 미아는 말했다.

"유리우스 씨를 돕는 걸 형벌로 하죠."

즉 남은 인생을 유리우스의 감독을 받으면서 살라는 뜻이다.

──유리우스 씨는 한때 악에 물들었다고는 해도 믿을 수 있는 분. 저 안경이 그것을 증명해요.

미아가 안경에 보내는 신뢰는 흔들리지 않는다.

그거 말고 또 확인해야 하는데 잊은 건 없는지 머리를 굴리는 사이에 바르바라가 불쑥 입을 열었다.

"저를, 용서한다는 겁니까?"

──용서…… 으음?

미아는 고개를 갸웃거리고는…… 퍼뜩 놀란 얼굴로 라피나를 보았다.

──이거…… 설마 형벌이 너무 가벼웠나요? 확실히 유리우스 씨를 도와 아이들을 돌보는 건 보통 죄인에게 부과되는 노역치고는 가벼운 건지도 모르지만……. 바르바라 씨는 리나 양의 메이드도 했으니까 익숙할 테니 마침 잘 됐다고 생각했는데요…….

게다가 생이별했던 아들과 같이 생활해도 된다는 건 조금 친절한 형벌이다. 예전에 티오나 감금 사건 때 라피나가 웃는 얼굴로 '자비로운 분이군요!'라고 했던 걸 떠올린 미아는 부르르 떨었다.

심지어 바르바라에게 가장 원한이 있는 건 누가 뭐라 해도 슈트리나다.

이 자리에서 미아가 마음대로 용서한다고 할 수 있을 리가 없었다.

시험 삼아 그쪽을 보자…… 슈트리나는 바르바라 쪽을 빤히 바라보며 떨고 있는 게 아닌가!

──히이익, 부, 분노로 떨고 있잖아요. 이거 위험해요!

그런 관계로 미아는 자기가 한 주장에 살짝 궤도를 수정했다. 즉.

"용서라뇨……. 그건 말이 안 되죠!"

용서라니 언어도단! 제대로 벌을 받아야 하거든요! 라고 강조했다.

"당신에게 원한을 가진 사람이 복수하고, 하늘의 신께서 당신을 벌하실 겁니다. 당신의 죄는 사라지지 않아요."

설령 자기가 준 벌이 가벼워도 제대로 벌이 주어질 테니까 괜찮다고 변명을 깔아놓고……

"그때까지는 아주 조금이지만 시간이 있을 테죠."

너무 엄하게만 말하면 이번에는 바르바라가 자포자기하고 폭주할지도 모른단 생각에 최대한 자상한 표정을 지으며 균형을 잡았다. 즉.

'신이나 복수자에게 변명할 수 있도록 착한 일을 할 시간은 있지?'라고 덧붙였다. '나 이렇게 착한 일을 했으니까 용서해줘!'라고 말할 수 있도록 처신을 잘하라는 뜻이었다.

그렇게 한 뒤…….

"당신은 이미 뱀이 아니에요!"

한 번 더 확인했다.

거듭 확인하는 건 아주 중요한 일이다.

"죄인으로서 벌을 받고, 유리우스 씨의 어머니로서 그의 선행을 돕도록 하세요."

죄인으로서 겸허하게 살아라. 하지만 그 삶은 죽은 줄 알았던 아들과 같이 살 수 있는 아주 좋은 시간이기도 하다!

바르바라를 그렇게 설득한 뒤 마무리로,

"그게 앞으로 당신이 해야 할 일입니다!"

단언하는 게 아주 중요하다.

사람이란 앞에서 단언하면 '어라? 그런 것 같기도 하고?'라고 받아들이는 법.

흐름이 오면 그 흐름에 휩쓸리는 법이다.

해파리 미아는 물의 흐름이 어떤 것인지 아주 잘 알고 있다.

이리하여 미아는 덤벙대는 손녀 벨에게도 보여주었다.

다방면으로 틀어막는 조치── 장래에 자신이 위험과 맞닿는 면적을 최대한 줄이는…… 그러기 위해서 모든 수단을 동원하는, 말하자면 표면장력 같은 전술을.

해파리 미아는 물의 마음이 어떤 것인지 아주 잘 알고 있다.

미아의 말을 묵묵히 듣던 바르바라는…… 대답하지 않았다. 하지만 그 얼굴에서 독기가 사라진 걸 보고 미아는 안도…… 할 뻔하다가…….

"저를…… 세인트 노엘 섬에 보내준 건, 무녀와는 다른 계통의 뱀. 이마에 눈 모양의 문신이 있는 남자입니다."

"……허?"

불쑥 출현한 새로운 흐름에 순식간에 삼켜지고 말았다.

제10화 추적극

달이 밝은 밤이었다.

별이 가득한 하늘을 느긋하게 바라보며 휘 쉰랑은 말을 타고 걷고 있었다.

"어디, 바르바라의 아들은 잘 해냈을까⋯⋯?"

저 멀리, 지금은 이미 보이지 않는 노엘리쥬 호수를 떠올리며 중얼거렸다.

"뭐, 잘하든 못하든 나와는 상관없지만⋯⋯."

기본적으로 쉰랑은 일이 일어날 때 현장에는 없도록 한다. 그가 떠난 뒤에 사건이 일어나고, 그 무렵 도화선에 불을 붙인 자신은 이미 다른 장소에 있는 게 이상적이다.

선크랜드에서도, 무녀의 성에서도 그건 변하지 않았다.

성공, 또는 실패를 지켜보지 않고 그 결과에도 집착하지 않음으로써 결코 당사자가 되지 않는다. 그것이야말로 그의 스탠스다.

"그나저나 모처럼 도망치게 해줬는데 설마 세인트 노엘에 갈 줄이야. 그 여자도 감이 다 죽었다니까."

본래 바르바라는 기마 왕국에 유래하는 뱀이 아니다. 오래전부터 제국에 뿌리내린 뱀을 권유로 하고 있다. 게다가 지리적으로 더 서쪽, 가누도스 변방의 뱀과도 살짝 이어져 있었기 때문에 중용하고 있었지만.

"됐다. 딱히 연이 있든 없든⋯⋯."

뱀은 기본적으로 개인주의자다. 잠깐 협력하는 일은 있어도 거기에서 정이 태어나지는 않는다.

"각각 질서를 파괴하며 역사의 흐름을 바꾸는 것. 그게 뱀의 길이다. 자, 다음은 어디로 갈까…… 응?"

그 순간 쉰랑은 입을 다물었다.

귓가에 손을 가져가 바람의 소리를 들었다.

온화한 밤바람을 타고 무언가가 다가오는 소리가 들렸다. 그것은 말이 달리는 소리…….

그 직후 쉰랑은 혀를 찼다.

말의 옆구리를 차서 가도를 달렸다. 하지만 머지않아…… 속도를 늦췄다.

──이거 도망치지 못할 것 같은데…….

체념이 섞인 한숨을 쉰 뒤 그는 천천히 돌아보았다.

"오오, 이거 늑대술사잖아. 우리 족장님."

그 시선 끝에는 칠흑의 말을 탄 키가 큰 남자의 모습이 있었다. 말 좌우에는 두 마리의 늑대가 대기하고 있다.

──냄새를 더듬으면 도망칠 수가 없지……. 이런.

"오랜만이다, 쉰랑. 지금까지 어디서 뭘 했지?"

"이 불초 쉰랑, 세상을 더 좋은 곳으로 만들기 위해 선행에 몸을 바치고 있었습니다. 북쪽에선 고아원에 기부하고 남쪽에선 거리의 쓰레기를 줍고!"

훌쩍훌쩍 우는 연기를 한 쉰랑은 조롱하듯이 혀를 내밀었다.

"가르쳐줄 리가 없잖아. 설령 부모, 형제, 혹은 네 소중한 무녀라고 해도 내 수중을 밝히진 않아. 그게 뱀이라고."

"물어본 내가 어리석었다는 건가."

"에이, 신경 쓸 거 없어. 네가 검술 실력밖에 볼 게 없는 바보라는 건 나도 아주 잘 알거든."

"그래⋯⋯. 그렇다면 여기선 내 특기를 써서 이야기하도록 하지."

그렇게 말한 마취는 스르릉 검을 빼 들었다.

"이봐, 늑대술사. 족장님, 설마 나를 죽이려는 거야?"

"안심해라. 죽이진 않는다. 그건 금지당했으니. 나는 그저 내 역할을 다할 뿐."

"검 치워주지 않으려나, 실전은 싫은데."

그렇게 대꾸하며 쉰랑도 검을 들었다. 살짝 곡선을 그리는 도신이 달빛을 받아 번쩍 빛났다.

시야 속에서 두 마리의 늑대가 좌우에서 포위하듯 다가왔다.

"고작 날 상대로 삼대일이라니⋯⋯. 족장님도 인정사정없네."

오른쪽과 왼쪽에 시선을 한 번씩 준 쉰랑은 검을 두 손으로 들었다.

"음?"

마취가 경계하여 발을 멈춘 순간, 쉰랑이 움직였다.

"호잇."

칼자루 부분을 비틀었다. 무언가가 부러지는 듯한 소리가 나더니 손바닥에서 액체가 주르륵 흘러나왔다.

그건 쉰랑이 쥐고 있던 분말형 약과 섞이면서⋯⋯. 파아앗 강

럴한 빛이 터졌다!

늑대의 약한 비명과 마취의 작은 신음.

그 소리를 등지며 쉰랑은 방향을 틀었다.

"어디, 얼마나 발을 묶을 수 있으려나……."

의욕 없이 중얼거리며 말을 달렸다.

기마 왕국 출신답게 그 솜씨는 아주 훌륭했다. 발을 묶은 마취와 늑대들을 남겨두고 황야를 쭉쭉 달려나갔다.

하지만…… 불운하게도 오늘 밤은 달이 밝았다. 그리고…….

"놓치지 않는다……."

추격자가 불꽃 일족에서 가장 승마술이 뛰어난 기수였다.

고개를 돌리자 후방에서 마취의 말이 조금씩 가까워지고 있었다.

──이런, 역시 빠르잖아. 심지어 그 늑대들은 내 냄새를 알고 있고. 이거 진짜로 도망치지 못하겠어.

그때였다. 쉰랑의 귀가 어떤 소리를 포착했다.

그건 콸콸 흐르는 강물 소리.

"아아, 드디어……."

넓은 강이 보였다.

달빛을 반짝반짝 반사하는 수면, 물보라를 튀기며 쿠르릉쿠르릉 우는 거친 물줄기. 흐름이 빨라서 말을 탄 채로는 도저히 건널 수 없을 것 같다.

강은 쉰랑에게서 오른쪽, 약간 낮은 쪽을 향해 흘러갔다.

그리고 그 강에 마치 낙엽처럼 떠 있는 한 척의 배가 보였다.

배는 곧장 강을 따라 내려가고 있다. 쉰랑은 강을 내려다보며 말의 목덜미를 쓰다듬었다.

"자, 너와는 여기서 작별이야. 행복하게 잘 살아라."

그렇게 말한 뒤 쉰랑은 고삐와 등자…… 말과 사람을 묶어주는 마구를 단칼에 잘라버렸다.

그 후 말의 등을 박차고 강을 향해 도약했다.

찰나의 부유감, 아름다운 달밤을 멍하니 바라보며 떨어지고, 떨어지고…… 다음 순간, 딱딱한 나무에 엉덩이를 쾅 박았다.

"아야야야……."

"뭐야, 괜찮아? 당신이 '무녀'와 있던 사도사 생존자지?"

고개를 들자 머리카락이 긴 남자가 이쪽을 보고 있었다. 이마에 파란 반다나를 감았고 눈매가 날카로운 남자였다.

"그러는 그쪽은 바르바라를 세인트 노엘에 보내준 서쪽의 뱀?"

"흠, 아무래도 틀리지 않은 것 같은…… 데?"

불현듯 남자가 시선을 들었다.

이어서 쉰랑도 시선을 위로 올렸다. 그러자 달빛을 등지고 칠흑을 휘감은 남자가 내려왔다.

"놓치지 않겠다고 했을 텐데."

훌륭하게 배에 착지한 남자, 휘 마취는 즉각 검을 빼 들고…….

"저기요, 남의 배에서 너무 제멋대로 구는 거 아니야?"

갑작스러운 목소리. 직후, 묵직한 금속 소리를 내며 불꽃이 튀었다.

한달음에 마취에게 달려든 반다나 남자가 낸 소리였다. 횡으로 날카롭게 긋는 공격을 검을 세워 받아낸 마취였으나, 발밑의 배가 흔들려서 균형이 무너졌다.

"읏쌰!"

추격하듯 반다나 남자가 발차기를 날렸다. 예리하게 꽂히는 발차기는 마취의 몸통 중심부를 가격하여…… 배에서 밀어냈다.

쉰랑은 그 일련의 과정을 보면서 떨어지지 않도록 필사적으로 배에 매달렸다.

"아이고. 저게 무녀의 최강 전력인가."

반다나 남자는 가볍게 팔을 털며 가벼운 미소를 지었다.

"뭐, 이렇게 배 위에서라면 두려워할 정돈 아니네."

"그건, 글쎄요…… 읏차!"

바람을 타고 날아온 파란 천으로 손을 뻗은 쉰랑이 쓴웃음을 지었다.

그건 마취의 참격에 잘려버린 남자의 반다나였다.

"아하. 제법인데."

남자는 강 속으로 사라진 마취를 노려보며 사납게 웃었다.

──족장도 괴물이지만 이 남자도 그에 뒤지지 않는 괴물이잖아.

쉰랑은 한숨을 쉬며 말했다.

"그런데 이제부터 어디로 갈 거죠?"

"글쎄. 가끔은 고향에 찾아가 볼까 하던 참인데."

그렇게 말하며 남자가 웃었다. 달빛을 받은 그의 얼굴, 앞머리 사이로 보이는 이마에는 눈 모양의 문신이 선명하게 새겨져 있었다.

제11화 누군가의 오산

바르바라는 산테리에게 연행되어 그 자리를 떠났다.

──끄으응……. 마지막에 터무니없는 정보를 주고 갔잖아
요…….

그건 새로운 뱀의 정보……. 그 뱀이 야나와 같은 민족, 바이더
리언이라는 사실.

바르바라 일이 정리된 순간 나타난 커다란 문제를 앞에 두고 머
리에서 김이 날 것 같은 미아였으나…….

──아니, 아니에요. 지금은 적어도 문제 하나가 처리된 걸 기
뻐해야죠. 그리고 눈앞의 문제를 잘 해결하는 것이야말로 핵심.
새 문제는 또 나중에 다시 생각하면 돼요.

내일의 일은 내일의 나에게 맡기자는 정신으로 털어버린 미아
는 현재 상황을 정리했다.

우선 바르바라는 이걸로 문제없을 것이다. 앞으로는 라피나가
알려주는 소식을 기다리게 되지만, 아마 그렇게 가혹한 미래는
아닐 것이다.

──얌전한 사자가 된 라피나 님이라면 그렇게 심한 판단은 하
지 않을 거예요. 그 벨을 용서해줄 정도니까 괜찮을 게 틀림없어
요. 남은 건…….

그렇게 미아가 시선을 던진 곳에는 혼자가 된 유리우스의 모습
이 있었다. 그에게는 아직 해야 할 일이 있다.

유리우스는 천천히 아이들 앞으로 걸어 나왔다. 그리고…….

"정말로 미안해."

조용히 머리를 숙였다. 그 후 그는 이야기했다.

자신의 죄를…….

조금 전의 여성이 생이별한 친모라는 것.

그녀가 죄를 저질러 이 세인트 노엘에 잡혀있었다는 것.

어머니를 만나기 위해 은접시를 훔쳤다는 것.

조금도 변명하지 않고, 그저 담담하게 사실을 늘어놓았다.

"나는 너희가 혐의를 받았을 때 의심을 풀어줄 수 있었는데 그렇게 하지 않았어. 그 결과 너희들을 위험에 빠트렸지. 이건 변명의 여지가 없는 내 죄야. 정말로 미안하다."

유리우스의 말에 아이들은 어안이 벙벙해진 모습이었다.

어쩔 수 없는 일인지도 모른다. 너무 많은 일이 있었으니까.

사정을 이해하는 것만으로도 벅찰 것이다.

미아에게는 오산이었던 게 야나였다.

그녀도 아무 말 없이 유리우스를 쳐다보기만 했다.

──아아, 이거…… 예상 밖이에요.

미아는 끄응 신음했다.

공중목욕탕에서 만났을 때 야나를 잘 타일러놓았는데…….

──새로운 뱀이 바이더리언 관계자였다는 이야기의 영향력이 너무 컸던 모양이에요.

자기들과 같은, 이마에 눈 모양 문신을 지닌 남자가 암약하고 있다. 그 정보는 야나에게 적잖은 충격을 주었을 것이다.

──이렇게 된 이상 제가 무언가를…….

다부진 얼굴이 되어 한 걸음 나서려고 한 미아였으나……, 바로 멈추더니 머리에서 펑 연기가 피어올랐다.

──아, 안 되겠어요! 아무것도 생각나지 않아요!

바르바라 문제를 처리하느라 이미 당분 에너지를 다 사용해버린 미아는 과자 연료 부족 상태에 빠져버렸다.

그렇게 발생한 침묵. 어떻게 흐를지 전혀 예측할 수 없는 상황에서 입을 연 사람은…….

"하지만…… 유리우스 선생님은, 엄마를 만나기 위해서 그런 거죠?"

야나의 동생 키릴이었다.

형들, 누나들이 아무 말도 하지 못하는 가운데 키릴은 열심히 말을 이어갔다.

"저는…… 저였다면, 만약 엄마를 만날 수 있다면 똑같이 했을 거예요. 게다가 누나와 헤어지게 되어서…… 그런데 만약 한 번더 만날 수 있다고 하면, 나쁜 일이라고 해도 해버렸을 거예요."

"키릴……."

생각지 못한 타이밍에 입을 연 동생을 야나가 깜짝 놀란 얼굴로 바라보고 있었다.

"그러니까…… 유리우스 선생님은, 나쁘지 않아요."

그 목소리는 조금씩 작아지며 사그라들었다. 하지만 아이들의 마음에는 확실히 전해진 모양이었다.

"응……. 나도 유리우스 선생님은 나쁜 사람 아닌 것 같아."

"나도……."

카론이 처음으로 동의하자 다른 학생들이 뒤를 이었다.

유리우스는 아이들의 반응을 보고 눈이 휘둥그레졌다. 무언가 말을 하려고 입을 열었지만 거기서는 아무런 말도 나오지 않았고……. 그저 조용히 아이들의 말을 받아들였다.

한편 미아는 자신이 틀렸다는 걸 깨달았다.

용서하느니 마느니 같은 말은 할 필요가 없었다. 야나를 유도할 필요는 전혀 없었던 것이다.

이 아이들은 유리우스의 마음을 잘 이해하고 있다. 왜냐하면 유리우스가 어머니를 사랑하는 마음과 같은 것이 아이들 안에도 있기 때문이다.

연장자 남자아이들은 아닌 척 고집을 부릴지도 모르지만, 키릴은 그 마음에 거짓말을 하지 않았다. 어머니를 만날 방법이 있다면 뭐든 한다. 한 번 더 만날 수 있다면…….

──후후, 야나를 신경 써서 누나도 추가하는 점이 귀엽단 말이죠.

어린 키릴의 배려에 살짝 모성을 자극당한 미아(25) 누나였다.

그렇게 아이들이 입을 모아 이야기하는 가운데 마침내 입을 연 사람은…….

"나는…… 계속 유리우스 선생님에게 배우고 싶어."

반장인 야나였다.

아주 예리한 통찰력이었다. 야나는 설령 유리우스가 용서받는다고 해도 이대로 세인트 노엘에 머무를 수는 없을 거라고 눈치채고 있었다.

그리고 그 이야기가 나오기 전에 선수를 친 것이다.

——역시 저 아이, 아주 예리해요…….

미아는 무심코 눈을 크게 뜨고 그 대화를 지켜보기로 했다.

"나는…… 우리의 마음을 제대로 이해해주는 유리우스 선생님이 좋아. 제대로 우리 이야기를 들어주고, 자기가 잘못하면 똑바로 사과해주는 유리우스 선생님이 좋아……."

그러더니 야나는 라피나 쪽을 향해 머리를 숙였다.

"라피나 님, 유리우스 선생님을 특별 초등부 선생님에서 자르지 말아주세요."

"으음, 글쎄……."

그러자 라피나는 고민하는 표정을 지었다.

——어라? 묘하네요. 영락없이 바로 허락할 줄 알았는데…….

미아는 고개를 갸웃거렸다. 하지만 생각해 보면 당연한 반응인지도 모른다. 유리우스는 절도를 저질렀다. 정상참작의 여지는 있다고 해도 이대로 아무 벌도 받지 않을 수는 없을 테니…….

잠시 생각에 잠겼던 라피나였지만 이내 그 얼굴이 환하게 밝아졌다.

"아, 그래. 그럼 이런 건 어떨까?"

장난기 어린 미소를 지으며 라피나가 말했다.

"이대로 아무 일 없이 돌아가는 건 좀 어렵다고 보거든. 그러니까……."

생글생글 들뜬 미소를 지으며 라피나는…….

"아이들과 함께 요리 교실을 여는 건 어때?"

무시무시한 의견을…… 냈다!

"…………허?"

유탄을 맞아 반사적으로 나와버린 그 목소리가 누구의 목소리였는지는 확실하지 않았다.

제12화 전력 분석…… 패배 확정?

키스우드는 검술이 뛰어난 청년으로 유명하다.

그 재능은 천부적이었으나, 자만하지 않고 연마를 거듭하여 검술 천재 시온과 비교해도 뒤떨어지지 않는 실력을 자랑했다.

그것만이 아니라 훗날 왕이 되는 시온을 위해 전술이론·전략이론도 습득하여 평범한 종자와는 차원이 다른 능력을 갖췄다.

싸우라고 하면 귀신같은 무력으로, 병사를 이끌라고 하면 역전의 명장같이. 그렇게 행동할 수 있도록 스스로를 갈고닦았다.

그런 키스우드의 탁월한 전략안이 말해 주었다.

'이거 패배 확정이네……'라고…….

패인은 잘 알고 있다.

전쟁고아였던 키스우드에게 특별 초등부 아이들의 문제는 남일 같지 않았다. 또한, 유리우스의 이상도 그에게는 아주 공감이 갔다.

세상에는 유리우스 같은 인물이 필요하고, 냉대받아선 안 된다.

그러니 야나가 라피나에게 부탁한 시점에서…… 저도 모르게 조금 감동하고 말았다.

……그게 방심을 만들었다.

라피나가 왠지 기뻐서 들썩거리고 있는 시점에서 눈치챘어야 했다.

위험 신호가 맹렬히 울리고 있다는 걸…….

"패배 확정…… 아니, 아니지…… 패전이라는 한마디로 치워버
릴 수는 없어……."

키스우드는 복도를 어슬렁거리며 생각에 잠겼다.

"전쟁에는 물량이 중요하지……. 사투를 극복하기 위해서는 전
력이 될 사람이 필요해."

그의 군사적 상식이 외쳤다. 전력이…… 인원이 필요하다고.

지금도 떠올릴 때마다 등을 타고 전율이 올라온다.

미아가 만든 거대한 말 모양 빵은 아직도 꿈에 등장하곤 한다.

만약 시온이 그 덜 익은 거대한 빵을 먹었다면……. 그 상상만
으로도 키스우드의 위가 쿡쿡 쑤셨다.

그건 정말로 무시무시한 싸움이었다.

그 후 얻게 된 든든한 아군, 사피아스도 지금은 없다.

"사피아스 님이 없다는 게 너무나 원통하구나. 지금쯤 잘 지내
고 있을까?"

문득 하늘로 시선을 던지자 밝은 별이 반짝거렸다. 키스우드에
겐 그게 제국 땅에 있는 사피아스처럼 보였다.

…………중증이다!

우선 고개를 저어 머리를 털어냈다. 먼저 정보를 정리해야 한다.

"역시 적은 미아 황녀 전하와 클로에 양…… 이 두 사람은 철저
하게 경계해야 해."

눈을 떼면 무슨 짓을 저지를지 알 수 없다. 미아는 버섯, 클로
에는 독특한 조미료. 무언가 사고를 치지는 않는지 항상 감시할
필요가 있다.

"미아 황녀 전하의 손녀라는 미아벨 님은…… 뭐, 문제없겠지."

물론 전력으로 카운트하지는 못하지만, 미아나 클로에처럼 이상한 걸 넣을 가능성은 적어 보인다고 판단했다.

"그쪽은 특별 초등부 아이들과 같은 카테고리로 봐도 될 거야. 제대로 지시하면 어떻게든 따라주겠지. 그리고 옐로문 공작 영애, 그분은…… 독 배합 같은 걸 잘한다고 하니까 요리도 잘…… 할까?"

잠시 생각한 뒤 키스우드는 결론을 내렸다.

"그래! 요리와 배합, 별로 차이는 없지! 응!"

키스우드는 혼란에 걸렸다!

전시 상황으로 생각하면 이런 희망적 관측은 지극히 위험하지만…….

아무튼, 슈트리나는 훌륭하게 티오나와 같은 카테고리로 분류되었다. 즉 써먹기에 따라서는 쓸만한 카테고리다.

"새로 가입한 라냐 왕녀 전하는 어떻게 봐야 하나……."

페르쟝 농업국의 왕녀 라냐는 앞으로 열흘 뒤엔 수확감사제 때문에 고국에 돌아가야만 한다. 그녀가 전력이 된다면 그 전에 요리 교실을 열어야 한다. 식사와 농작물에 조예가 깊은 왕녀이지만 과연 요리 실력은 어떨까…….

"확인하고 싶지만…… 페르쟝은 대기근 때문에 존재감이 커졌지. 게다가 미아 황녀 전하가 만드는 조직도 그 땅에 생긴다고 하고. 당연히 라냐 왕녀도 그 일에 관여할 테니까 절대 쉽게 봐선 안 돼."

즉 무슨 소릴 하고 싶은 거냐면, '라냐 왕녀님은 요리할 줄 아세요?'라고 가볍게 물어볼 수 없다는 뜻이다. 섬세하게 신경을 쓸 필요가 있다.

"그리고 라피나 님……. 그분의 요리 실력은 어떨까?"

의식에 나올 때 보면 빵을 손으로 자르곤 했었다. 적어도 빵 자르기 정도는 할 줄 알 테지만…….

"음……. 뭐, 이상한 걸 넣거나 하지는 않을 것 같으니까. 좋은 의미로 내가 시키는 대로 따라줄 것 같아. 괜찮겠지."

그렇게 판단하려던 순간…… 불현듯 그의 뇌리에 불길한 예감이 스쳤다.

"아니……, 하지만 라피나 님은 미아 님에게 묘하게 무른 구석이 있어. 미아 님의 말을 순순히 듣고 이상한 걸 넣을 위험은 있어 보여. 구체적으로는 버섯 같은 거……."

그렇다면 살짝 믿을 수 없어진다.

"아벨 왕자와 시온 님은 시키는 걸 잘 따라줄 것 같기도 하고 그렇게까지 이상한 짓은 안 하겠지. 그리고 티오나 양…… 도 괜찮을 거야. 응, 셋이서 채소라도 썰어달라고 하고. 남은 건 종자 아가씨들인가……."

지난번 요리 교실 때도 신나게 고생했었던 걸 떠올리며 키스우드는 머리를 부여잡았다.

미아의 메이드 안느는 전보다 요리 실력이 늘었다는 것 같기도 하다는 소문을 들었다. 티오나의 메이드 리오라는 여전하지만, 그래도 조금은 상식이 생겼을 것이다. 오븐에서 구우라고 하면 오븐에 넣고 구워줄…… 거다……. 아마도…… 분명.

"라냐 왕녀 쪽은 어떠려나? 어쩌면 페르쟝의 종자가 요리를 아주 잘하는 사람일 가능성은 있지. 기대할 수 있을 것 같아. 그리고 벨 님의 종자인 린샤 양은, 쓸만하려나……?"

이번 요리 교실의 난이도 상승 요인은 학생회 구성원들만이 아니라는 점이었다. 특별 초등부 아이들도 돌봐야만 한다.

"요리 경험자로서 현장 지휘관으로서 쓸만한 패는 나와 린샤 양, 라냐 왕녀의 종자………… 뿐인가? 이게 전부야?"

팔짱을 끼고 연신 중얼거리면서 복도를 걸어가는 키스우드. 그가 또 다른 강력한 전우, 모니카의 존재를 깨달을 때까지는 조금 더 시간이 필요했다.

제13화 키스우드, 든든한 아군을 얻다!

"오늘은 수프가 좋겠어."

인기척 없는 밤의 조리실에 한 여성의 모습이 있었다.

라피나의 메이드, 모니카다.

바람 까마귀를 떠나 라피나의 메이드가 된 뒤로 성녀의 야식을 만드는 건 그녀의 중요한 업무가 되었다.

라피나는 일이 아주 많다.

학생회장을 미아에게 넘겨준 라피나였지만 여전히 다망했다.

베이르가의 성녀로서 해야 하는 일은 의식 집행만이 아니다. 때로는 학생들 앞에서 신성전을 해설하고, 때로는 타국의 중진들과 밀담을 나눈다.

선크랜드와 기마왕국 사이의 긴장 관계를 완화시켰던 것도 그 일환으로, 대륙의 평화와 안정을 유지하기 위해 항상 무거운 책임이 라피나의 어깨를 짓누른다.

여기에 뱀 문제도 있다.

그 정신적 중압감은 상상을 금하는 수준이다.

그런 라피나이기 때문에 바빠서 식사를 하지 못할 때가 있다. 그럴 때면 야식을 마련하는 게 모니카의 일이었다.

하지만…… 당연히 무슨 메뉴든 괜찮은 건 아니다. 몸에 좋으면서 맛있는 것으로. 그걸 먹으며 조금이라도 몸과 마음을 치유해주길 바란다.

빠르게 채소를 썰고 보글보글 푹 끓이기를 잠시……. 맛있는 냄새가 나기 시작한 그때…… 불현듯 인기척을 느꼈다.

"누구냐?!"

날카로운 목소리. 동시에 모니카는 가까이 있던 채소용 나이프를 들었다. 역수로 들어서 언제든 대응할 수 있도록 대비하며 갑자기 출현한 수수께끼의 기척을 향해 집중했다.

목이 말라서 물을 마시러 온 학생…… 같은 가능성도 생각하지 않은 건 아니지만, 기척을 반쯤 숨기고 있는 게 의심스러웠다. 그러나…….

"죄송합니다. 위협할 생각은 아니었는데."

"당신은…… 키스우드 님."

쓴웃음을 지으며 나타난 사람은 시온 솔 선크랜드의 유일무이한 충신, 키스우드였다. 아무래도 키스우드도 경계했던 모양이었다.

"이런 시간에 식당에 오다니…… 무슨 일이시죠?"

"아니, 그건 제가 할 말인데요……. 모니카 양."

키스우드의 눈이 불 위에 올린 냄비에 꽂혔다.

"모니카 양, 그건?"

"……채소 수프인데요."

"채소, 수프……?!"

쿠구궁! 하고 충격을 받은 키스우드를 보고 모니카는 고개를 갸웃거렸다.

그렇게 놀랄 만한 일이었나?

"이런 부탁을 하는 건 대단히 면목이 없지만…… 만약 괜찮다면 그 수프를 한입 먹어볼 수 있겠습니까?"

"……어…… 응? 배고파?"

예상치 못한 말에 무심코 반말이 나가버린 모니카였다. 그야 한밤중에 식당에 온 시점에서 그럴지도 모른다고는 생각했지만…….

"아아, 아니, 그런 게 아니지만요. 뭐라고 해야 하지……."

드물게도 당황한 키스우드를 보며 쓴웃음을 지은 모니카는,

"그럼 라피나 님께 가져가기 전에 기미한다는 명목으로 치죠."

냄비에 있던 수프를 컵에 따랐다.

모락모락 김이 올라오는 그것을 키스우드가 조심조심 받아마시고는…….

"오, 오오……! 아주 멀쩡한 맛이야!"

"어…… 지금 시비 터는 거야?"

또다시 반말이 나와버린 모니카였다.

"아, 죄송합니다. 그런 게 아니라 아주 맛있어서 조금 놀랐다고 해야 할까……."

키스우드는 서서히 진지한 얼굴이 되더니…….

"아니, 이렇게 된 거 솔직하게 부탁드리는 게 좋겠죠. 모니카 양, 긴히 말씀드리고 싶은 게 있습니다. 이따가 시간을 내 주실 수 있을까요?"

아주 고지식한 얼굴로 그런 소릴 하는 키스우드를 모니카는 묘한 얼굴로 마주 보더니…….

"혹시 작업 거시는 겁니까?"

"아뇨, 그런 게 아니라요……."

크게 당황하며 부정하는 키스우드.

마치 갑작스럽게 사지에 나타난 원군에게 매달리듯 필사적인 모습에 모니카는 무심코 웃음을 터트렸다.

"농담입니다, 키스우드 님. 하지만 라피나 님의 종자 중에는 남성을 상대하는 게 익숙하지 않은 분이 많습니다. 그런 분들이 오해할 법한 말씀은 안 하시는 게 현명하지 않을까요."

"그, 그렇군요……. 맞는 말씀입니다."

착실한 얼굴로 고개를 끄덕이는 키스우드. 그 반응에 훈훈함을 느끼며 모니카는 수프로 시선을 던졌다.

"으음. 라피나 님께 수프를 가져다드린 뒤라면 잠시 시간을 낼 수 있으니까 여기서 기다려주시겠어요?"

모니카의 제안에 키스우드는 가타부타 없이 고개를 끄덕였다.

잠시 후…….

라피나의 방에서 나온 모니카는 '대체 무슨 일이지?' 하고 고개를 갸웃거리면서 조리실로 돌아왔다.

얌전히 기다리고 있던 키스우드는 마치 구원의 여신을 보는 듯한 얼굴로 말하기 시작했다.

사정을 들은 모니카는 쓴웃음을 지으면서…….

──라피나 님께서 시작한 일이라면 실패할 수 없어. 게다가 성공시켜서 라피나 님도 즐길 수 있도록 만들어드려야지.

살짝 기합을 넣었다.

"특별 초등부 아이들이 참여한다면 인원수가 많네요. 그룹으로 나눠서 한 그룹당 한 명씩 잘 가르쳐줄 수 있는 사람을 붙이는 게 좋지 않을까요?"

"아하…… 각개격파라는 거군요."

미간을 찡그리고 끄으응 앓는 소리를 내는 키스우드에게…….

"……키스우드 님, 어휘를 정제할 여유를 잃으셨어요."

아주아주 침착하게 태클을 거는 모니카였다. 그러고는 아주 약간 고개를 기울이고는…….

"혹시 키스우드 님은 권모술수 쪽은 그다지 특기가 아닌 건가요?"

"하하하, 언젠가는 할 줄 알게 되고 싶지만요……."

"부끄러워할 일은 아닙니다. 선크랜드의 기사는 정정당당하게, 정의의 칼날로 적을 쓰러트리는 걸 최우선으로 생각해야죠. 하지만……."

모니카는 조용히 생각에 잠겼다.

얼마 후, 키스우드는 알게 된다.

바람 까마귀의 테크닉. 상대방의 마음을 교묘하게 조종하는, 첩보전의 진수를.

제14화 미아 황녀, 달콤한 함정 앞에서 완패하다

다음 날 오후……. 수업 시간도 끝난 평화로운 한때.

미아 식으로 표현하라면, 간식을 다 먹고 약간 졸음이 오는 그런 시간…….

"흐으음……."

세인트 노엘 학원 여자 기숙사, 미아의 방.

미아는 침대 위에 축 늘어져서 뒹굴거리──지 않고 있었다.

착실하게 책상 앞에 앉아 팔짱을 끼고는 심각한 얼굴로 끄으응 앓는 소리를 내고 있다.

미아는 진지하게 생각하는 중이었다. 참고로 무슨 생각을 하고 있냐면…….

"라피나 님의 아이디어고…… 특별 초등부 아이들을 위해서도 유리우스 씨를 위해서도 실패할 수 없어요."

예의 그 화해의 요리 교실 건이었다.

확실히 그 자리에서 유리우스의 처우는 거의 정해졌다고 해도 과언이 아니다. 요리 교실은 직접적으로는 관계가 없을 테지만…… 그건 그거고…….

만약 다 함께 말 모양 빵을 만들었는데 결과가 엉성하다면 어떻게 될까?

"화해 자체가 애매해질 것 같아요. 그건 피하고 싶은데요……."

모처럼 라피나가 훈훈한 형태로 사건을 마무리 지으려고 하고 있다. 그렇다면 이번 샌드위치 만들기는 내성공이어야만 한다. 무엇보다 미아가 고안한 말 모양 빵을 만들었는데도 실패한다는 건 미아에게도 그리 기분 좋은 일이 아니다.

"지난번처럼 제가 아이디어를 낼 필요가 있지 않을까요?"

키스우드 혼자서 짊어지기에는 너무 무거운 짐이라며, 완전한 선의로 흉계를 꾸미기 시작하는 미아였다.

완전히 쓸데없는 참견이다!

"역시 입체로 만들어서…… 멋들어진 날개를……. 날개…… 아, 그래요. 그 버섯으로 날개의 질감을 살리고…… 그렇다면 버섯을 채집하는 것부터 시작해야……."

책상에 올려놓은 노크에 샌드위치 설계도를 샤샤샥 메모하기 시작하는 미아. 그때…….

"실례합니다. 미아 님……."

"어머? 클로에, 무슨 일인가요?"

문을 열고 클로에가 나타났다.

손에는 책을 한 권 들고 찾아온 클로에는 진지한 얼굴로 미아를 바라보았다.

"으음? 그 책은?"

"네. 이번 샌드위치 만들기를 위해 조사해두려고요……."

그렇게 대답하는 성실한 클로에를 보며 미아는 저도 모르게 웃음을 흘렸다.

"후후후, 역시 클로에. 저와 같은 생각을 하고 있었군요."

든든한 독서 친구의 발언에 만족스럽게 고개를 끄덕인 뒤 미아는 클로에가 가져온 책으로 시선을 옮겼다.

"그래서 이 책은 뭐죠?"

"요즘 유행하는 요리를 정리한 책이라고 해요. 모니카 양에게 받았습니다."

"어라? 모니카 양이요?"

뜻밖의 이름을 듣고 작게 고개를 갸웃거린 미아였지만 이내 짝 손뼉을 쳤다.

"그렇군요. 그분은 원래 첩보 조직 소속이었죠. 라피나 님의 명령을 받아 정보를 수집해온 거려나요."

'흠흠' 하며 이해했다는 듯 고개를 끄덕이는 미아였다.

"모니카 양에게 빌린 이 책에 무언가 샌드위치에 쓸만한 아이디어가 있을시도 몰라서 읽어봤는데요……."

그렇게 말하며 클로에는 책상 위에 책을 펼쳤다.

"오호. 무언가 좋은 것이 있었나요?"

"네. 많은 참고가 되었습니다. 예를 들어 이 과일과 크림을 넣은 샌드위치라는 게……."

그 이야기를 들은 순간 미아는 눈을 부릅떴다.

"어머나! 그런 게 있나요? 아니, 그건 샌드위치가 맞나요? 케이크가 아니라?"

급히 책을 들여다보았다. 그러자 놀랍게도 크림을 사이에 끼운 빵 그림이 그려져 있었다!

그것은 직사각형으로 자른 빵에 과일과 하얀 크림을 끼운 샌드위치였다.

비슷하게 얇게 자른 고기를 끼운 건 먹은 적이 있지만…… 샌드 위치에 이렇게 달콤한 것을 끼운다는 발상은 미아 안에 없었다.

"아아……. 하지만, 그렇군요. 잘 생각해 보면 잼이나 꿀도 발라서 먹으니까 생크림이나 과일을 끼워도…… 이상하지 않아요!"

"저도 이런 음식이 있다는 걸 전혀 몰랐지 뭐예요. 상인의 딸로서 부끄럽습니다. 이건 저명한 요리사가 개발했다고 하는데 아주 달콤하고 맛있다고 해요. 모니카 양도, 아이들도 단맛을 좋아하지 않겠냐고 그랬고……."

"아아, 그건 진리로군요. 단것을 싫어하는 아이는 없으니까요. 분명 패티도 좋아할 테고……. 그렇다면 이 샌드위치는 좋은 메뉴예요. 네, 아주 좋아요."

미아의 머릿속을 달달한 샌드위치가 가득 채웠다.

"특히 이 홍월 딸기와 생크림 샌드위치가……."

"생크림에 홍월 딸기라고요?! 그럼 샌드위치가 아니라 거의 쇼트케이크잖아요? 그런 샌드위치가 존재해도 되는 건가요?!"

부들부들 떨리는 손으로 클로에에게서 책을 받은 미아는 정신 없이 읽어나갔다.

"괜찮아 보이는 메뉴에 모니카 양이 표시를 해둔 모양이군요."

"세상에……. 역시 전직 바람 까마귀……. 정보 정리쯤은 손쉽다 이거로군요?"

쾌활한 미소를 짓는 미아…… 였으나…….

그녀는 눈치채지 못했다.

그게 전부 키스우드 Feat.모니카에 의한 첩보 공작이라는 사실을…… 상상조차 하지 않았다.

이리하여 버섯 여제 미아는 달콤한 함정에 빠졌다. 그것은 제국의 예지가 첩보전에 완패한 희귀한 사례라고 할 수 있을 것이다.

제15화 상식인 벨, 거수하다!

결전의 날은 한 주가 시작하는 날이었다.

중앙 정교회에서 일주일의 시작은 안식의 성일(聖日)이라고 불린다.

이날은 성일 미사의 날이자 직장도 학교도 쉬는 날. 하루하루의 업무에서 해방되어 마음을 평안하게 다스리는, 말 그대로 안식의 날…… 이었으나.

미사를 마치고 성당에서 나오는 사람들 속에 홀로 마음이 평안하지 않은 사람이 있었다.

다름 아닌 키스우드였다.

"괜찮아…… 해야 할 일은 했어. 사전 준비는 다 마쳤을 터……. 아무런 문제도 없, 을 거야……."

중얼중얼……. 스스로를 타이르듯 한참 중얼거리던 키스우드의 뇌가 떠올렸다.

이번에 협력해준 모니카의 조언을.

"아무리 준비해도 불안해서요……."

그런 힘없는 소릴 하는 키스우드에게 모니카는 위로하듯, 난처해하는 듯한 미소를 지으며…….

"키스우드 님……."

토닥토닥 어깨를 다정히 두드리고는…….

"……답이 없을 때도 해야만 하는 때가 있기 마련이잖아요?"

"뭐, 그렇긴 하죠!"

구체적으로는 숙련된 늑대 두 마리와 싸워야만 할 때라거나!

영락없이 '세상에는 아무리 준비해도 어떻게 할 수 없는 때가 있으니까 편하게 갑시다' 같은 조언이 올 줄 알았는데, 그건 전제로 깔고 '아무리 막막해도 어떻게든 해야만 할 때가 있으니까 포기합시다!'가 왔다. 전혀 다정하지 않았다!

이건 조언일까? 격려인 걸까? 고개를 절로 갸웃거린 키스우드였다.

모니카 부엔디아. 바람 까마귀에서 훈련을 받고 렘노 왕국에서 혹독한 대우를 당했으며 라피나 밑에서 일하는 그녀는…… 아무래도 상상했던 것보다 더 강인하게 단련되고 만 모양이었다.

조언할 때 모니카가 지은 해탈한 표정을 떠올리고는…….

"아니, 하지만…… 역시 그건 조언은 아니었어."

무심코 쓴웃음을 짓는 키스우드였다.

오전에 성일 미사를 마친 세인트 노엘의 학생들은 점심을 먹을 때까지 자유시간이 되었다. 이날은 수업도 없고 행사도 없다.

그대로 기숙사 식당에서 점심을 먹어도 되고, 마을로 놀러 나가도 되고, 각자 일주일에 한 번 있는 휴일을 만끽하기 위해 움직이기 시작했는데…….

특별 초등부와 학생회 면면은 학생회실에 소집되었다.

다 모인 뒤 그들이 향한 곳은 조리실 뒤편이었다. 그곳에는 한

발 먼저 와 있던 유리우스가 열심히 크림을 만드는 중이었다.

일반적으로 케이크 등에 사용되는 크림. 그건 갓 짠 우유를 분리해서 만들어 낸다. 그 분리 작업에 사용되는 게 '여왕 해파리의 가루'라고 불리는 분리제다.

흡수성이 지극히 뛰어난 그 가루는 수분을 빨아들이며 우유 아래쪽으로 가라앉는다. 한편 비중이 가벼운 크림은 위로 모인다. 이걸 연진분리법(練振分離法)이라고 한다.

우유 분리 자체는 자연에 방치해도 일어나는 현상이지만, 이 여왕 해파리의 가루를 발견한 덕분에 분리 기술이 비약적으로 발전했다고 한다.

하지만 기술이 발전했다고 해도 노동 자체가 사라진 건 아닌지라…….

수분을 흡수하는 그 마법의 가루가 골고루 섞이지 않으면 당연히 분리가 불완전해진다. 수분이 많이 남으면 크림에 거품이 잘 일지 않게 되면서 맛도 저하된다. 더불어 여왕 해파리의 가루는 수분을 흡수한 순간부터 점도가 생기기 때문에 휘젓는 것도 아주 힘들다.

따라서 거대한 통을 휘젓는 유리우스의 이마에는 땀이 반짝거렸다.

하지만 유리우스는 손을 멈추지 않았다. 두 손으로 붙잡은 커다란 주걱을 열심히 움직일 뿐이다.

그건 그에게 주어진 속죄의 기회였다. 아이들이 오늘 만드는 추억을 즐겁게 해주기 위해서.

"아. 여러분. 조금 더 시간이 걸릴 것 같지만 빵이 다 구워질 무렵에는 크림을 가져다드릴 수 있을 것 같습니다."

후우 한숨 돌린 유리우스가 미소 지었다.

"유리우스 선생님. 저도 도울게요."

키릴이 그렇게 말했지만 유리우스는 천천히 고개를 젓고는,

"여러분에게는 다른 할 일이 있습니다. 이건 저한테 맡기세요."

단호하게 거절했다.

그렇게 노력하는 유리우스 선생님의 모습을 아이들에게 보여준 뒤 일행은 조리실로 돌아왔다.

그곳에서 오늘의 요리 교실에 대해 재차 설명했다.

"이번에 여러분께서 만드실 메뉴는 크림과 홍월 딸기를 넣은 샌드위치입니다."

키스우드는 엄숙한 어조로 말했다.

이것이 바로 그와 모니카가 세운 작전. 즉 '유도'다.

비교적 위험이 적어 보이는 메뉴를 선택하도록 유도한 것이다.

크림과 홍월 딸기 샌드위치라면 큰 문제는 일어나지 않는다. ……아마도. 설마 여기에 처참한 어레인지를 추가하려고 들진 않을 것이다. ……제발.

──그 후르츠 샌드위치 페이지는 미아 황녀 전하도 읽었어. 클로에 양도 이미 머릿속에 후르츠 샌드위치 생각밖에 없을 거야.

가장 위험한 두 사람을 유도하기 위해 정보전을 개시.

상대가 기꺼이 함정에 뛰어들게 만드는 것이야말로 상책. 의도

적으로 매력적인 정보를 흘려 두 사람의 의식을 유도했다.

"그래……. 음, 확실히 아주 맛있을 것 같지만……."

그러나 설명을 듣고 있던 라피나의 얼굴이 불현듯 어두워졌다.

"하지만…… 말 모양 샌드위치는……."

"라피나 님……."

그런 라피나에게 모니카가 바로 걸어가더니…….

"키스우드 님께 만드는 법을 배웠습니다. 게다가 그쪽은 나중에 미아 님과 상의하면서 만드시는 게 좋지 않을까요……."

참으로 빈틈이 없다.

"미아 님과 상의하면서…… 둘이서…… 응. 그래, 아이들과 같이 만들면 이해하기 어려운 부분도 있을지도 몰라."

친구와 둘이서 요리하는 걸 상상하고 싱글벙글해진 라피나였다.

한편 키스우드는 뒷일을 걱정하며 슬쩍 배를 문지르면서도 지금은 눈앞의 문제를 처리하기 위해 마음을 다잡았다.

"그런 관계로 오늘은 미리 준비를 해왔습니다. 작업은 분담해서 진행합니다. 시온 전하, 아벨 전하, 티오나 님과 리오라 양, 특별 초등부의……."

그러고는 재빠르게 그룹을 나눴다.

시온 팀은 과일 준비. 홍월 딸기의 꼭지를 따거나 자르는 등 간단한 작업이다. 칼질에 무언가 고집이 있는 듯한 티오나나 날붙이를 다루는 게 익숙한 시온. 리오라도 뭐, 숲에서 살았던 만큼 괜찮을 거라고 판단했다.

아벨은 이상한 짓은 하지 않을 것이라는 신뢰는 있으나 미아와 같은 팀인 경우 미아가 폭주할 것 같았다. 따라서 이쪽 그룹에 넣었다.

아이들에게 칼은 위험할지도 모르지만 꼭지를 따는 건 손으로도 할 수 있다. 문제없을 것이다. 다방면으로 고려한 포진이었다.

"다음으로 완성된 크림에 거품을 내고 설탕을 넣는 작업을 미아벨 황녀 전하, 옐로문 공작 영애, 그리고 특별 초등부의 카론. 그리고 지도 담당으로 린샤 양."

적절히, 문제가 일어나지 않도록 인원을 배분한다.

슈트리나는 배합에 익숙하다고 하니까 크림 만들기에 딱 맞을 것이다. 아마도⋯⋯. 분명. 게다가 벨도 친구가 하는 말이라면 순순히 들을 것이다.

여기에 특별 초등부 안에서도 조금 말썽꾸러기인 듯한 카론은 이 그룹으로. 린샤는 짓궂은 남자아이를 상대하는 게 익숙하다고 하니 전면적으로 신뢰하기로 했다.

"그리고 마지막으로 빵을 굽는 게 라피나 님, 미아 황녀 전하, 라냐 왕녀 전하, 클로에 양. 보조자로 안느 양. 지도 담당은 라냐 왕녀 전하의 종자인⋯⋯."

그렇게 전력을 나눴다. 스스로에게 괜찮다고 거듭 타이르면서.

"저와 모니카 양은 전체적으로 둘러보며 문제가 없는지 확인하겠습니다. 무슨 일이 있으면 바로 알려주시⋯⋯ 응?"

그때였다.

힘차게 손을 든 사람이 있었다. 다름 아닌 요주의 인물, 미아루나 티어문이었다.

"말씀하십시오, 미아 님."

"빵을 굽는 팀의 인원이 조금 많지 않은가요? 저는 익숙하기도 하고, 여차하면 키스우드 씨를 도와서 전체 감독을……."

"아뇨. 괜찮습니다. 미아 님께서는 아무쪼록 평범한 모양의 빵을 굽는 걸 도와주세요. 분업이 중요하니까요, 분업이……."

미아도 빵 굽기라면 이미 경험해봤다. 안느나 라냐 왕녀도 있고, 어떻게든 저기에 미아를 봉인해두고 싶은 키스우드였다.

"으음…… 뭐, 그렇게까지 말한다면……."

가까스로 설득에 응한 미아를 보고 후우 한숨을 쉰 뒤……. 주변을 둘러본 키스우드는 손을 든 사람을 한 명 더 발견했다.

"어음, 말씀하시죠. 벨 님."

이름을 부르자 어째서인지 기쁘다는 듯 뺨이 발그레해진 벨은 '네!' 하고 씩씩하게 대답한 후……. 조심스럽게 발언했다.

"저기, 단것만 먹으면 몸에 안 좋지 않을까요?"

"……허?"

그건 지극히 뜻밖의 방향에서 날아온 강렬한 정론이었다.

제16화 결전, 복병, 원군!

복병은…… 뜻밖의 방향에서 나타났다.

"단것만 먹으면 몸에 안 좋지 않을까요?"

자신만만한 얼굴로 지극히 맞는 말을 입에 담은 사람은 미아의 손녀 미아벨이었다.

"윽!"

경악한 키스우드가 말문이 막힌 틈을 타 벨은 나불나불 조잘거렸다.

"점심을 먹지 않고 디저트만 먹으면 안 된다고 배운 적이 있어요. 아이들을 위해서도 평범한 샌드위치도 준비하는 게 좋지 않을까요?"

정론이다! 흠잡을 곳이 없는 정론이었다!

단죄왕 시온도 깨갱 할 법한 완전무결한 정론을 앞에 두고 키스우드는 쩔쩔맸다.

한편 손녀의 정론을 들은 미아의…… 그 가슴속 깊은 곳에 있는 교육자 정신이 눈을 떴다! 뜨고 말았다!

"흠……. 확실히, 듣고 보니 타티아나 양에게도 그런 이야기를 들은 적이 있어요."

기억력 좋기로 소문난 제국의 예지다. 미아는 팔짱을 낀 채로 생각에 잠겼다.

"아, 저기, 미아 황녀 전하? 예정에 없는 일은……."

"아뇨. 아이들의 건강을 생각하면 제대로 된 식사를 하게 해줘야죠. 단것으로 입을 채워버리면 몸에 좋은 음식을 먹기 싫어지는 게 인지상정."

경험자의 발언은 참으로 강력했다…….

"게다가 단것만 먹으면 질릴지도 몰라요……. 아무래도 처음 구상대로 말 모양 빵도 병행하는 게 좋으려나요."

그 순간 미아는 짝 손뼉을 치고는,

"아, 그래요. 몸에 좋은 것이라고 하면 아예 버섯을 넣어본다거나?!"

무시무시한 소릴 했다!

"마침 새로운 말 모양 빵으로 버섯을 넣는 레시피를 구상하고 있었거든요. 페가수스처럼 날개가 달린……."

그렇게 설계도를 펼치려고 하는 미아를 허겁지겁 막는 키스우드.

"아뇨, 미아 황녀님……. 그건 좀. 아, 그래, 지금부터 채집하러 가는 건 아무래도……."

"아, 괜찮습니다. 키스우드 씨."

미아는 키스우드를 배려하듯 부드러운 미소를 지었다.

"버섯 전문가인 저라면 가볍게 가서 금방 캐올 수 있답니다. 이렇게, 이렇게……."

가볍게 가서 독버섯을 채집해올 마음으로 가득한 미아였다!

갑작스러운 독버섯 여제의 폭주에 키스우드는 허둥댔다.

"아니, 미아 황녀 전하께선 빵을…… 좀."

거듭 버티는 키스우드였으나 미아는 쾌활하리만치 밝은 미소를 지으며 말했다.

"괜찮습니다. 빵 팀에는 페르쟝 분들도 있고요. 당신은 모를지도 모르지만 페르쟝 분들이라면 빵 굽기쯤은 어렵지 않은 일이랍니다."

'알거든요! 오히려 그래서 당신을 맡긴 거거든요!'라고 말하고 싶은 걸 필사적으로 참는 키스우드에게 추격타를 날리듯이 미아는 장난기 어린 윙크를 날렸다.

"분업이에요, 분업. 무슨 일이든 팀을 나눠서 하는 게 중요하잖아요?"

조금 전 자신이 한 말이 돌아오는 바람에 무심코 이를 까드득 갈아버린 키스우드였다.

"사실 처음부터 버섯을 쓴 빵을 만들 수 없을지 고민했었답니다. 후르츠 샌드로 한눈을 팔았지만, 역시 초지일관. 말 모양 빵을 입체로 진화시킨 페가수스 빵을……."

더는 틀렸다고…… 키스우드가 무너지려던 그때…… 뜻밖의 방향에서 원군이 나타났다!

"실례합니다. 라피나 님."

"어라? 산테리……. 무슨 일이야……? 그건……."

목소리가 들린 쪽으로 시선을 돌리자 산테리를 필두로 몇 명의 종자가 들어오는 중이었다. 그리고 그들이 안고 있는 바구니에는…….

"오…… 오오……."

미아가 그렇게 감탄할 정도로 대량의⋯⋯ 버섯, 버섯, 버섯, 버섯이 산더미처럼 쌓여 있었다.

베이르가 버섯을 비롯한 다양한 종류의 버섯이었다.

"이런 일이 있을지도 몰라서 준비해놓았습니다. 지금 숲에서 채집할 수 있는 제철 버섯을 모아왔죠. 물론 독버섯은 없습니다."

든든한 설명에 키스우드는 절절히 감동했다.

문득 시선을 돌리자 모니카가 작게 고개를 끄덕이는 게 보였다.

아무래도 산테리에게 부탁한 사람도 그녀인 모양이었다.

키스우드는 방심했었다. 모니카의 화려한 유도 실력에 완전히 감동해버린 키스우드는 거기서 사고가 정지되고 말았다.

아니면 이제 아무런 걱정도 없다고 믿고 싶었던 건지도 모른다.

하지만 모니카는 한층 더 준비해서 예측하지 못한 사태를 대비했다. 먼저 버섯을 내놓았다면 미아는 완강하게 버섯 빵을 주장했을 것이다. 그래서 미아가 직접 말을 꺼낼 때까지는 숨겨놓았다.

말하자면 이건 차선책. 크림 딸기 샌드로 끝났다면 그게 최선이지만, 그게 실패한다면 사전에 위험을 차단한다.

──이것이 바람 까마귀의 수완⋯⋯.

감탄과 동시에 그의 뇌리에는 어떠한 문장이 떠올랐다.

과거 선크랜드의 전설적인 명장은 이렇게 말했다.

전쟁 시 현지인의 협력은 아주 든든한 힘이 된다⋯⋯.

"이것이 선크랜드 병법, 땅의 장 '현지 협력자의 소중함'인 건가⋯⋯."

생각지도 못한 곳에서 전술 이론 교과서의 내용을 경험하는 키스우드였다.

그의 전술가로서의 실력은 이렇게 단련되었다.

제17화 키스우드, 분전하다!

산테리와 종자들의 지원을 받은 키스우드 요리 교실은 계획을 대폭으로 변경하게 되었다.

크림 딸기 샌드에 추가로 날 모양 빵 with 버섯도 만들어야만 하게 되었기 때문이다.

그룹을 시급히 재편성.

크림 제작팀에서 슈트리나와 벨을 빼와 모니카의 지도 하에 버섯 샌드용 화이트소스 제작팀을 만들었다.

또 빵의 모양을 평범한 직사각형에서 눈물을 머금고 말 모양으로 변경. 후르츠 말 샌드와 버섯 말 샌드 두 종류를 만들기로 했다.

말 모양으로 만드는 건 버섯 샌드만 해도 되지 않냐고 제안했지만 미아의 완강함에 패배한 키스우드였다. 게다가.

"흐음, 날개로 쓸 수 있을 법한 버섯은 없네요. 좀 더…… 폭이 넓은 버섯이 있다면……."

"미아 황녀 전하……. 여기 있는 버섯으로는 부족하시다는 겁니까? 황녀 전하의 버섯 사랑은 그 정도입니까?"

미아가 만들어내려고 하는 무시무시한 격류에 용감히 맞서는 키스우드. 어떻게든 여기서 더 상황이 악화하는 걸 막기 위해 굳건히 버티고 섰다.

"여기 있는 버섯을 최대한 활용해서 최선의 샌드위치를 만드는 것. 그것이 바로 버섯 사랑을 증명하는 방법 아닐까요?!"

버섯 사랑은 대체 뭐냐고 내심 고개를 갸웃거리면서도 키스우드는 절실히 호소했다.

"······으음?"

그 역설에 무심코 눈썹을 찡그리는 미아.

"미아 님, 날 위해 의욕적으로 나서주는 건 아주 기쁘지만, 오늘은 아이들과 유리우스 씨가 화해하기 위한 자리니까. 마음이 담긴 신작 말 모양 빵은 다음에 직접 가르쳐줘."

라피나에게서도 지원이 들어왔다.

······지원이라고 해야 할까······ 문제를 나중으로 미뤄버렸을 뿐인 느낌이 안 드는 것도 아니었지만, 전부 삼킨 키스우드는 고개를 크게 끄덕였다.

"아무쪼록 여기 있는 것을 사용해서 최선의 샌드위치를 만들어주십시오."

그렇게 말하자······.

"흠. 그래요······. 저도 참, 다소 오만해졌던 모양이군요. 작은 버섯에 충실하지 않은 자가 더 큰 버섯에 충실해질 수 있을 리 없는 법. 겸허함이 중요한데 말이죠."

이해했다는 표정을 짓는 미아를 바라보며 문득 키스우드는 생각했다.

──이 사람, 정말로 제국의 예지 맞나······?

놀랍게도! 그의 감이 제국의 예지의 진실에 한없이 가까워진, 바로 그 순간!

"아차······."

"앗, 죄송합니다."

특별 초등부 소녀와 부딪칠 뻔했다. 소녀는 머리를 꾸벅 숙였지만, 그 얼굴을 즐거워하는 미소로 반짝거렸다.

그대로 도도도 달려가는 소녀의 등을 향해,

"너무 달리지 말고. 조심하세요."

이렇게 말을 걸면서도 키스우드는 새삼 생각했다.

──저 아이들의 미소는 애초에 미아 황녀 전하가 만든 거였지…….

특별 초등부 아이들과 비슷한 처지였던 키스우드에게 저 미소는 아주 눈이 부셨다.

지금 저 아이만이 아니다. 각 조리대에 있는 아이들은 어설프게 딸기 꼭지를 따는 아이도, 버섯 밑동을 자르는 아이도, 빵 반죽을 돕는 아이도, 크림에 거품을 내는 아이도, 미아의 새로운 말빵 설계도를 보며 두근대는 아이도…… 다들 즐거워하는 미소를 짓고 있었다. 코에 밀가루가 묻기도 하고, 딸기 과즙을 흘려 옷에 얼룩이 생기기도 하는 등 실패도 하지만…… 거기에는 나이에 걸맞은 천진난만함이 있었다.

약하고, 학대당하고, 다른 사람을 믿는 것도 힘들던 아이들에게 이런 식으로 순수한 미소를 짓게 해준다……. 그걸 지혜롭고 밝은 마음, 예지(叡智)라고 부르지 않으면 무엇이라 부를까.

──미아 황녀 전하는 요리할 때 약간 흥분해서 허접한 소릴 할 뿐 기본적으로는 제국의 예지야. 요리 실력이 약간 허접하다고 해서 그녀의 모든 공적을 의심하는 건 아주 불공평한 짓이지.

키스우드의 반성은 마음속에 싹트던 의구심을 씻어내고도 남았다.

게다가…….

"리나, 이 버섯 샌드위치의 소스에는 비밀 조미료 같은 건 필요 없나요?"

"으음, 확실히 리나도 요리에는 그런 것도 필요하다고 들은 적이 있어. 그렇다면 저기 있는 빨간 향신료를 넣는 건……."

"이거 말이죠? 양은 어느 정도요?"

"음, 너무 조금만 넣으면 모를 테니까 제대로 맛이 나도록 넉넉히 넣는 게 좋지 않을까?"

그런 무시무시한 대화가 들리는 바람에 키스우드의 의식은 자연스럽게 그쪽으로 향했다.

허둥지둥 발걸음을 돌리려는 키스우드의 시선 끝에서 모니카가 천천히 걸어가는 게 보였다.

"슈트리나 님, 조금 여쭤보고 싶은 게 있는데요……. 상대에게 독을 쓸 때 대량으로 사용해서 상대방이 눈치채도록……. 그런 방식을 사용합니까?"

어리둥절해서 고개를 갸웃거리는 슈트리나가 순한 얼굴로 고개를 저었다.

"아니, 그렇게 하진 않는데……."

"그렇죠? 독을 숨겨서 상대에게 먹이는 게 중요하니까요. 그런데 '비밀' 조미료란 말 그대로 비밀스러운 맛이라고 생각하는데, 양은 그 정도가 적절할까요?"

그 말에…… 슈트리나는 팔짱을 끼고 생각에 잠기고는…….

"그래……. 비밀 조미료란 상대방이 뭘 넣었는지 눈치채면 안 돼. 대량으로 넣으면 실패로 연결된다는 거지?"

그 말에 모니카는 고개를 끄덕였다.

슈트리나도 이해했다는 듯 미소 지었다.

"벨. 그 빨간 가루 말인데, 그렇게 많이는 안 넣는 게 좋을 것 같아. 그 절반, 아니, 4분의 1 정도면 될지도 몰라. 너무 조금 넣어서 효과가 없어도 실패라고 보지만……."

──4분의 1. 아, 응. 뭐, 그 정도라면…… 응. 괜찮…… 은가? 뭐, 음, 딸기 샌드위치는 꽤 단맛이 강할 테니까. 그걸로 덮을 수 있으…… 려나? 괘, 괜찮을, 거야…… 아마도!

매운맛에 아무리 설탕을 뿌려도 중화되지 않는다는 이야기를 어디선가 들은 적이 있었던 것 같기도 하지만…… 일부러 잊어버린 척하며 키스우드는 현장 곳곳을 돌아다녔다.

이리하여 종자들의 부단한 노력 아래에서 요리 교실이 진행되었다.

제18화 전투가 끝나고…… 그리고

"오오!"

수도 없는 고난을 뛰어넘고 간신히 환호성의 순간이 찾아왔다.

테이블 위에 놓인 요리를 보고 여기저기에서 감탄이 터졌다!

접시 위에 놓인 것, 그것은 멋진 말 모양의 샌드위치였다.

어쩌면 말의 몸통이 아니라 얼굴만 있는 게 깨우기 쉬울지도 모른다는 사실을 중간에 깨달은 키스우드의 지시 아래 원조 말 모양 빵과 말 얼굴 모양 빵 두 종류가 완성되었다.

참고로 말 얼굴 빵의 원형은 미아와 안느의 손에 맡겼다.

'인간은 할 일이 아무것도 없으면 쓸데없는 생각을 하기 시작한다'는 진리에 기반하여 미아가 괜한 생각을 하지 못하도록 역할을 준 것이다.

그 덕분에 말 얼굴 후르츠 빵은 '생크림을 표면에 발라서 백마로 만드는 건 어떨까요?'라는 미아의 글러 먹은 아이디어로 인해 아주아주 달달해졌지만…… 괜찮다! 무척 먹기 불편하고 손이 크림으로 범벅이 되어버리지만…… 먹을 수만 있다면 괜찮다!

그렇게 만든 빵 사이에 버섯&화이트 소스와 딸기&크림을 사이에 끼워 완성한 게 눈앞에 있다.

크림이 살짝 삐져나오기도 하고 비뚤어지기도 하고 버섯이 삐죽 고개를 내밀고 있기도 하고 표면에 두꺼운 크림을 발라놔서 먹기 불편해 보이지만 아무튼 완성했다.

만감이 교차하는 기분으로 샌드위치를 바라보는 키스우드. 그 옆으로 미아가 소리 없이 다가왔다.

"드디어 완성했군요."

그렇게…… 마치 같이 고생했다는 듯한 말투로 중얼거리는 미아에게…….

'제가 해냈어요!' 같은 만감이 가득한 표정을 싯는 미아에게──살짝 짜증이 치민 키스우드이긴 했지만……. 지금은 괜찮다. 괜찮았다.

무사히 먹을 수 있는 게 완성되었다면 욕심을 부리지 않는다.

"네……. 고생하셨습니다. 미아 님."

약간 지친 목소리로 대답하고 물러나려고 한 키스우드였으나…….

"어머? 어디 가는 거죠? 키스우드 씨."

"네?"

"지금부터 다 같이 먹을 건데요? 자, 빨리 자리에 앉으세요."

당연하다는 말투로 그렇게 말한 미아는 그 자리에 있는 모두에게 지시를 내렸다.

"저기, 정말로 괜찮은 겁니까?"

불안해하는 얼굴로 묻는 페르장의 여성 종자. 그런 그녀에게 안느가 미소 지으며 고개를 끄덕였다.

"네. 미아 님, 그리고 미아 님의 친구분들은 그런 분들이시니까요."

안느의 올바른 말에 키스우드는 내심 동조했다.

──그렇지……. 이 신분을 뛰어넘은 식탁은 틀림없이 미아 황녀 전하의 영향이야.

왕족도 귀족도 종자도 고아들도…… 함께 한 테이블에 앉는다. 그 관대한 분위기는 오늘이라는 화해의 자리에 딱 맞는 것처럼 느껴졌다.

──역시 미아 황녀 전하라고 해야 하나…….

키스우드는 감탄하며 자리에 앉았다.

한편 라피나도 감탄하며 그 광경을 바라보았다.

처음에는 이 이벤트가 시작할 때 무언가 말해야만 한다고 생각했다.

미아에게 맡겨도 괜찮지만 여기서는 역시 아이디어를 낸 자신이 나설 차례라면서 조금 벼르고 있기도 했다.

하지만 그런 감정은 아이들을 보고 날아갔다.

──여기서 심각한 이야기를 했다간 흥이 깨져버릴 거야…….

아이들의 얼굴에는 이미 응어리 같은 건 없었다. 아니, 그게 중요하지 않다는 게 정확할지도 모른다.

달콤한 크림과 과일을 사이에 끼운 말 샌드위치는 정말로 맛있으니까.

입에서 사르르 녹는 달달한 크림도, 새콤달콤한 딸기도, 그걸 안정감 있게 받아주는 빵도……. 그리고 그걸 자기들이 만들었다는 성취감도……

너무나, 너무나 맛있으니까…….

용서를 하느니 마느니 하는 건 아무래도 상관없다. 무슨 말을 할 여유 같은 건 없고, 다 함께 맛있는 걸 먹으면 그걸로 충분하다는 듯 열심히 먹는 아이들…… 과 미아였다.

"아아, 정말로 달콤하네요. 역시 표면에 크림을 바른 게 정답이었어요……. 아, 하지만 몸에 좋은 버섯 샌드위치도 꼭 챙겨 먹어야 해요. 이것도 맛있으니까, 사, 패티. 이 샌드위치도 드세요."

우쭐거리며 패티를 챙겨주면서도 바쁘게 후르츠 샌드를 먹는 미아.

그 보기 좋은 광경에 무심코 마음이 포근해지는 걸 느낀 라피나는 자신의 손안에 있는 후르츠 샌드를 보았다.

한 입 깨물어 먹은 뒤 조금 예절에는 어긋나지만 손에 묻은 크림을 어린아이처럼 핥았다. 넘쳐흐를 듯한 단맛에 저도 모르게 한숨이 나왔다.

"복수로 달려가는 건 편하지. 하지만 그건 씁쓸한 맛과 함께 끝나는 법. 화해하는 건 어렵지만 그건 달콤한 맛과 함께 미래로 이어지기 마련. 이 달콤한 말 빵은 이 자리에 잘 어울리는 메뉴야. 역시 미아 님이구나……."

라피나는 만족스럽게 중얼거리며 상상했다.

──이걸 마롱 씨와 말을 타고 놀러 갈 때 만든다고 치면…… 모양이 무너지지 않을지 걱정이네. 그 부분을 키스우드 씨에게 더 자세히 물어봐야 하려나……?

키스우드의 싸움은 계속…… 되는 건지도 모른다.

그날 밤…….

시온의 방에서 빠져나온 키스우드는 학원 안뜰에 나와 있었다.

하늘을 올려다보며 가볍게 잔을 기울였다. 사실 취할 수는 없으므로 잔에 든 건 햇빛 사과로 만든 주스지만…….

"에휴, 엄청 고생할 줄 알았는데…… 막상 시작해보니…….."

아이들의 천진난만한 얼굴을 떠올리며 키스우드는 무심코 웃어버렸다.

가슴속에 뭐라 말할 수 없는 뿌듯함이 깃들었다.

"……아니면 전부 미아 황녀 전하의 손바닥 위에서 놀아난 건가?"

그러고는 이런 소릴 중얼거렸다.

세인트 노엘에서 지내는 건 아이들에게는 꿈만 같은 생활이다. 하지만 사람은 갑자기 찾아온 행복을 쉽게 받아들이지 못한다. 게다가 지금까지 그 아이들이 수도 없이 배신당했으리라는 건 상상하기 어렵지 않았다.

믿었다가 배신당할 바에야 처음부터 믿지 않는다. 자신은 행복해지지 못한다고 미리 포기해서 가까스로 자신의 마음을 지킨다. 그런 처지의 아이들을 세인트 노엘에 적응시키는 건 아주 어려운 일이다.

이렇게 말하는 키스우드도 에이브람 왕이 데려간다고 정했을 때 쉽게 믿지 못했다. 언제 마음을 열었더라……? 무심코 옛일을 떠올렸다.

"미아 황녀 전하는 아이들의 처지를 제대로 파악하고…… 이런 흐름을 만들어 냈다……. 이런 게 가능한가?"

파멸로 향할 뻔한 유리우스의 행동도 미아가 만들어낸 흐름 덕분에 어느새 그와 아이들의 유대를 강화하는 계기로 바뀌고 말았다.

대체 이 흐름의 어디까지 미아의 계산에 포함되어 있을까……? 모든 걸 계산했을 것 같지는 않지만 그렇다고 전부 우연이라고 보기도 어렵고…….

따져보려던 키스우드는 작게 한숨을 쉬고 고개를 저었다.

"뭐, 어쨌거나 지나보면 좋은 추억이지……."

그렇게 훈훈한 결론에 도달하려던 순간…… 퍼뜩 정신을 차렸다.

"아니, 아니지. 실제로 고생하긴 했잖아. ……그거 그대로 내버려 뒀다간 틀림없이 버섯을 캐러 가는 패턴이었다고. 아니, 말 빵도 지금이라면 등신대 크기를 만들 수 있는 게 아니냐고 중얼거렸으니 실제로 꽤 위험했던 거 아닌가……?"

마음을 보호하기 위해 기억 속 밑바닥에 봉인했던 위기 상황을 떠올린 키스우드는 부르르 떨었다.

"아, 여기 계셨습니까. 키스우드 님."

그때였다. 목소리가 들려서 시선을 던지자…….

"어라? 모니카 양……."

오늘의 공로자 모니카였다.

아무래도 그녀도 한숨 돌리려고 한 건지 그 손에는 키스우드와 마찬가지로 도자기 컵이 들려 있었다.

"오늘은 신세 많이 졌습니다."

자리에서 일어나 공손히 머리를 숙였다. 묘령의 영애에게는 예의 바르게. 평소의 침착함을 되찾은 그는 앉아있던 벤치에 손수건을 깔고 권유했다.

"어라, 감사합니다."

모니카는 순순히 그곳에 앉았다.

"오늘 일은 보람이 있었네요. 아이들이 행복해 보여서 다행입니다. 이렇게 기분 좋은 첩보 활동은 처음이었어요."

기쁘다는 듯 생긋 웃은 모니카는 등받이에 기대어 하늘을 올려다보았다.

"정보로 적의 발을 묶고, 힘을 약화하고, 분열을 유도해서 배제한다……. 전황을 유리하게 끌고 가기 위해 정보를 조작한다. 그게 바람 까마귀의 방식이었습니다. 하지만…… 미아 님의 방식은 적을 배제하는 선에서 멈추는 게 아니라 적을 아군으로 바꿔 모든 사람의 행복으로 인도하는 것. 이번에는 미아 님의 방식을 흉내 내 봤는데 잘 풀렸군요. 그분은 참 대단한 분입니다."

"네. 하지만 당신에게도 무척 도움을 받았습니다. 당신이 아군이라 다행이에요."

키스우드는 잔을 하늘로 들어 올렸다.

"든든하고 가련한 레이디에게."

느끼한 미소를 지은 키스우드를 보고 모니카는 후후 웃었다.

"어라? 혹시 작업 거시는 건가요?"

언젠가와 같은 농담 섞인 말투로 대답하는 모니카에게 키스우

드는……,

"글쎄요……."

씩 웃고는…….

"그것도 나쁘지 않을지도 모르죠."

우아한 동작으로 무릎을 꿇었다.

"조만간 춤이라도 신청하겠습니다, 아가씨."

"……네?"

멍하니 입을 벌린 모니카. 허를 찔린 그녀의 뺨이 다음 순간 살짝 붉게 물들었다.

침착함을 되찾은 키스우드는 놀림만 당하고 넘어가지 않는다.

뛰어난 전술가란 반드시 태세를 재정비하고 반격하는 법이다.

그런…… 조금 로맨틱한 광경이 전개되는 한편.

침대 위에서 잠든 미아는…….

"으응……, 더는 못 먹어요……."

등신대 크기의 페가수스 모양 크림&후르츠 샌드위치를 먹는 꿈을 즐겼다.

다음 날 아침, 일어나자마자 꿈속에서 얻은 아이디어를 노크에 휘갈기는 미아의 모습이 있었다.

"등신대 크기의 페가수스 빵을 후르츠 크림 샌드위치로……. 정말 멋진 아이디어예요!"

키스우드의 싸움에 끝은 존재하지 않았다…….

티어문 제국
이야기

제6부 한여름 밤의 꿈 I

FULL MOON-DREAM IN THE SUMMER OF HORSE

프롤로그 휴가 끝
~미아 황녀, 마침내 우위를 잃다…… 잃다?~

특별 초등부가 개설되고 대략 두 달 후, 여름방학이 코앞으로 다가온 어느 날.

미아의 방에서 벨이 룰루랄라 콧노래를 흥얼거렸다.

눈앞의 과자를 와작와작 먹은 뒤 벨은 싱글벙글한 얼굴로 말했다.

"검술 대회가 그렇게 박력 넘치는 대회인 줄 몰랐어요."

주먹을 치켜들고 몸을 들썩거리는 벨. 골목대장 같은 몸짓에서는 제국 황녀의 기품은 일절 느껴지지 않았다. 한 톨도 느껴지지 않았다!

"아아, 역시 시온 왕자님은 멋있어요. 게다가 할아버지도 제법……. 우후후, 이런 훌륭한 대회를 볼 수 있다니 과거로 돌아오길 잘했다니까요."

올해 검술 대회 결승전은 시온 대 아벨이 되었다.

선크랜드에서 치른 대결의 복수전이라는 양 시온의 검이 날렵하게 빛났고, 격렬한 전투 끝에 아벨이 무릎을 꿇었다.

"정말 멋있었어요. 시온 왕자님. 그 훌륭한 검술은 최고예요."

동경하는 천칭왕 시온과 할아버지 아벨의 일기토를 직접 본 벨은 진심으로 만족해했다.

그런 벨에게 미아는 작게 한숨을 쉬고 물었다.

"그런데 벨. 곧 시험인데 공부는 잘하고 있나요?"

"네······?"

미아의 질문에 벨은 갸우뚱 고개를 기울이고는····· 한 번 더.

"네······?!"

눈을 부릅떴다!

"아니, 지금 처음 듣는다는 표정을 지어봤자······. 알고 있죠? 여름방학 전에 있는 시험······. 전에는 그것 때문에 세인트 노엘에 남아야만 했잖아요."

"다, 당연히 알고 있죠. 알지만······ 어라? 저는 휴가 감각으로 과거에 가면 된다고······. 그래서 그 전에 엄청 공부해야 했는데······ 어, 어라?"

이해할 수 없다는 얼굴로 연신 고개를 갸웃거리는 벨을 보며 미아는 쓴웃음을 지었다.

"공부를 많이 했다면 딱히 문제는 없지 않나요?"

"미아 언니······, 거기에 제가 넘어갈 줄 아세요? 그런 비겁한 궤변을 꿰뚫어 볼 줄 알아야 제국의 예지의 손녀라고 할 수 있지 않을까요?"

진지한 얼굴로 대꾸하는 벨이었다. 미아는 한숨을 쉬고는······.

"아뇨. 시험에서 좋은 점수를 받아야 제국의 예지의 손녀라고 당당히 말할 수 있는 거예요! 잘 들으세요, 벨!"

미아는 벨에게 조용한 시선을 던지며 가슴에 손을 올리고······ 숨을 들이마시고, 내쉰 뒤!

"당신의 휴일은 끝났어요!"

엄숙하게 선언했다!

"오늘, 지금 막! 끝났어요!"

비통한 선고를 들은 벨은 벼락을 맞은 것처럼 그 자리에 풀썩 무너졌다⋯⋯.

그대로 오열하는 줄 알았으나, 다음 순간 홱 고개를 들었다.

"지금⋯⋯ 들렸어요. 에리스 어머니의 목소리가⋯⋯."

그러더니 벨은 살며시 가슴을 눌렀다.

"아아⋯⋯ 그렇죠. 저는 제국의 예지의 피를 이어받은 자⋯⋯ 미아벨 루나 티어문. 요즘 완전히 잊어버리고 있었지만, 저는 이 자부심을 안고 늠름하게 싸워야만 해요⋯⋯."

태세 전환이 빠른 건 할머니에게 물려받은 벨이었다.

그런 식으로 열심히 공부하자며 주먹을 불끈 쥔 벨이었으나⋯⋯ 아쉽게도 미아에게는 거기에 태클을 걸 여유는 없었다.

이번 시험은 미아도 위험하기 때문이다.

미아는 올해로 16살. 이전 시간축에서는 이미 여유롭게 학업 타령을 할 수 없었던 시기. 세인트 노엘에 다니지 못하던 시기다.

즉 미아는 마침내, 마침내! 이전 시간축에서 확보한 우위를 다 써버리고 말았다!

이젠 전처럼 이전 시간축에서 공부한 지식을 기반으로 시험에서 무쌍을 찍을 수 없다. 반 아이들에게 거만한 얼굴로 공부를 가르쳐주지도 못하는⋯⋯?

⋯⋯⋯⋯아니, 그랬던가?

정말로 미아는 이전 시간축에서 공부한 걸 살려서⋯⋯ 이 시대에서 요령을 부릴 수 있었던가? 손쉽게 반에서 제일 좋은 성적을 받고, 시험 결과로 무쌍을 찍었던가?

아니……, 답은 결단코 NO다.

애초에 미아에겐 공부라는 분야에서 우위를 점하는 게 존재하지 않는다. 세인트 노엘에 입학한 뒤로 미아에겐 전생의 학술적 우위성 같은 건 일절 존재하지 않았다!

……뭐, 즉 무슨 말을 하고 싶냐면. 이번에도 평소와 비슷하게 시험공부로 고생한다는 소리다…….

벨에게 간섭할 여유는 없었다. 항상 그랬듯이.

"크흑…… 특히 이번에는 나쁜 점수를 받을 수 없어요. 초등부 아이들에게도 본보기가 되어야 하니까……. 하지만…… 역시 고등부로군요. 암기할 범위가 많아요. 흠…… 이건 오히려 암기 팬케이크를 많이 먹을 기회 아닐까요……? 아니, 그렇게 생각하지 않으면 못 견디겠어요. 으으……."

울상이 되어 식당에서 공부하려고 교과서를 챙기는 미아…… 였으나.

"……미아 선생님, 특별 초등부에서 시험을 앞두고 특별 공부를 할 건데 다녀와도 되나요?"

패티의 질문에 순간적으로 번뜩였다! 악마의 번뜩임이…….

"흠…… 특별 초등부라. 그러고 보면 유리우스 씨는 공부를 참 잘 가르치는 분이었죠……."

자상한 유리우스의 얼굴을 떠올렸다. 그러면 어린아이를 대하듯 친절하게 가르쳐줄 테고, 경우에 따라서는 꼼수도 가르쳐줄지도 모른다. 편하게 암기하는 오의 같은 걸⋯⋯.

"흐음⋯⋯. 자연스럽게 특별 초등부 아이들과 함께 시험공부를 하면⋯⋯ 깜빡 저도 가르쳐줄지도 몰라요. 음, 기왕이면 벨도 데려가서⋯⋯."

그 발상은 미아에겐 무척 매력적으로 보였고⋯⋯.

다음 날, 미아는 들뜬 기분으로 부탁하러 갔다.

참고로 특별 초등부 아이들 사이에서 공부하고 싶다는 미아의 요청에 처음에는 놀란 유리우스였으나 바로 그 의도를 알아차렸다.

──그래. 미아 님은 솔선해서 자신의 모습을 아이들에게 보여 주시려는 건가. 미아 님도 시험 전에는 공부한다고.

제국의 황녀이자 학생회장인 미아조차 시험을 앞두면 고생하는 모습을 보여주면 아이들도 농땡이를 피우기 어렵다.

오히려 자기들도 열심히 공부해야 한다는 마음이 들지 않을까.

──그런 거라면 적당히 넘기지 말고 엄하게 봐 드리는 게 중요하겠군.

유리우스는 안경을 스윽 밀어 고쳐 쓴 뒤 약간 예리해진 눈빛으로 대답했다.

"알겠습니다. 미아 황녀 전하. 그렇다면 철저히 공부를 봐 드리겠습니다."

"네⋯⋯. 부탁드려요⋯⋯, ⋯⋯어라? 유리우스 씨, 어쩐지 눈빛이 무서운데요⋯⋯. 왠지 망할 안경 같은 박력이⋯⋯ 이상하네요⋯⋯."

미아가 당황해하거나 말거나 시험 준비는 진행되었고…….

이번에도 무사히 시험을 헤쳐나온 후 녹초가 되어버린 미아와 벨이었다.

이렇게 무사히 여름방학을 맞았다고 생각했으나…….

새로운 문제가 일어났다. 그건…….

제1화 흐물 반듯 미아 황녀

시험 기간이라는 풍파를 헤쳐나와 흐물흐물해져 있던 해파리 미아는 라피나에게 갑작스러운 부름을 받았다.

"으음……? 무슨 일이 있는 건가요?"

그 순간 바로 반듯하게 자세를 펴는 미아였다.

요즘은 완전히 친구가 되어 얌전한 사자 상태인 라피나였지만, 방심은 금물.

기본적으로 미아는 믿지 않는다. 라피나…… 는 아니다. 그게 아니고…….

"저는 이따금 눈치채지 못하고 사고를 칠 때가 있으니까 방심은 금물이에요."

자신의 행동거지를 믿지 않는다!

그 소심한 마인드는 항상 신중하게 '저도 모르는 사이에 또 무언가 저질러버린 건가요?'라는 시점을 잊지 않는다.

이것이야말로 제국의 예지의 진면목이다.

그렇게 자리에서 일어난 미아는 안느의 도움을 받아 교복으로 갈아입은 후 서둘러 학생회실로 향했다.

조금 전까지 흐물흐물 늘어졌던 미아의 모습은 어디에도 없다. 물로 되살린 말린 버섯처럼 반듯한 얼굴로 학생회실 문을 열었다.

실내에는 먼저 와 있던 라피나가 기다리고 있었다. 그리고 그 옆에는 야나와 키릴 남매의 모습도 있었다.

"부르셨어요? 라피나 님."

"아, 미아 님. 잘 왔어."

부드러운 미소를 짓는 라피나. 미아는 재빠르게 관찰했다. 아무래도 라피나는 화나지 않은 것 같다.

미아는 어깨에서 살짝 힘을 빼고 아이들을 향해 시선을 돌렸다.

"야나와 키릴도 반가워요. 시험은 어땠나요?"

"네. 잘 쳤습니다."

당당하게 가슴을 펴는 야나와,

"어, 그…… 아마도……."

조금 자신이 없어 보이는 키릴.

대조적인 남매의 대답에 무심코 미소가 나오려는 걸 느끼며 미아는 라피나에게 눈을 돌렸다.

"라피나 님, 오늘은 무슨 용건이신가요?"

"그래, 그거 말인데…… 곧 여름방학이잖아? 특별 초등부 아이들을 어떻게 해야 할지 생각하던 참이야."

그 말에 미아도 이해가 갔다.

"아아, 그렇죠. 확실히 생각해놓지 않았어요."

세인트 노엘에 다니는 일반 학생들은 대부분 여름방학이면 모국으로 귀환한다. 수확 감사제에서 제례무를 맡는 라냐는 물론이고 다른 학생들도 대부분 부모님에게 돌아간다.

시험에서 어지간히 나쁜 점수를 받았거나 하는 일이 없는 한 세인트 노엘에 남지 않는데……. (참고로 시험 결과가 나빠서 나머지 공부를 한 사람은 과거까지 합쳐도 몇 명 없다고 하지만……

그중 한 명이 벨이다. 세인트 노엘 학원 역사에 이름을 새긴 벨이었다)

"뭐, 기본적으로는 일반 학생들과 마찬가지로 부모, 즉 각자 고아원으로 돌려보내서 여기서 있었던 일을 보고하는 게 좋을 것 같아."

아이들의 입에서 특별 초등부 이야기를 듣게 된다면 내년 이후에도 아이들을 보내기 쉬워질 것이다. 조금씩 그런 분위기가 퍼져나가면 뱀의 온상이 될 가능성이 있는 장소를 없애버릴 수 있다.

"하지만 이 두 사람은 그럴 수 없잖아?"

그렇게 말한 뒤 라피나는 야나와 키릴에게로 시선을 옮겼다.

"고아원에는 잠깐밖에 없었다고 들었으니 보고하러 돌아가는 것 자체에 의미는 없을 거야. 게다가⋯⋯."

"그러네요. 가누도스에 있는 고아원이라면 더욱 돌려보내는 건 좋지 않겠어요."

바이더리언에 차별적 가치관을 지닌 가누도스 항만국이다. 그런 곳에 돌려보내는 것보다는 이 세인트 노엘 섬에 남는 게 나을 게 분명하다. 하지만⋯⋯.

"흐음⋯⋯."

미아는 생각했다. 머릿속에 떠올린 건 어린 할머니, 패트리시아의 모습이다.

──패티는 이 두 사람에게 마음을 열고 있는 것 같았죠.

본인은 부정하지만, 그 반응은 틀림없는 친구다. 그리고 보아하니 패트리시아는 지금까지 친구다운 친구가 없었던 것 같았다.

──마찬가지로 뱀의 가르침을 받았던 리나 양도 비슷한 느낌이었으니 가능성은 있어요. 그렇다면 이 두 사람은 의외로 키 퍼슨이 되지 않을까요?

패트리시아를 뱀에게서 해방하기 위해서는 그녀의 마음을 열 필요가 있다. 그러기 위해 이 두 사람이 꼭 따라와 줬으면 좋겠다. 그렇다면!

미아는 크흠 헛기침을 했다.

"어떤가요? 야나와 키릴 두 사람은 저와 함께 제국에 가는 건……."

"어……?"

야나가 어리둥절해서 눈을 깜빡였다. 하지만 바로 당황하며 손을 내저었다.

"앗, 아뇨……. 그냥, 저희는, 여기에 둬 주시면 충분하고…… 신경 써주시지 않아도……."

"흠……."

야나의 주장은 미아도 충분히 이해할 수 있었다.

세인트 노엘 학원은 지상 낙원이다.

여기 있으면 식사도 부족하지 않고 잠잘 장소도 있다. 옷도 준다.

게다가 곧 여름이 오니까 호숫가에서 지내면 무척 쾌적할 것이다.

……하지만 미아는 꼭 따라와 줬으면 하기에 약간 강제로라도 설득하기로 했다.

"야나…… 저는 당신에게 가능하면 넓은 세상을 보여드리고 싶어요."

"넓은…… 세상?"

"네. 당신들은 가누도스 항만국에 있었죠. 그곳은 당신들에게 살기 힘든 장소였을 테고요."

이마에 새겨진 문신. 그 문신 때문에 남매는 박해받았다.

"하지만 그건 가누도스 항만국이라는 좁은 세상에서 겪은 일. 이 대륙에는 당신들을 학대하는 사람만 있는 게 아닙니다. 친절히 대해 주는 사람도 있어요. 그걸 이 세인트 노엘에서 배우지 않았나요?"

미아는 살며시 야나를, 그리고 키릴을 바라보았다. 시선을 받은 키릴은 꼼지락거리다 작게 고개를 끄덕였다.

"이 대륙은, 세상은 아주 넓답니다. 바다를 건너 나오는 땅에도 나라가 있어요. 그러니 살기 힘든 장소에 매달릴 필요는 없죠. 제 생각에, 싫으면 어디로든 도망쳐도 괜찮아요."

이건 미아의 완전한 본심이었다.

어디로든 도망쳐도 괜찮다. 말을 타고 멀리. 단두대가 쫓아오지 않는 장소로 도망쳐도 괜찮다!

그리고 그러기 위해서는 다양한 땅을, 나라를 알아야만 한다.

어디에 맛있는 음식이 있는지 알아놓지 않으면 도망친다고 해도 목적지를 정할 수 없지 않은가.

미아는 주먹을 불끈 쥐고 확신을 담아 말했다.

"그러니까 다양한 나라를 알아두는 게 좋아요. 여차하면 도망치기 위해. 당신들은 이미 가누도스를 알았고, 베이르가를 알았죠. 그렇다면 다음은 티어문. 그 후엔 페르쟝이나 선크랜드, 렘노……. 대륙에는 많은 나라가 있으니 그 중엔 당신들이 살기 좋은 나라도 분명 있을 거예요."

그 후 미아는 야나의 머리에 가볍게 손을 올리고는,

"게다가 패티도……. 당신들과 떨어지면 외로워하겠죠. 따라와 준다면 저도 기쁜데요……."

패티를 위해서도 따라와달라는 본심을 사아아알짝 섞었다. 이 게 상대방을 설득할 때의 포인트다.

야나는 눈을 연신 깜빡이더니 조금 망설이는 반응을 보였으나……

"누나, 나 미아 님의 나라에 가보고 싶어."

키릴의 말을 듣고 작게 고개를 끄덕였다.

"알겠습니다. 그…… 잘 부탁드립니다."

"우후후, 정해졌군요."

만족스럽게 웃으며 고개를 끄덕인 미아였다.

제2화 떠들썩한 여행이 될 것 같은 예감

"흠, 야나와 키릴을 데리고 돌아가는 건 좋지만…… 문제는 두 사람을 어디에서 재우냐는 건데요……."

학생회실에서 나온 미아는 끙끙 고민했다.

"뭐, 성에서 재워도 괜찮지만…… 아니면 또 안느의 집에 맡겨도 괜찮겠네요. 그런 따뜻한 가정을 느껴보는 게 좋을지도 모르니까요. 패티도 갑자기 아바마마를 만나게 할 수는 없으니까 준비가 필요해요."

그렇게 고민하며 복도를 걸어가던 때였다.

"아, 미아. 마침 잘 만났다."

그 목소리에 돌아보자 뒤에서 아벨이 걸어오는 게 보였다.

"어머나, 아벨. 무슨 일인가요?"

순간 미아의 얼굴에 귀여운 미소가 번졌다. 딱히 의식한 건 아니었지만…… 요즘 미아는 아벨과 대화하고 있으면 자신이 자연스럽게 웃게 된다는 걸 눈치채고 있었다.

왠지, 그, 가슴속 깊은 곳이 따끈따끈해지면서 무심코 웃음이 새어 나오는데…….

──그나저나 아벨, 또 조금 성장한 것 같은데요? 키도 꽤 커졌고, 얼굴도 늠름해졌고…….

"응? 왜 그래?"

부드럽게 미소 짓는 아벨. 직전에 보여준 늠름한 얼굴과 그 얼굴의 차이에 미아의 가슴이 크게 뛰었다.

"아, 아뇨, 아무것도 아니에요. 그보다 무슨 일이시죠?"

"아. 실은 부탁이 있어서 왔어. 나도 제국에 동행해도 괜찮을까?"

갑작스러운 요청에 미아는 어리둥절해서 고개를 갸웃거렸다.

"그건 상관없지만…… 갑작스럽네요. 무슨 일이라도 있나요?"

그때였다. 미아의 뇌가…… 타의 추종을 불허하는 연애 지능이…… 답을 내놓았다!

──아벨…… 서, 설마, 아바마마께 인사하러?

결혼을 앞둔 남성이 상대의 부모에게 인사하러 간다……. 그건 에리스가 쓴 연애 소설에 자주 등장하는 이벤트였다.

왕후·귀족 사회에서 결혼이란 정치적인 색채가 지극히 강하다. 맞선에서 결혼에 이르기까지 담당자가 진행해놓는 게 대부분이므로 '따님을 제게 주십시오' 같은 게 끼어들 여지는 없다.

맞선 자리에서 만난 시점에서 결혼은 결정된 사항이고, 부모도 반대할 리 없으니…….

그러나 미아는 깨달았다.

──아벨은 용감한 사람이죠. 한번 정하면 한 걸음도 물러나지 않는 근성도 있고요. 저를 쟁취하기 위해 아바마마와 직접 담판을 지을 가능성은 충분히 있지 않나요……?

그 사실을 깨달은 순간, 미아의 호흡이 거칠어졌다.

허억, 허억, 다소 위험하게 들리는 숨소리를 내며 가슴을 누르고 심호흡. 그후 미아는 다시금 물었다.

"어, 으음, 아벨. 제국에는 무슨 용건으로?"

"음…… 자세한 이야기는 그녀에게 듣기로 할까."

그렇게 말한 뒤 아벨이 시선을 굴렸다. 그러자 미아도 눈치챘다.

조금 전까지 아벨밖에 눈에 들어오지 않았지만…… 잘 보니 아벨 뒤에 한 소녀가 서 있었다. 당당하게 팔짱을 끼고 떡하니 서 있는 그 소녀의 이름은…….

"어머, 후이마 양……."

미아는 '어느새?'라는 말을 허겁지겁 삼켰다.

후이마의 얼굴이 전에 없을 만큼 험악했기 때문이다.

"어, 저기, 왜 그러시나요?"

"실은 오라버니가 적에게 당한 모양이다."

충격적인 소식에 미아는 무심코 눈을 부릅떴다.

"오라버니라니, 그 늑대술사가요……?"

혼돈의 뱀 최강 전력 늑대술사. 디온 알라이아조차 인정할 정도의 실력자이다. 바로 믿기는 어려운 사태지만…….

"강에 추락해서 다쳤다. 당분간 움직이지 못한다는군."

"그리고 강에 빠트린 남자는 배를 다루는 기술이 아주 뛰어났다고 하는데……."

뒷말을 이어받은 아벨은 의미심장하게 미아를 바라보았다. 그 시선에 미아도 감이 왔다.

"배……. 혹시…… 바르바라 씨를 세인트 노엘 섬에 보낸 남자인 건가요?"

"모르겠어. 하지만 그럴지도 몰라. 그리고…… 선크랜드에서 암약했던 뱀 남자도 태우고 제국 쪽으로 떠났다고 해."

"어머, 제국으로……."

"엄밀하게 말하면 강을 타고 내려간 방향이 제국 쪽이라는 거지만…… 경계해서 나쁠 건 없으니까."

"그렇군요. 즉 제가 걱정되니까 같이 와 주신다는 거죠?"

미아는 긴장이 풀린 것 반, 안심 반의 한숨을 쉬고는…… 기뻐하며 미소 지었다.

"감사합니다. 아벨, 기뻐요."

"인사를 받을 정도는 아니야. 내가 후회하고 싶지 않으니까 따라가고 싶은 것뿐이지. 소중한 사람이 위험에 처했을 때 아무것도 해주지 못하는 게…… 가장 괴로운 일이니까."

은근슬쩍 소중한 사람으로 지칭된 미아는 소리 없는 비명을 질렀다.

──여, 역시 아벨은 무자각으로 홀리는 게 있단 말이죠. 태연하게 소중한 사람이라니…… 기, 기쁘지만, 부끄러워요.

뺨을 누르며 몸을 실룩거리고 있었더니…….

"아벨 왕자만이 아니다. 나도 동행하지. 부족한 오라버니 대신 내가 뱀 추적을 맡게 되었으니까."

절레절레 고개를 젓는 후이마.

"그렇게 되었으니 잘 부탁한다."

"어라, 그러면…… 대식구가 되겠군요. 어쨌거나 아벨과 후이마 양이 동행하는 건 기쁜 일이에요. 우후후, 즐거운 여행이 될 것 같네요."

이리하여 제국 여행 멤버가 정해졌다.

미아를 비롯한 제국민에 더해 아벨, 후이마, 그리고 야나와 키릴도.

떠들썩한 여행이 될 것 같은 예감에 미아는 신이 나서 히죽거렸다.

제3화 어느 쪽이 옳을까?

따그닥, 따그닥.

티어문 제국으로 이어지는 완만한 길.

따그닥, 따그닥.

느릿하게 울리는 평화로운 발소리.

따그닥, 따그닥.

은은한 바람, 부드러운 햇빛을 받으며 미아는 말에 올라탄 채 눈을 가늘게 떴다.

"우후후, 승마하기 정말 좋은 날이에요."

그렇게 중얼거리는 미아 앞에는 패티가 앉아있었다. 그 옆엔 마찬가지로 두 사람을 태운 말이 나란히 걷고 있다. 그쪽에 탄 건 야나와 키릴. 아벨이 걸으면서 고삐를 끌어주고 있었다.

이것은 소소한 승마 체험회였다.

제국과 베이르가를 이어주는 길은 비교적 안전한 길이다. 어린 아이가 말을 타고 오갈 수 있을 정도로는 평화롭다.

따라서 모처럼이니 아이들에게 승마를 체험시켜주기로 했다.

그것은 참으로 평화로운 광경이었다.

위를 올려다보면 구름 한 점 없는 파란 하늘이 펼쳐져 있다.

눈부신 햇살은 어딘가 부드럽고 포근하고……. 하지만 그렇기 때문에 올해의 밀 수확이 불안해졌다.

"역시 올해도 흉작이겠군요……."

미아의 얼굴이 문득 어두워졌다.

적어도 라냐에게서 들은 이야기로는 올해도 작년 수확량과 크게 다르지 않을 것 같다고 했다.

"비축분은 이미 소모하기 시작했고…… 포크로드 상회의 해외 수입과 병행하면 국내는 어떻게든 버틸 수 있을 테지만……. 비축분을 다 써버린 타국에서 원조 요청이 온다면 한참 부족할 거예요……. 세로의 성과를 기대할 수밖에 없겠군요……."

그렇게 생각에 잠겨있을 때였다. 미아는 퍼뜩 깨달았다.

패티가 야나와 키릴을 향해 물끄러미 시선을 보내고 있다는 걸…….

"왜 그러시나요? 패티."

말을 걸자 패티는 흠칫 놀란 얼굴이 되더니 살레살레 고개를 저었다.

"아뇨. 아무것도 아닙니다. 그보다 미아 언니, 이건 무슨 의미가 있는 거죠?"

"이거라니, 말을 타는 것 말인가요?"

"네……."

고개를 끄덕이며 패티가 미아를 빤히 바라보았다.

"의미……. 흐음, 글쎄요."

미아는 잠시 숙고하며 그럴싸한 대답을 찾았다.

──즐겁게 운동하기 위해서는 안 통할 테고……. 괜히 비틀지 말고 가르쳐주는 게 좋을지도 모르겠네요.

미아의 목적은 패티를 뱀의 교육에서 해방하는 것. 그러기 위해

지금은 자기를 뱀의 교육 담당이라고 믿게 만드는 게 유리했다.

뱀에서 빼내기 위해 제대로 된 교육을 해주고 싶지만, 이야기를 듣게 만들려면 뱀인 척 행동하는 게 낫다.

거기에는 모순이 존재하며, 언젠가는 그 모순을 풀어야만 하지만 이번에는 그렇게까지 고민하지 않아도 괜찮을 것 같았다.

왜냐하면 뱀에게 소중한 것과 미아의 소중한 것은 겹치는 부분이 있기 때문이다.

미아는 조용히 미소 지었다.

"……빠르게 도망치기 위해서예요. 뱀은 도망치는 것도 중요하잖아요?"

도망치는 걸 중요히 여기는 건 뱀과 미아의 공통점이었다.

도망은 중요하다. 언제 어떤 때에도 도망칠 수단을 마련해놓고 필요하다면 주저 없이 도망친다. 도망쳐도 상관없다고 강조하고 싶은 미아였다.

패티에게 무슨 일이 일어나면 미아의 존재가 위험해진다. 가능하면 위험한 일은 멀리하고 필요하다면 주저 없이 도망치길 바라는 미아였다.

"하지만……."

패티가 무언가 말하려고 한 때였다.

"그 아이, 처음 탄 것치고는 자세가 좋은데."

그 목소리에 시선을 돌리자 마침 아벨이 말을 가까이 데려온 참이었다.

"그렇죠? 우후후, 이렇게 하고 있으니 당신과 처음으로 같이 탔을 때가 생각나요."

미아는 아벨이 끄는 말에 탄 야나와 키릴 남매로 시선을 던졌다.

두 사람은 즐겁다는 듯 웃고 있었다.

──아벨이 배려해준 덕분에 무척 즐기고 있는 것 같네요. 역시 아벨은 다정한 사람이에요. 아아, 왠지 이러고 있으니 장래에 아벨과 부부가 되었을 때를 자꾸 상상하게 된단 말이죠. 우후후, 우후후후.

자신이 아이를 한 명 태우고, 아벨이 두 아이를 태운 말을 잡아당긴다. 그렇게 아벨과 아이들과 다 함께 웃는…… 그런 행복한 미래를 상상했다.

오늘도 달콤한 연애 망상이 팍팍 돌아가는 슈퍼 스위트 프린세스 미아였다.

"응? 왜 그래?"

의아한 얼굴로 바라보는 아벨. 그 부드러운 눈빛에 무심코 멍하니 넋을 놓아버릴 뻔했지만.

"오, 오호호, 아뇨, 아무것도 아니에요."

웃으며 얼버무린 미아는 시선을 돌렸다.

"그, 그나저나 탑승감이 아주 훌륭하군요. 역시 대륙 최고봉 월토마인 형뢰예요."

눈앞에 있는 말의 목덜미를 쓰다듬으며 반지르르한 털에 감탄의 한숨을 흘렸다.

"감사드립니다. 후이마 양."

미아는 전방으로 시선을 옮겼다. 그러자 거기에는 동풍을 탄 후이마의 모습이 있었다.

미아의 말에 귀를 쫑긋 움직인 후이마는 스스슥 말을 후퇴해서 미아 옆에 나란히 서더니…….

"후후후, 그렇지? 나의 애마, 형뢰는 제법 훌륭한 말이지?"

우쭐거리는 얼굴로 가슴을 펴는 후이마.

그랬다. 미아는 지금 불꽃 부족이 자랑하는 명마, 형뢰를 타고 있었다.

경쾌한 발걸음. 기수의 기분을 달아오르게 해주는 아늑한 리듬감.

다양한 말을 타보면서 말을 구석구석 알게 된 말 마이스터 미아는 흠흠 고개를 끄덕였다.

"아주 훌륭해요. 후이마 양이 자랑스러워할 만한 말이에요."

좋은 말에는 결코 칭찬을 아끼지 않는 미아였다.

왜냐하면 말은 마지막 순간에 의지할 대상, 비장의 패이기 때문이다.

아무리 신경 써도 사람은 실패하고, 쉽게 단두대로 보내진다. 미아는 항상 자신의 행동을 의심하는 걸 잊지 않는다. 아무리 조심해도 실패할 때는 실패하는 법이다.

그렇다면 미아는 항상 말이라는 생명줄을 유지해놓고 싶었다. 그런 생명줄인 말에게 미아는 언제나 경의를 잊지 않는다.

"감사합니다, 후이마 양. 이렇게 애마를 타는 걸 허락해주셔서."

"천만에. 미아 황녀는 내 친구다. 친구라면 자랑스러운 애마에 태우고 싶은 법……. 감사를 들을 정도는…… 음?"

그때였다. 후이마가 고개를 들었다.

가늘게 든 눈으로 전방을 응시하는 시선 끝에 길을 달려오는 한 마리의 늑대가 보였다.

"무슨 일이지? 우투."

달려온 전투늑대 우투는 후이마 쪽을 올려다보고는 끄응 울었다.

"……무언가가 온 모양이야."

아벨의 말에 미아도 시선을 전방으로 향했다. 그러자 저편에서 다가오는 한 무리가 있었다.

20마리 전후의 말을 타고 달려오는 집단, 선두에 있는 기사가 든 깃발의 문양…… 그것은.

"저건…… 제국의 깃발이에요."

고개를 갸웃거리는 미아의 눈앞에서 전방의 집단이 길을 열었다. 기사들은 말에서 내려 무릎을 꿇고 신하의 예를 갖추었다.

그 사이를 생글생글 손을 흔들며 유유히 나아가는 미아.

그랬다. 미아는 이래 봬도 제국의 황녀다. 이래 봬도…….

이 기사들이 충성을 맹세해야 하는 인물이 바로 미아다.

따라서 그건 미아에게는 당연한 광경이지만…….

"어……?"

미아 앞에 앉은 패티에게는 그렇지 않다. 야나와 키릴도 마치 자신들에게 무릎을 꿇은 듯한 병사들을 보고 당황하는 반응이었지만, 패티와는 비교도 되지 않을 것이다.

왜냐하면 그녀는 미아가 진짜 제국 황녀라는 걸 모르니까.

——아아, 이거 실패한 건지도 모르겠어요. 뭐라고 설명해야 할지……. 어라?

그런 생각을 하고 있을 때였다. 문득 낯익은 청년 기사의 모습이 시야에 들어왔다.

한눈에 봐도 돈이 많이 들었을 것 같은 금속 갑옷. 투구를 벗은 머리에는 백금색 머리카락이 호화롭게 반짝였다. 그 얼굴이 미아의 어린 시절의 기억을 자극했다.

——반가운 얼굴이네요. 얼마 만이죠……? 어마마마의 무덤에 간 이후 처음이던가요…….

기사는 고개를 들고 미아에게 시선을 보냈다. 친근하게 눈꼬리를 휘며 미아의 얼굴을 봤다가 미아보다 조금 아래쪽에 다소 열정적인 시선을 던졌다. 미아보다, 아래로…….

"음……."

작은 중얼거림과 함께 속도를 올리는 아벨. 기사의 시야에서 차단하듯 미아와의 사이에 들어가 그 기사를 조용히 노려보았다.

"아아. 아벨, 괜찮습니다. 그는 제 어머니의……."

"흠, 저 남자…… 형뢰에게 관심이 있는 모양이군. 아주 열렬한 시선을 보내는 것 같던데……."

작게 중얼거림과 함께 말을 후퇴시키는 후이마. 기사의 시야에서 차단하듯 형뢰와의 사이에 들어가 그 기사를 조용히 노려보았다.

"…………?"

그런 아벨과 후이마를 보고는 무언가 물어보고 싶은 게 있다는 얼굴로 미아를 올려다보는 패티였다.

제4화 오른팔에게 맡기고 I

제국 기사 집단과 마주치고 오래 지나지 않아 일행은 제도 루나티어에 도착했다.

본래 황녀의 귀환은 국가를 총동원하는 일대행사…… 이긴 하지만, 아무래도 세인트 노엘에 다니게 된 뒤로는 최대한 간결하게 끝내고 있다.

돈이 많이 들기 때문이다. 매년 여름과 겨울, 두 번 돌아올 때마다 성대한 퍼레이드를 했다간 국고가 순식간에 바닥을 친다. 특히 겨울은 탄신제 시기와도 가까우므로 큰 부담이 된다.

미아는 호화롭게 환영받은 결과 단두대에 가까워지는 셈이니……. 말하자면 단두대 행렬이 마중해주는 듯한 기분이었다.

따라서 제도에 들어가기 조금 전에 검소한 마차로 옮겨 타고 들키지 않도록 몰래 돌아온 미아였다.

전에는 상인 일행으로 분장해서 렘노 왕국에 잠입도 해봤던 미아다. 제도에 몰래 돌아오는 것쯤은 식은 죽 먹기다.

"여기가…… 제도?"

마차 안에서 주위를 두리번거리는 패티에게 미아는 생긋 웃으며 대답했다.

"네, 그래요. 패티는 아직 제도에 와본 적이 없었나요?"

"네. 계속 클라우지우스 령에 있었거든요……."

"그랬군요. 그럼 제가 간단히 안내해드리죠. 이번 여름에는 여

기저기 돌아볼 기회도 있을 테고…… 아, 저쪽의 떠들썩한 지역
이 신월지구랍니다."

루드비히의 정책 덕분에 지금 신월지구는 제도의 다른 장소에
뒤지지 않을 만큼 활성화되었다. 아니, 오히려 새로운 성장지역
으로서 다른 지역보다 더 열량이 큰 장소가 되어가고 있었다.

지금도 상인이 탄 마차인 듯한 여러 대의 마차가 들어가는 게
보였다.

거리를 오가는 사람들의 얼굴도 밝고 생기로 넘쳐났다.

그리고 그곳은 미아의 지지기반 중 하나이기도 했다.

"신월지구……?"

의아한 얼굴로 고개를 갸웃거리는 패티. 그걸 보고 미아는 퍼
뜩 깨달았다.

──아, 그렇군요. 혹시 패티가 살던 시절에는 신월지구가 없
었던 건가요?

미아는 제도의 역사를 모른다. 신월지구가 생긴 유래도, 그곳
이 빈민가가 된 경위도.

이 도시가 어떤 역사를 거쳐 어떻게 형성된 건지 전혀 몰랐다.

──큭, 방심했어요. 그렇군요. 이럴 때를 위해 역사를 배울 필
요가 있는 거군요.

새삼 공부의 소중함을 실감하는 미아였다. 물론 '이럴 때'라는
건 그리 흔한 일이 아니라고 보지만…… 아무튼 역사를 배우는
건 중요하므로 결과적으로는 잘 됐다고 할 수 있을까.

그렇게 무언가 얼버무릴 말을 찾던 때였다.

"대단하다, 패티 누나. 여기가 제도구나."

키릴이 기뻐하며 패티에게 말을 걸었다.

패티는…… 그 얼굴에 아주 희미한 미소를 머금었다.

"응. 나도 처음 왔어."

그러고는 야나에게 시선을 던졌다.

"가누도스 항만국도 이런 느낌이었어?"

"아니, 가누도스 항만국은 훨씬 작았어. 굉장하네. 제도는 이렇게 크구나."

야나는 어안이 벙벙한 듯 창밖의 광경을 바라보고는…….

"미아 님 말씀대로야. 세상은 넓구나."

작은 목소리로 중얼거렸다.

한편 패티의 의혹에서 벗어난 덕분에 안도하는 미아였다.

──역시 야나 남매를 데려오길 잘했어요…….

그렇게 거리를 나아가길 잠시.

"앗, 보이기 시작했군요."

이윽고 일행 앞에 집 한 채가 보였다.

그 집 앞에는 장년의 부부와 아이들, 즉 안느의 가족이 기다리고 있었다.

먼저 마차에서 내려 부모님에게 이야기하는 안느. 이어서 미아가 내린 뒤 한차례 인사를 마친 뒤 이번에는 아이들을 돌아보았다.

"여러분은 당분간 여기서 숙박하세요. 여기는 제가 신뢰하는 안느의 본가랍니다."

이미 안느와는 상의를 마쳐놓았다.

세인트 노엘을 나서기 전의 일이다.

"안느, 당신은 일단 본가에 먼저 가 주세요."

"배려해주셔서 감사합니다. 미아 님, 하지만……."

미아는 한쪽 손을 들어 안느의 말을 제지했다.

"오해하게 했다면 미안하지만, 이건 당신을 위해서 하는 말이 아니에요. 오히려 부탁이죠."

"부탁이요……?"

"네. 당신의 본가에서 패티를 잠시 돌봐줬으면 해요."

눈을 깜빡이는 안느를 보며 미아는 조용히 고개를 끄덕였다.

"여기서만 하는 말인데, 패티는 아주 중요한 아이랍니다. 정체는 아직 확신할 수 없어서 자세히 말해 줄 수 없지만…… 어쩌면 벨과 가까운 존재일지도 몰라요."

"벨 님과…… 그렇다면, 패티 님도 미아 님과 관련이 있는 분인 가요……?"

"그럴지도 몰라요. 그래서 더욱 저는 뱀에게서 해방해주고 싶습니다. 하지만 패티가 제 말을 따르게 하려면 뱀인 척 행동하는 게 유리해요. 이런 사정을 아는 사람이 패티 곁에 있어 주길 바랍니다."

이건 미아의 본심이었다.

패티에 대해선 아직 모르는 게 많다. 하지만 얼마 전에 꾼 악몽이 패티에게서 유래한 것이라면…… 그리고 그 악몽이 단순한 꿈이 아니라면…….

──새, 생각만으로도 무시무시해요. 리나 양이나 옐로문 공작이 적으로 돌아서다니, 정말 악몽이 현실이 되는 거라고요.

꿈에 전혀 나타나지 않는다는 건 아직 그 역사를 따라갈 가능성이 남아있거나 아니면 아예 존재하지 않는 역사라는 뜻이다.

예를 들어 미아가 페가수스를 타고 하늘을 나는 꿈은 기억의 파편으로서 나타나지 않는다. 말도 안 되는 일이기 때문이다.

즉 기억의 파편으로서 꿈으로 본 세계란 '존재할 가능성이 컸지만 사라져버린 세계'인 셈이다. 사라져버린 것 자체는 기쁜 일이어도 문제는 '존재할 가능성이 컸다'는 점이다. 가능성이 크다는 건 그와 흡사한 가능성은 아직 남아있을지도 모른다는 소리니까.

쿠키로 독살당하는 가능성은 사라졌어도 버섯 냄비로 독살당할 가능성이 남아있을지도 모른다.

──그 옐로문 가가 적으로 돌아설 가능성……. 확실히 패티는 옐로문 공작과 면식이 있다는 이야기를 들은 기억이 있으니까요. 무시무시해요. 패티는 신중하게 대해야 해요.

미아는 팔짱을 끼고 말을 이었다.

"물론 아바마마께 말씀드려서 바로 백월 궁전으로 옮기도록 하겠지만……. 그때까지는 당신의 집에서 돌봐줬으면 해요."

미아의 말에 안느는 조용히 고개를 끄덕였다.

"알겠습니다. 이 안느, 목숨과 바꿔서라도 반드시……."

"……아니, 아뇨. 그렇게까지는 안 해도 괜찮답니다. 조금 마음을 편하게 가져도……."

기합이 잔뜩 들어간 안느를 살짝 당황하며 말리는 미아였다.

그렇게 상의한 대로 패티와 야나와 키릴을 안느의 집에 맡겼다.

패티는 불평할 줄 알았으나 의외로 순순히 받아들였다.

──벨은 그렇다 쳐도 패티는 평민의 집에서 숙박하는 데 거부감이 있을 줄 알았는데요…….

고개를 갸웃거리며 미아는 백월 궁전으로 향했다.

──자, 아바마마를 어떻게 설득해야 할까요…….

그런 고민을 하면서…….

제5화 미아 파파의 흐릿한 기억

"지금 막 귀환했습니다. 아바마마."

백월 궁전, 알현실.

안느의 집에서 나온 미아 일행은 그대로 백월 궁전으로 향했다.

동행인은 아벨, 미아벨, 슈트리나, 후이마. 여기에 종자 자격으로 린샤도 따라왔다.

그렇게 일행은 황제 마티아스 앞에 서게 되었다.

마티아스는 미아의 인사를 받고 위엄이 넘치는 얼굴로 '음……' 하고 고개를 끄덕인 뒤,

"잘 돌아왔구나. 마이 스위트 미아!"

이딴 소릴 했다! 입에서 딸 사랑이 넘쳐흘렀다!

"잠깐, 아바마마……."

마티아스는 당황하는 미아의 항의는 깔끔하게 무시하고 시선을 굴렸다. 그 끝에 있는 건…… 벨이었다!

"오오, 벨 양도 오랜만이구나. 건강하였느냐?"

황제 공인 미아의 여동생 같은 존재 벨은 기뻐하며 고개를 끄덕이고는.

"성은이 망극하옵니다. 폐하."

어째서인지 얼굴에 힘을 팍 주고는 아주아주 똑똑하게 들리는 인사를 했다.

그 대답에 마티아스는 후후후 웃었다.

"그렇게 격식을 차리지 않아도 된다. 미아는 그대를 동생으로 대한다고 들었다. 그렇다면 나에게도 딸이나 다름없지. 편하게 아빠라고 불러도……."

"아바마마……. 오해를 부를 법한 언동은 삼가셔야 하지 않을까요."

그렇게 잔소리를 하면서도 미아는 결심했다.

──만약 벨이 제 손녀, 즉 아바마마에게는 증손녀가 되는 건가요……? 아무튼 그 사실을 눈치채셨다간 큰일이 날 거예요! 틀림없이 어화둥둥 귀여워하겠죠. 어라? 그렇게 되면 저에게는 좀 덜 치대게 되어서 오히려 잘된 게 아닐까요……?

미아가 생각에 잠겨있는 사이에도 대화는 이어졌다.

다음으로 마티아스의 시선을 받은 건 아벨이었다.

"그리고 잘 와 주었다. 렘노 왕국의 왕자여. 환영하지."

마티아스는 아벨에게 날카로운 시선을 보냈다. 그건 '아직 너 같은 놈팡이에게 딸을 줄 수 없다……!'라는 강력한 주장이 담긴 시선이었고……. 아벨은 살며시 머리를 숙이고는,

"환영해주셔서 감사합니다. 폐하."

조용히 이렇게 말했다.

인사가 끝난 뒤 아벨은 백월 궁전에 남기로 했다. 벨하고, 어째서인지 슈트리나도 궁전 안에 있는 방에서 지내게 되었다. 옐로문 공작가는 제도에 저택을 보유하고 있으나, 당연히 거기로 돌아가진 않는다.

여름방학을 친구와 엔조이할 생각으로 넘쳐나는 슈트리나였다.

아무튼. 그날 밤.

미아는 오랜만에 아버지와 식사했다.

오랜만에 맛보는 주방장의 디너를 실컷 즐긴 뒤 미아는 패티에 대해 이야기하기로 했다.

"그런데 아바마마, 패트리시아 할마마마 말인데요……."

"음?"

패티 일로 상담하기 전에 먼저 물어보고 싶은 게 있었다. 그건 다름 아닌 할머니, 패트리시아에 대해서였다.

"할마마마께선 대체 어떤 분이셨죠?"

"별일이구나. 미아가 어마마마 이야기를 듣고 싶어 하다니……. 저주받은 클라우지우스 가 출신인 건 이제 괜찮으냐?"

"으윽……."

미아는 무심코 신음했다.

어린 시절의 미아는 그 탓에 할머니 이야기를 거의 듣지 않았기 때문이다.

"후후, 뭐 어마마마께선 저주받았다는 말이 전혀 어울리지 않을 만큼 나에게 다정한 분이셨지. 어릴 적의 나는 무척 어리광을 부리며 자랐다는 걸 지금은 알겠더구나."

생각지도 못한 이야기에 미아는 눈을 깜빡였다.

──패티가……. 아들의 어리광을……?

패티의 무표정을 떠올리고는 작게 고개를 갸웃거렸다.

──이미지가 좀 다른 듯한데요…….

"그나저나, 후후. 오랜만에 떠올렸군. 실컷 어리광을 부리며 자란 나는 어마마마께 많이 반발했었지. 당시 나는 어마마마께서 정한 결혼 상대── 즉, 네 어머니인 아델라조차 마음에 안 들어 했었지. 아직 만난 적도 없는데 그녀와는 절대 결혼하지 않겠다고 했었다만……."

"어머나, 아바마마께서요? 믿어지지 않아요."

어머니에게 푹 빠진 아버지의 모습밖에 모르는 미아는 깜짝 놀랐다.

"어마마마께서 정했다는 게 참을 수 없었단다. 그때까지도 여성과 만나는 걸 엄하게 단속하셨지. 그것도 있었기에 무척 반발했는데……. 그때는 어마마마치고는 드물게도 무척 당황하셔서……. 아니, 당신과는 상관없다는 태도였던가? 항상 냉정하셨던 어마마마가…… 아니, 그건 꿈인가?"

문득 아버지가 고개를 갸웃거렸다.

"애초에 아델라를 찾아낸 건 나였던가……? 아니……."

어딘가 혼란스러운 듯한 아버지를 보고 미아는 불현듯 깨달았다.

──어쩌면 아바마마의 기억이 흔들리고 있는 건가요? 즉 이 세계에 있는 패티가 어떻게 할지에 따라 아바마마의 상황도 달라지는……. 그리고 그건 아직 확정되지 않았다……?

자칫 아버지와 어머니가 만나지 않게 되었다간 자신의 존재도 사라져버릴지 모른다……. 그런 조금 무서운 상상을 해버리는 미아였다.

한편 미간을 찌푸리고 있던 마티아스가 불현듯 쓴웃음을 지었다.

"안 되겠군. 아무래도 나이 때문인가 기억이 애매모호하구나. 여하간, 나는 아델라를 보고 첫눈에 반해버렸단다."

마티아스는 쑥스러운 듯 뺨을 긁적이며 말했다.

"그때는 진심으로 어마마마께 감사드렸지."

"아델라이드 어마마마를 만나게 해주신 것을요?"

"그것도 있지만, 여성과 경솔한 만남을 갖지 않게 단속하셨던 것도 말이다. 덕분에 나는 사랑하는 사람을 유일한 사람으로 만들 수 있었으니. 나에게 아델라보다 더 특별한 사람도 없고, 아델라보다 못한 사람도 없지. 그녀가 그저 유일하게 나의 사랑을 받을 여성, 내 사랑을 독점한 여성이란다."

그렇게 말한 뒤 마티아스는 부드러운 미소를 머금었다.

"유일한 예외는 나의 딸 미아, 너다만……. 너와 아델라가 물에 빠진다면 나는 주저하면서도 아델라를 구하겠지."

당당하게 선언하는 남자, 황제 마티아스 루나 티어문. 아내 사랑으로 넘쳐나는 이 남자는 대단한 일편단심이었다.

그런 그였으나 문득 얼굴을 찡그렸다.

"하지만…… 동시에 복잡한 기분도 들었다. 계속 반발했었는데 결국은 어마마마의 말씀이 전부 옳았으니까. 그렇게 생각하니 부끄럽다고 해야 할까, 솔직해지지 못했지. 어딘가 어색한 관계인 채 사과도 못 하고 어마마마는 세상을 떠나셨다. 그게 지금은 조금 미련이 남는구나."

아버지의 후회를 들으며 미아는 무심코 생각했다.

──기억이 애매모호하단 말이죠……. 이건 패티의 존재에 따라 과거 자체가 흔들리고 있다는 게 아닐까요?

게다가 의문은 하나 더 있었다.

──패티는 뱀에게서 해방된 걸까요?

적어도 아버지가 말한, 자식의 어리광을 받아주었다는 건 뱀과는 거리가 먼 느낌이 들지만…….

"흠, 참고로 할바마마는 어떤 분이셨나요?"

"아바마마라……. 그분은, 그래……. 굳이 따지라면 음침한 성격이었는데……. 그래도 어마마마를 진심으로 사랑하고 아끼셨던 모양이다."

아버지는 무언가를 떠올린 건지 작게 웃음을 흘렸다.

"사실 이건 비밀인데, 아바마마께 들은 적이 있지. 젊은 시절의 아바마마는 이 세상에 비관하며 언제 죽어도 이상하지 않았다고 하지만……. 어마마마를 만나고 구원받았다고 하셨다."

"언제 죽어도……."

"하하하. 내 아버지이지만 대단한 분이지? 하지만, 그래. 내가 한 사람만 바라보는 것도 그 핏줄 때문인지도 모르겠구나."

그렇게 호쾌하게 웃는 아버지를 앞에 둔 채 미아는 가만히 생각했다.

선대 황제의 모습은 틀림없이 초대 황제가 바라던 티어문 제국 황제의 모습이다.

──즉 초대 황제에서부터 이어져 온 저주를 끊은 사람이 할마

마마…… 패티였다는 소리가 되겠군요.

초대 황제의 꿍꿍이를 고려한다면 티어문 제국의 황제는 세상을 증오하고 멸망을 바라는 성격이 적합하다. 딱 그런 성격이던 선대 황제의 마음을 패티가 구해주고, 아들에게 그 절망이 계승되는 걸 차단했다.

──그렇다면 제가 앞으로 할 행동에 따라서는 패티를 뱀에게서 해방할 수 있다고 생각해야 할까요……. 흠…….

심각한 얼굴로 신음하는 미아였다.

제6화 발아

"그나저나 미아, 갑자기 무슨 일이냐? 이마마마 이야기를 듣고 싶어 하다니 별일이구나."

의아해하는 아버지에게 미아는 살짝 당황하면서도,

"아, 그게……. 그래요! 실은 아바마마께 소개해드리고 싶은 아이가 있답니다."

갑자기 찾아온 기회를 붙잡기 위해 움직였다.

어떻게 패티 이야기를 꺼낼지 고민하던 미아였기에 이 기회를 놓치진 않았다. 흐름이 오면 타는 것이 미아의 스타일이다.

섭취한 영양분을 소모하여 뇌를 팽팽 돌리며 미아는 생각을 정리했다.

"벨과 마찬가지로 저와 얼굴이 조금 비슷한 아이인데요."

먼저 아버지에게 호감도가 높은 부분부터 이야기하기 시작했다.

"오호! 좋구나. 네 동생이 또 늘어났다는 게냐."

미아는 농담하며 웃는 아버지에게 맞춰 웃으면서 대꾸했다.

"네. 하지만 그 아이의 이름이 패트리시아랍니다."

"패트리시아……. 어마마마와 같은 이름인가."

"네. 저를 닮은 데다 이름이 패트리시아잖아요? 어쩌면 아바마마께서 할마마마의 모습을 떠올릴지도 모른다는 생각이 들어서요."

미아는 여기서 살짝 이미지 조작을 시도했다.

만에 하나 아버지가 패티의 정체를 눈치챌 것 같을 때 수긍할 수 있을 법한 이유를 사전에 고지해놓는 것이다.

"하하하. 내가 그리 단순해 보이더냐?"

아무래도 마티아스는 미아가 농담을 한다고 생각한 모양이었지만, 그래도 상관없었다. 만약 패티에게서 어머니의 모습을 발견했을 때, 그러고 보면 그런 말도 했었지…… 하고 떠올리는 것만으로도 의미가 있다.

사람은 의문이 들었을 때 마침 적당한 대답이 바로 나와주면 순순히 받아들이고 그 이상은 생각하지 않는 법이다.

──흠, 이제 패티를 백월 궁전에 데려올 수 있게 되었군요. 안심이에요.

그렇게 흐뭇한 만족감과 함께 그날의 만찬회가 끝났다.

여독도 있었기 때문인지 아주아주 푹 잘 잔 다음 날…….

한 남자가 미아의 방을 찾아왔다.

"미아 황녀 전하의 무사 귀환을 진심으로 기쁘게 여깁니다."

무릎을 꿇고 머리를 조아린 청년 문관…….

그 안경에…… 아니, 안경을 쓴 당사자에게 미아가 절대적인 신뢰를 보내는 남자. 루드비히 휴이트였다.

"아아, 루드비히. 무척 오랜만에 보는 느낌이 드네요."

부드럽게 미소 짓고 대답한 직후 미아는 고개를 갸웃거렸다.

"그런데 무척 정중한 태도로군요? 무슨 일이 있었나요?"

전에 없이 격식을 갖춘 루드비히의 태도에 미아는 쿡쿡 웃었다.

"실은…… 미아 학원의 아샤 왕녀 전하께서 연락을 주셨습니다."

"아샤 왕녀 전하가……?"

무슨 일인지 고개를 기울이자 루드비히는 고개를 들고 침을 꼴깍 삼켰다.

"세로 루돌폰 님과 공동으로 추위에 강한 밀을 찾아냈다고 합니다……."

그 소식을 들었을 때 제아무리 루드비히라고 해도 무심코 옆에 있던 의자에 털썩 주저앉았다. 같이 있던 발타자르도 다리에 힘이 풀려버렸을 정도였다.

그만큼이나 놀라운 정보였다. 심지어…….

"그것도…… 발견한 장소가 길덴 변경백령이었다고 합니다."

그걸 알았을 때 루드비히의 뇌리를 온갖 광경이 스쳐 지나갔다.

여름에 항만국에서 돌아오는 도중에 있었던 일. 갑자기 길덴 변경백령에 들르고 싶다고 했던 미아의 얼굴.

그때의 행동이 설마 이런 형태로 결실을 볼 줄이야, 아무리 루드비히라고 해도 알지 못했다.

세인트 노엘에 있던 미아는 알 수 없는 노릇이었지만…… 최근 루드비히와 동지들은 바쁘게 일했다. 제국 내에 혼란이 발생하지 않도록 섬세하게 조절하며 비축분을 유포하는 작업. 포크로드 상회나 페르쟝과의 관계 절충도 맡으며 타국에서 오는 원조 요청에도 대응하고…….

"정말 괜찮은 거야? 루드비히……."

눈앞에는 조금씩 양이 줄어드는 식량 비축분. 총명하기로 유명한 루드비히와 동료들 내에서도 미아의 방침이 올바른 건지 걱정하는 목소리가 나오기 시작했다.

루드비히는 미아의 생각이 옳다고 믿었다. 식량을 두고 타국과 전쟁이라도 일어났다간 그야말로 막대한 피해가 생긴다. 밭이 타버리면 본말전도다.

그래서 원조 요청을 받으면 식량을 보내주는 건 올바른 일……. 그러나 불안하지 않았다면 거짓말이 된다.

그런 타이밍에 나타난 새로운 요소. 추위에 강한 밀 발견이었다.

물론 아직 발견만 했을 뿐이다. 그것만으로 모든 상황을 타개할 정도는 아니다. 아니지만…….

'추위에 강한 밀이 만들어졌다'는 정보 자체의 가치는 헤아릴 수 없다.

추위에 강한 밀이 있다……. 그렇게 생각하면 사람들은 안도한다.

내년에도 또 흉작이 이어지는 게 아닐까? 기근이 일어나는 게 아닐까? 그런 불안을 불식시킬 만한 힘을 지닌 정보였다.

"게다가 길덴 변경백령을 동원해 그 밀 배양에 힘을 들였기 때문에 상당한 양의 종자를 마련할 수 있었다고……."

세로와 아샤는 길덴 변경백령의 밀밭을 철저하게 조사했다. 변경백의 협력을 구해 추위에 강한 품종의 밀을 찾고 종자를 만들어 낸 뒤 기존의 밀을 대신해서 전부 심었다.

우선 늘릴 수 있을 만큼 늘리는 행위. 그건 내년 이후에도 추위가 이어지니까 기존의 밀은 자라지 않는다는 확신에 기반한 행동.

미아의 미래 예측을 온전히 신뢰하였기에 가능한 행동이었다.

길덴 변경백, 세로 루돌폰, 아샤 타하리프 페르쟝.

자신의 주인이 주목하고 모아온 인재가 힘을 유감없이 발휘하여 절대적인 위기를 극복하는…… 모든 것이 하나로 이어지는 광경에 루드비히는 전율했다.

그런 위업을 달성했는데도 아무렇지도 않은 얼굴로 고개를 갸웃거리는 미아를 보면 더욱 그랬다.

"후후후. 그분들은 기대한 대로 힘을 발휘하고 있는 모양이군요."

미아는 생글생글 웃으며 말했다.

"그런데 루드비히. 당신에게 상담하고 싶은 게 있답니다. 가능하면 차분히 대화하고 싶은데요……."

그렇게 미아는 의미심장한 미소를 지었다.

제7화 오른팔에게 맡기고 Ⅱ ~패티의 비밀~

시간은 조금 거슬러 올라간다.

미아와 헤어진 뒤, 안느의 집에서는 작은 사건이 발생했다.

"이쪽으로 오세요."

안경 쓴 소녀, 에리스의 안내를 따라 일행은 집 안으로 들어갔다.

그곳은 귀족 저택── 그야말로 클라우지우스 가의 저택과는 비교가 되지 않을 만큼 작고…… 비교가 되지 않을 만큼 따뜻하고 아늑한 집이었다.

──그냥, 평범해……. 별거 아니야.

패티는 마음속으로 스스로를 타이르듯 중얼거렸다.

──평범한 집. 평민의 심심한 집이야.

작게 한숨을 쉬고는 흔들리려는 마음을 꾹 억눌렀다.

패트리시아 클라우지우스. 그녀는 태어났을 때부터 귀족은 아니었다.

평민 소녀로서…… 어머니, 동생과 함께 살던 그녀가 귀족인 '클라우지우스'의 이름을 얻게 된 건 7살 때……. 어머니가 죽은 직후였다.

자신의 몸에 제국의 문벌 귀족, 클라우지우스 후작의 피가 흐르고 있으며 가문의 후계자로서 동생과 함께 거둬지게 되었다는 사실……

어린 그녀에겐 그 결정을 거스를 힘이 없었다.

하물며 동생이 병으로 쓰러졌는데 클라우지우스 가는 그걸 낫게 해줄 방법이 있다고 하니 더욱 다른 선택지가 없었다.

이리하여 패트리시아는 클라우지우스 가의 딸이 되었다.

그 처지는 유리우스와 비슷했지만 패트리시아를 둘러싼 환경은 그보다 훨씬 가혹했다.

그녀가 요구받은 것…… 그건 뱀의 기술을 터득하여 결혼한 상대를 절망으로 몰아넣는 것이었다.

초대 황제가 추구한 이상적인 황제상. 이 세상을 증오하고 멸망시키고자 대륙 전역에 저주를 뿌리는 존재……. 황실이 그 모습을 잊었을 때 떠올리게 해주는 것이 클라우지우스 가가 짊어진 사명. 절대적인 존재 이유였다.

황후로서 황제를 절망시키고 세상을 저주하게 만든다. 그런 목적으로 평생을 이용하는 것을 패트리시아에게 요구했다.

그래서 귀족 영애로서 갖춰야 하는 예법과 함께 뱀의 사고방식을 철저히 주입 당했다.

그건…… 인간으로서 제대로 된 삶이 아니었다.

거절하는 게 당연. 도망쳐도 당연한 것이었다.

하지만 패트리시아는 도망치지 않았다.

이 세상에 남은 하나뿐인 핏줄…… 어머니에게서 지켜달라고 부탁받은 동생의…… 목숨을 구하기 위해서는 그 방법밖에 없었으니까.

아무렇지도 않게 남을 속이는 방법을 배우고, 사람을, 생물을 죽이는 방법을 배우고…… 표정 하나 바꾸지 않고 그런 것들을 실시해야만 했던 패트리시아는 웃지 않게 되었다.

화내지 않고, 울지 않고…… 그저 뱀의 가르침에 충실하게 살게 되었다.

전부 동생, 하네스를 구하기 위해.

뱀만이 알고 있다는 비법으로 하네스의 불치병을 치료하기 위해.

그 마음을 들키지 않도록…… 자신이 괴로워하고 있다는 걸 모르도록 열심히 마음을 얼어붙게 만들며…….

──괜찮아, 이 정도로는 흔들리지 않아. 하네스를 위해서니까…….

살며시 옷깃 언저리를 움켜쥐며 집 안쪽으로.

도착한 곳은 식탁이었다.

"자, 배고프지? 이런 것밖에 없지만 많이 먹으렴."

그렇게 나온 요리에…… 패티는 눈을 크게 떴다.

그건 제국에서 오래전부터 친숙하게 먹어온 전통 요리…….

사랑하는 어머니가 항상 만들어 주었던, 그리운…… 행복한 요리라서…….

그래서.

"엄마…… "

패티는 실패했다. 그 중얼거림을 삼키지 못했다…….

──아아, 어머니의 요리는 오랜만이야.

안느는 생긋 웃으면서 그 요리를 보았다.

그건 감자를 짓이겨 둥글게 뭉친 경단을 육포 수프에 넣어 만드는 모로세라 불리는 요리다. 푹 우려낸 육포의 맛과 입에서 사르르 녹는 감자 경단이 멋지게 어우러지는 제국의 전통 요리.

안느의 어머니가 특히 잘 만드는 요리이기도 했다.

──이건 수프를 듬뿍 빨아들인 육포가 아주 맛있단 말이지…….

이 요리라면 아이들도 마음에 들어 할 것 같다고 생각하며 그쪽으로 시선을 돌리자…… 키릴이 희희낙락한 얼굴로 감자 경단을 먹는 게 보였다. 그 옆에서는 야나가 조금 긴장하며 숟가락을 들고 있었다.

그런 아이들을 안느의 동생들이 정성스럽게 돌봐주고 있다.

말썽꾸러기였던 존이 형의 얼굴로 키릴에게 '이렇게 하면 더 맛있어.'라고 가르쳐주고, 똑 부러진 에밀리아가 야나에게 말을 걸어주고 있다.

──다들 어린아이였는데 많이 컸구나…….

그런 생각을 하며 옆으로 시선을 옮긴 안느는…… 깜짝 놀랐다.

야나와 키릴도 그걸 알아차리고 움직임을 멈췄다.

패티가…… 항상 표정을 전혀 움직이지 않았던 패티가…… 울고 있었기 때문이다.

커다란 눈동자에서 굵은 눈물이 퐁퐁 솟아나 어린 뺨을 타고 흘러내렸다.

"어? 어, 저기? 패티 님……? 왜 그러세요? 마, 맛이 없었다거나, 싫은 것이라도…….”

허둥지둥 손수건으로 뺨을 닦아주었지만, 패티는 작게 고개를 저었다.

“……보고 싶어. 엄마……. 보고 싶어…….”

뚝뚝 끊어지는 목소리로 뱉어내는 소원. 하지만 안느는 그걸 이뤄줄 수가 없었다……. 하지만!

“실례합니다…….”

작은 목소리로 양해를 구한 뒤 안느는 패티를 끌어안았다.

분명 미아가 여기에 있었다면 이렇게 할 게 틀림없다고 믿고…….

미아의 팔이라면 이렇게 움직일 거라고 확신하고…….

패티는 저항하지 않고 가만히 있었지만…… 바로 안느의 옷을 꽉 붙잡았다. 그 입에서 숨죽인 울음소리가 흘러나왔다.

문득 시선을 돌리자 어머니가 조용히 고개를 끄덕이고 있었다.

그게 정답이라는 듯 힘을 실어주는 어머니에게 입술만 움직여 고맙다고 인사한 뒤 안느는 패티의 등을 조용히 쓸어주었다.

제8화 슬쩍 끼어든 불순물……

"상담…… 말씀입니까? 그건 혹시 얼마 전에 편지로 알려주셨던 불가사의한 현상에 대한 것입니까?"

그렇게 말한 루드비히는 조용히 안경을 고쳐 썼다.

미아는 이미 벨의 정체를 루드비히에게 알려주었다.

벨에 의하면 미래의 루드비히는 벨의 정체를 알고 있다고 했다. 그렇다면 알려주는 데 아무런 주저도 없는 미아였다.

오히려 지금은 패티라는 불확정 요소가 존재한다. 루드비히에게 상담하지 않는다는 옵션은 미아에게 존재하지 않았다.

벨에 의하면 미래에 있던 누구도…… 패티 이야기는 하지 않았다고 한다.

그게 '미래에서 온 벨은 패티에 대해 몰랐다'는 상황을 만들기 위해…… 즉 '그들이 도달할 역사와 같은 상황을 만들기 위해'서인지, 아니면 정말로 '미래로 온 패티'라는 존재가 그들의 시간축에는 존재하지 않았기 때문인지…….

그 부분이 확실하지 않은 이상 루드비히에게 상담하는 게 최선책…….

그런 고도의 계산 끝에 나온 결론…… 일 리는 없고. 그런 건 전혀 생각하지도 않고……!

──정보를 숨겨서 저 혼자 고생한다는 부당한 상황이 일어나면 안 되잖아요. 미래에선 벨의 시간 이동을 꽤 여러 사람이 알고

있다고도 했고요. 알려주면 안 될 이유는 없죠. 음, 제 외장형 두뇌를 사용하지 않는다는 선택은 없어요.

그런 결론에 도달한 미아였다.

아무튼 그렇게 한 미아였지만……. 아무리 그래도 패트리시아에 대해서는 아직 알리지 않았다.

패트리시아의 존재는 미아에게 궁극의 약점이기 때문이다.

만약 뱀에게 유괴라도 당했다간 미아의 존재 자체가 사라져버릴지도 모르고……. 모처럼 지금까지 노력한 게 물거품이 될 수 있다. 그런 어떻게든 피하고 싶었다.

──패티에 대한 정보는 벨보다 더 신중하게 다뤄야 해요.

미아는 팔짱을 끼며 생각을 정리해나갔다.

"벨에 관한 것도 물론 그렇지만, 그것만이 아닙니다. 솔직히 말해서 사태가 너무 복잡하다 보니 저도 어떻게 생각해야 할지 망설이고 있어요. 그러니 당신의 생각도 듣고 싶습니다."

"미아 님께서도요……?"

꿀꺽 침을 삼키는 루드비히. 안경 너머, 그 눈동자에 곤혹스러워하는 빛이 번졌다.

"네, 저도……. 그리고 경우에 따라선 미래의 당신조차 예측하지 못한 사태가 일어났죠."

미아는 조용히 팔짱을 꼈다.

벨에게 들은 바로는 미래의 루드비히 또한 패티에 대해 언급하지 않았다고 한다. 일부러 숨겼을 가능성도 없지는 않지만…….

──그런 거라면 상관없죠. 미래의 루드비히가 '비밀'로 한다고

정한 거라면. 그건 루드비히의 계산 내에 있다는 거니까요.

문제는 패티가 이레귤러적 존재일 때다.

루드비히의 계산 밖의 사태가 일어났을 때 그걸 대비하지 못했다는 건 최악의 전개다.

'저건…… 단두대……?' 하는 게 보였을 때…… 단두대라고 생각하고 대비했다가 단두대가 아닐 때는 웃으며 넘길 수 있다. 하지만 단두대가 아니라고 여기고 방심했다가 실제로는 단두대였을 때는 웃을 수 없다.

무언가 좋지 않은 수상한 것을 보면 우선 단두대라고 생각할 것! ……이것도 유명한 미아 격언 중 하나다.

항상 최악을 대비하고 행동하는 것이야말로 소심한 사람의 전략이다.

"그렇기 때문에 당신의 지혜를 빌리고 싶어요. 제가 아는 사람 중 가장 현명한 당신의 지혜를 부디 저를 위해 써 주셨으면 해요. 기대하고 있습니다. 루드비히."

그렇게 말하며 미소 짓는 미아를 보고 루드비히는 무언가 생각했던 모양이지만…….

"송구합니다. 미아 황녀 전하. 그런 일이라면 그 문제는 다른 날에 다시 들어도 괜찮겠습니까?"

딱딱한 표정으로 조용히 말했다.

"네? 아, 네, 당신이 그렇게 말한다면…….

의외인 반응에 무슨 일인지 고개를 갸웃거리는 미아였으나…….

이틀 뒤, 다시 찾아온 루드비히를 보고 무심코 이해했다는 미소를 지었다. 그 뒤에 서 있는 남자의 모습을 보니 자연스럽게 나온 미소였다.

미아 앞에 나선 루드비히는 온화한 표정으로 말했다.

"미아 님께서 지극히 난해한 상담을 하시려는 것 같았기에…….도움을 요청했습니다. 벨 님의 시대와는 다르게 지금은 대륙 최고의 두뇌에게 힘을 빌릴 수 있으니까요."

그렇게 루드비히는 제 뒤에 선 남자에게 시선을 주었다.

벨의 시간 이동에 대하여 어느 정도 가설을 세웠던 재상 루드비히. 그런 루드비히의 지혜도 넘어설지도 모르는 인물…….

바로 루드비히의 스승인 현자…….

"오랜만에 뵙는군요. 갈브 씨."

미아의 미소에 성 미아 학원의 학원장 갈브, 갈바누스 아르미노스는 조용히 머리를 조아렸다.

그리하여 미아 곁에 이 시대 최고의 두뇌가 모여들었다.

제국의 예지의 책사 루드비히와 현자 갈브. 그리고 제국의 예지 미아 루나 티어문………… 미아 루나 티어문?!

……묘한 불순물이 끼어든 최고의 두뇌 집단이 지금 시간 이동의 수수께끼에 도전한다!

제9화 원인과 결과……

"평안하셨습니까, 미아 황녀 전하."

백월 궁전에 찾아온 갈브는 미아 앞에서 깊이 머리를 숙였다.

"무척 흥미로운 이야기를 들을 수 있다고 하던데요……."

"네, 그래요. 흥미로운지 아닌지는 모르지만…… 동화 속에서도 들어 본 적이 없는 이야기일 겁니다. 아, 지금 벨을 부를게요."

주변을 둘러본 미아는 자신의 오른팔이 옆에 없다는 사실을 깨달았다.

"흠, 슬슬 안느도 본가에서 푹 쉬었을 테니 패티와 함께 부르기로 할까요. 그리고 야나와 키릴도 같이 불러서……."

그런 생각을 하며 메이드를 불렀다. 미아의 지시를 받은 중년 메이드는 바로 슈트리나와 놀고 있는 벨을 찾으러 갔다.

놀고 있는! 벨을 찾으러 갔다.

……시험에서 해방되어 완전히 휴가 모드에 들어간 벨이었다. 황녀의 휴일 원모어! 였다.

"실례합니다. 미아 언니."

잠시 후 들어온 벨을 보고 루드비히는 작게 신음했다.

"이건…… 미아 님의 말씀을 의심했던 건 아니지만……."

벨에게 걸어가 물끄러미 바라본 루드비히가 말했다.

"실례임을 알지만 부탁드립니다. 벨 님, 목을 확인해도 괜찮겠습니까……?"

"네? 아, 네. 여기요."

그렇게 말하더니 벨은 머리카락을 치우고 목을 살짝 꺾었다. 가냘픈 목덜미, 그 매끄러운 피부에는 화살에 맞은 흉터는커녕 찰과상조차 없었다.

"흠. 확실히 상처 하나 없군요. 감사합니다."

가까이서 빤히 관찰한 루드비히가 한 걸음 뒤로 물러났다.

그러고는 꾸벅 머리를 숙인 후 진지한 얼굴로 팔짱을 꼈다.

"그때 그건 확실한 치명상이었습니다. 그리고 벨 님께선 빛이 되어 사라지셨죠. 역시 이건 무언가 기적적인 힘이 작용한 것으로 봐야 하나……."

눈썹을 찡그리고 생각에 잠긴 루드비히. 그 어깨를 갈브가 툭 두드렸다.

"허허허, 루드비히여. 아직 어리구나. 이렇게 존안을 잘 살펴보면 그것만으로도 확실히 알 수 있지 않으냐."

갈브는 온화한 미소를 지으며 벨을 바라보고는…….

"이분은 틀림없이 미아 황녀 전하의 핏줄이시다."

단언했다!

현자의 눈은 진실을 절대 간과하지 않는다.

어떠한 상황이라고 해도 반드시 진실을 찾아낸다.

현자 갈브의 혜안은 헛소문이 아니다!

……아니, 그랬나? 예전에 숲에서…… 아니, 뭐, 그건 그렇다 치고…….

"한데, 대체 어떠한 상황인 건지 자세히 듣고 싶군요……."

갈브의 말을 듣고 확인하듯 시선을 던지는 벨. 그런 손녀를 향해 미아는 고개를 한 번 끄덕였다.

솔직히 미아도 시간 이동 가설을 이해하고 있는 건 아니었기 때문에 남에게 전부 떠넘기고 싶던 참이었다.

미아의 멋들어진 패스를 받은 벨은 '크흠' 하고 헛기침을 한 번 한 뒤 팔짱을 끼고 살짝 가슴을 펴며 말했다.

"애초에 시간 이동이란⋯⋯."

그 말투에 미아는 흠칫 놀랐다. 벨의 얼굴에 훌륭한 안경이 걸려있는 환각이 보였다⋯⋯.

──이건⋯⋯. 루드비히의 설명을⋯⋯ 그대로 옮기는 거군요. 말투까지 똑같이 흉내 내고 있어요. 벨, 제법이잖아요!

과거 자신의 모습을 벨에게서 본 미아는 저도 모르게 미소 지었다.

──저와 필적할 정도의 기억력이라니 역시 제 손녀라고 해야 할까요⋯⋯. 흐음, 그런데 왜 이렇게 공부를 못하는 건지⋯⋯.

암기식 시험 공략법의 대가 미아는 고개를 연신 갸웃거렸다.

아무튼 벨의 이야기를 한바탕 들은 갈브는 짧게 신음했다.

"그렇군요⋯⋯. 그게 미래의 루드비히가 정리한 고찰이라⋯⋯."

팔짱을 끼고 수염을 쓰다듬으며,

"제법 괜찮은 이론이 아니냐."

"감사합니다⋯⋯ 아니, 이 인사는 조금 묘한 느낌이네요."

반면 루드비히는 쓴웃음을 지었다.

"게다가 지금 그걸 듣는 것도 좀⋯⋯."

벨의 시간에 있는 루드비히도 미래에서 온 벨에게 시간 이동 이론을 들은 걸까? 그렇다면 과연 처음에 그 이론을 제창한 사람은 누구인가…….

그런 호기심이 끊이지 않았지만…….

"하지만 아쉽게도 제 고찰에는 패트리시아 님이 포함되지 않은 것 같군요……."

쓴웃음을 짓는 루드비히. 하지만 갈브는 작게 고개를 저었다.

"그렇지도 않단다, 나의 제자여. 네 이론으로 패트리시아 님의 시간 이동도 설명할 수 있으니까."

갈브는 그렇게 말한 뒤 홍차에 설탕을 넣었다. 설탕으로 생긴 파문을 보며 그는 조용히 말을 이었다.

"미아 님께서 수면에 던져진 돌이라면 그로 인해 발생한 파문은 어디로 향하는가. 미아 님께서 역사라는 현을 뜯는 손가락이라면 현의 떨림은 그 손가락이 닿은 곳뿐인가……."

자문자답하듯 중얼거린 후 갈브는 조용히 고개를 저었다.

"아니, 그럴 리 없지. 파문은 돌을 중심으로 원형이 되어 나아간다. 만약 역사라는 흐름이 시작과 끝이라는 두 개의 점을 잇는 선이라고 한다면 그 영향은 양쪽으로 퍼져나가지. 미아 님의 행동은 과거에도 영향을 미칠 정도로 컸다는 거다."

마치 이 세상의 진리를 이야기하는 듯한 그 말에 미아는 눈이 휘둥그레져서…… 숲의 현자 갈브를…… 아니, 숲의 할아버지 갈브를 바라보았다.

'이, 이 할아버지 괜찮은 건가?!' 하고 걱정하며 빤히 관찰했다.

아무래도 루드비히도 같은 의문을 느낀 모양이었다. 그는 심각한 얼굴로 입을 열었다.

"이미 정해진 일인 과거에조차 영향을 미칠 수 있다는 겁니까? 하지만 그런 일이 정말로 가능할까요?"

미아의 귀에 그건 '스승님, 제정신이세요?'라고 돌려 지적하는 말처럼 들렸다. 하지만…….

"보통은 불가능하겠지. 하지만 미아 님께서 시간의 흐름에서 이탈한 특별한 존재라면 그럴 수 있을지도 모르겠구나……."

갈브는 말했다.

"과거에 영향을 미치지 못한다는 건 어디까지나 인과의 흐름 속에 있는 사람에게만 적용되는 법칙일 터. 그렇다면 한 번 시간의 흐름에서 이탈하면 그 영향력은 파문처럼 과거와 미래에 미쳐도 이상하지 않지. 말하자면 파문의 원인이 된 미아 님으로 인해 과거와 미래에 '결과'가 발생하게 된 게다."

시간의 흐름에서 이탈한 자…….

다시 등장한 단어에 내심 짐작 가는 게 너무 확실한 미아는 아무 말도 할 수 없었다. 미아는 단두대에 올라갔던 경험이 있기 때문이다. 그때의 일기장도 갖고 있다.

──저를 시간의 흐름에서 이탈한 자라고 칭하기에 충분한 요소예요.

"혹은, 그래. 이렇게 말할 수 있을지도 모르지. 미아 님의 탁월한 위업을 역사의 흐름이 받아들이기 위해서는 과거가 바뀔 필요가 있었다고."

그 말에 루드비히는 퍼뜩 고개를 들었다.

"즉…… 미아 님이라는 위대한 분이 존재하기 위해 과거에 미리 준비될 필요가 있다는 겁니까?"

루드비히의 질문에 묵직하게 고개를 끄덕인 갈브가 말했다.

"무슨 일이든 인과는 존재한다. 씨를 뿌리지 않은 장소에 나무가 자라진 않지. 황폐한 땅에는 좋은 작물이 영글지 않는 법."

"미아 님이라는 극상의 꽃이 피어나기 위해서는 땅을 가꾸고 씨를 뿌릴 사람이 필요하다는 겁니까?"

"그래. 미아 님이라는 지극히 거대한 '결과'가 있기 때문에 그에 걸맞은 '원인'이 필요해진 게다. 그게 패트리시아 님이었다……. 그렇게 생각하는 게 자연스럽지 않겠느냐?"

무슨 말도 안 되는 소리냐며 웃으려고 한 미아였으나…… 그 미소가 얼어붙었다.

왜냐하면 미아는 이미 그 흔적과 접촉했기 때문이다.

──옐로문 공작, 로렌츠 공이 그랬죠. 제 할머니께서 격려해 주셨다고…….

그건 미아가 단두대의 운명에서 도망치려고 행동하던 때는 보지 못한 현상이었다. 그저 단두대의 운명에서 도망치는 것만이라면 미래에 미치는 영향력밖에 없었다. 하지만 그 범위가 넓어졌을 때, '결과'가 너무 커져 버린 바람에 원인 쪽에도 영향을 미쳤다.

──그렇게 생각한다면 '원인'인 파티를 '결과'인 제게 보내서 직접 영향을 주는 게 확실히 가장 빠른 방법이지만요…….

문득 미아는 한가지 중대한 사실을 깨달았다.

──어라……? 하지만 이거 혹시…… 제가 패티를 제대로 키우지 않으면 큰일이 나는 거 아닌가요……?

순간 미아의 등을 타고 쫘아악 오한이 달렸다.

전에 패티를 라피나에게 맡기면 되지 않을까 생각했을 때 꿨던 꿈을 떠올렸기 때문이다.

옐로문 가에 모살 당하는 꿈……. 그게 만약 원인인 패티 육성에 실패했을 때 일어나는 일이라고 한다면…….

──저, 저는 패티가 어느 정도 수준의 '원인'이 되도록 교육해야만 한다는, 거 아닌가요……?

그건 괜한 짓을 하지 않으면 괜찮다는 소극적인 태도와는 완전히 반대되는 상황이었다.

이리하여 미아는 '지금'을 지키기 위해 적극적으로 패티를 가르쳐야만 하게 되었다…….

제10화 벨…… 방심하다!

갑자기 밀려든 위험한 향기에 미아는 침을 꼴깍 삼켰다.

미아의 직감이 엄중히 경고하고 있었다. 이건 지극히 위험한 상황이라고.

한편 벨도 꿀꺽꿀꺽 목을 삼켰다.

이쪽은 설명을 마친 뒤 '후, 고생했다'라며 홍차를 꿀꺽, 과자를 꿀꺽하는 중이었다.

오늘의 과자는 갈브에 맞춰서 조금 단맛을 자제한 어른의 맛이었지만…… 벨은 전혀 신경 쓰지 않았다.

평소에도 슈트리나나 미아, 안느, 루드비히 등 연장자를 상대로 차를 마실 때가 많기 때문에 어른의 과자를 즐기는 법도 아는 벨이었다.

그렇게 벨이 차와 과자를 즐기며…… '아아, 리나랑 미아 할머니는 잘 지내고 계실까……?', '이 과자 맛있다!' 하고 완전히 방심하고 있을 때…….

"하지만…… 그렇게 되면 다른 의문도 생기는군요."

루드비히의 목소리가 들렸다.

"다른 의문이라고요……?"

심각한 얼굴인 미아를 뒤로 우아하게 차향을 즐기고 있던 벨이었기에…….

"당연히 벨 님 말입니다."

"흐억……?"

불쑥 날아온 유탄이 훌륭하게 벨을 관통했다. 커헉 숨을 뱉으며 벨은 허둥거렸다.

"네? 어…… 저기? 저…… 말이에요? 어, 무슨 말씀이세요?"

눈을 연신 깜빡이며 당황하는 벨을 보며 루드비히는 조용히 고개를 끄덕였다.

"만약 패트리시아 님의 시간 이동에 '이유'가 있다면…… 벨 님께서도 무언가 이유가 있어서 여기에 온 게 아닌가 하는 점입니다."

만약 미아가 역사라는 호수면에 던져진 돌 같은 것이고, 벨이 여기에 오게 된 건 그 여파를 받았기 때문이라면……. 벨이 이 시대에 온 것에 의미는 없다.

하지만 만약 패티처럼……. 미아라는 '결과'가 '원인'인 패티를 끌어들였다면, 미아라는 '원인'이 어떠한 이유로 벨이라는 '결과'를 끌어당겼을 가능성도 있다.

"패트리시아 님만 인과를 이유로 시간 이동했다는 것도 앞뒤가 맞지 않죠. 그렇다면 패트리시아 님처럼 벨 님께도 무언가 이뤄야만 하는 일이 있다고 생각하는 게 타당한데……."

"네? 아뇨, 저는, 그게…… 그, 미, 미아 할머니의 정치 수완을 배우기 위해서나…… 뭐 그런 게 아닐까요……."

루드비히는 턱을 문지르며 작게 신음했다.

"확실히 미아 님의 수완을 가까이서 보는 건 통치자에게 귀중한 경험이 되겠지만요……."

"그렇지. 미아 님의 모습을 곁에서 볼 수 있는 건 장래의 통치자로서 지극히 중요한 공부. 그것을 위해 과거에 왔다면 어느정도 설득력이 있을 법 하지만⋯⋯."

갈브마저 그런 소릴 했다!

"아무리 그래도 그 정도의 이유로 시간 이동을 하는 건 너무하지 않나요?"

아무도 지적하지 않고, 그저 미아만이 지적한다는 이상 사태! 하지만⋯⋯.

"아마도 그런 거겠죠. 아니면 벨 님의 말씀대로일지도 모르지만⋯⋯ 만약 아닐 경우에는 손쓸 수 없게 됩니다. 그렇다면 역시 벨 님이 온 특별한 이유가 있다고 생각하는 게 좋을 테죠."

그런 갈브의 말에 으으으 앓는 소리를 내는 벨.

본격적으로 휴일이 끝나버릴 것 같은 예감에 충격을 받은 모습이었다. 그 축 내려간 어깨에 미아는 살포시 손을 올렸다.

"벨⋯⋯. 인간은 포기할 줄 아는 게 중요하답니다."

"으으⋯⋯ 역시 끝나버린 거군요⋯⋯. 제 휴가⋯⋯."

그렇게 벨은 애절한 한숨을 쉬었다. 하지만⋯⋯.

"알겠습니다. 저도 무언가 해야 할 일이 있는 게 아닌지 생각해볼게요. 그래서 빨리 처리해버리면⋯⋯."

미아를 닮아 태세 전환이 빠른 벨이었다.

"뭐, 어쨌거나 저희의 생각이 옳다는 보증도 없습니다만⋯⋯."

"아뇨. 저도 갈브 씨와 루드비히, 두 분의 생각보다 더 맞는 것도 없다고 생각합니다."

미아는 단언했다.

"아마도 이 일은 무엇이 정답인지 답을 내는 게 지극히 어려울 테죠. 그렇다면 저는 선택해야 합니다. 무엇을 믿을지, 어떤 생각을 기반으로 행동해야 할지…… 저는 신뢰하는 충신과 우리 제국이 자랑하는 최고의 두뇌가 내놓은 생각을 채용하겠어요."

자신을 믿을지 아니면 루드비히를 믿을지 누군가가 묻는다면 주저 없이 루드비히를 선택하는 미아였다.

하물며 이번에는 그의 스승인 갈브의 도움도 받았다. 믿지 않을 이유는 어디에도 없다.

──그렇다면 패티의 존재는 아주 중요해지는군요.

미아는 고개를 크게 끄덕인 후 루드비히에게 시선을 주었다.

"루드비히, 미안하지만 비밀리에 클라우지우스 가의 정보를 모아주세요."

"클라우지우스…… 패트리시아 님의 본가로군요."

"네. 패티가 뱀에 넘어간 이유를 어떻게든 알아야 할 필요가 있어요. 게다가 역시, 패티를 빨리 여기로 데려와야겠군요."

미아의 행동은 몹시 신속했다.

바로 안느의 집에 사자를 보내고 패티를 데려올 준비를 시작했다.

"흠…… 패티 혼자는 눈에 띌 테니까 야나와 키릴까지 3인 1조로 대하는 게 가장 좋겠죠. 아무튼 눈에 띄지 않도록 해야…… "

사실 야나 남매는 안느의 집에 있는 게 편할 테지만 어쩔 수 없다.

"주방장의 디저트 코스로 달래기로 하고…… 가장 중요한 건 패티를 앞으로 어떻게 할지네요……. 흐음……."

미아는 팔짱을 끼고 고민했다.

──이렇게 된 이상 어쩔 수 없어요. 제가 직접 패티를 교육해야죠…….

의욕에 차서 패티를 기다리는 미아였다.

제11화 미아, 악역 영애 같은 미소를 짓다

"후우, 다행이군요."

궁전에 온 마차를 보고 미아는 복잡한 기분이 들었다.

무사히 도착한 건 다행이지만…… 과연 앞으로 패티를 어떻게 가르쳐야 할지…….

──교육한다면 우선 패티의 정체가 알려지는 건 피해야겠죠. 그리고 뱀에게서 확실하게 떼어놔야 하는데……. 제법 어려운 일이군요.

내심 머리를 부여잡으면서도 미아는 친절한 미소를 지으며 아이들을 맞았다.

"잘 오셨습니다. 안으로 들어오세요."

궁전을 보고 입을 떡하니 벌린 야나와 키릴. 반면 패티는 살짝 고개를 숙이고 있는데…… 왠지 평소보다 한층 기운이 없어 보였다.

──어머? 패티, 무슨 일이 있었나요……?

고개를 갸웃거리면서도 성으로. 목적지는 알현실이었다.

백월 궁전에 머무르게 하려면 아무래도 아버지의 허락을 얻을 필요가 있다.

──뭐, 아바마마는 의외로 둔감한 구석이 있으니 패티의 정체는 눈치채지 못하실 테지만……. 일단은 조심해야겠죠.

그런 생각을 하고 있을 때였다.

"실례합니다. 미아 님, 실은……."

문득 고개를 돌리자 이쪽으로 다가온 충신 안느가 작은 목소리로 말을 걸었다.

"아아, 안느. 수고했어요. 아이들이 신세 겼군요."

"최선을 다해 명을 수행했습니다."

안느는 살며시 미소를 지은 후…….

"미아 님…… 패티 님에 대해 말씀드리고 싶은 게 있습니다."

그렇게 안느가 말해준 정보에 미아는 무심코 눈을 크게 떴다.

"울었다고요……? 그 패티가……?"

"네. 그…… 이유는 모르겠지만, 그래도……."

안느의 표정이 어두워졌다.

"패티 님께선 역시 뱀이 되는 게 괴로우신 것 같습니다. 그러니 최대한 빨리 저희가 뱀이 아니라고 가르쳐드리고 싶은데요……."

안느의 얼굴에는 어서 패티에게 뱀으로 행동할 필요가 없다는 걸 알려주고 싶다고…… 그렇게 적혀 있었다.

"흠……. 그렇군요……."

반면 미아는 생각에 잠겼다.

안느의 이야기를 듣는 한 자신들이 뱀의 일원이 아니라고 말해도 괜찮을 것 같은 느낌이 들지만…….

──아뇨, 그건 역시 위험해요. 만약 패티에게 뱀을 그만두고 싶어도 그만둘 수 없는 사정이 있다면 저희의 이야기를 일절 들어주지 않게 될지도 모르니까요……. 예를 들어 가족이 인질로 잡혀 있다거나. 뱀이라면 주저 없이 그렇게 할 테니까요. 그 하네스라는 이름도 마음에 걸리고요. 어쨌거나 쉽게 선택할 수 없군요.

그때였다.

"……죄송합니다. 미아 선생님. 그 집에서 침착함을 잃었습니다."

조용히 걸어온 패티가 미아 앞에서 깊이 머리를 숙였다.

"고개 드세요, 패티……."

갑작스러운 행동에 동요하면서도 미아는 심호흡을 한 번, 생각을 정리하며 입을 열었다.

"잘 들으세요. 패티, 마음이 흔들리는 건 나쁜 일이 아닙니다. 저는 당신이 무엇을 신경 쓰는 건지 모르겠네요."

"무슨…… 말씀이세요?"

직후 패티가 날카로운 시선을 돌려주었다. 미아의 마음속을 살피듯 빤히 쳐다본다.

"뱀은…… 마음이 흔들리면 안 된다고, 저는 그렇게 배웠습니다. 그걸 시험하기 위해 그런 집에 보낸 것 아닙니까?"

패티의 말에 끄응 신음하는 미아였다.

──그렇군요. 참 글러 먹은 소릴 했잖아요. 역시 뱀이에요.

확실히 모든 질서를 파괴한다는 터무니없는 짓을 꾸미는 놈들이다. 감정에 일일이 휘둘려선 임무를 수행할 수 없을지도 모르지만…….

미아는 잠시 숙고하며 변명을 짜 맞췄다.

참고로 오늘의 미아는 평소의 미아가 아니다.

아버지에게 패티의 정체가 들키려 한다면 제대로 덮어버릴 수 있도록 주방장의 채소 디저트를 먹고 강화한 미아다!

"그래요. 확실히 마음이 흔들리지 않고 항상 냉정하게 행동할 수 있다면…… 실수도 일어나지 않겠죠. 하지만 실제로는 그렇게 잘 풀리지 않는 법입니다. 따라서 중요한 건 그걸 아는 것이죠."

"……아는 것? 무엇을요?"

"말할 것도 없이, 사람이란 마음이 흔들리는 생물이라는 점이에요."

항상 완벽한 상태일 수 있는 건 아니다. 마음이 흔들리지 않고 행동할 수 있다면 그게 가장 좋을 테지만, 언제 어느 때고 냉정할 수 있을 리 없다.

그렇다면 중요한 건 그것을 알고 완벽하지 않은 상태라고 해도 움직일 수 있도록 준비하는 것.

미아는 잘 알고 있다.

본래대로라면 파도는 치지 않는 게 낫다. 평화로운 바다를 평화롭게 둥둥 떠다니는 것이 미아의 이상. 미아는 잔잔한 바다의 해파리가 되고 싶다.

하지만 바다에는 파도가 치는 법. 때로는 폭풍이 되어 해일이 밀려드는 장소다.

그렇다면 어떻게 할 것인가?

파도가 치지 않도록 노력한다? 폭풍이 오지 않도록 기도한다?

답은 아니오. 미아는 그런 무의미하고 피곤한 짓은 하지 않는다. 그게 아니라…….

──파도가 칠 걸 전제로 대비하는 것. 파도가 친다면 그 흐름을 잘 타면 되는 거예요. 그러기 위한 준비를 갖추는 거죠.

미아는 거만하게 팔짱을 끼며 자신의 경험을 이야기했다!

"마음이 흔들리는 건 어쩔 수 없는 일. 그렇다면 그걸 전제로 대비하면 됩니다. 설령 마음이 흔들린다고 해도 '무엇을 해야 하는지 잊어버리지 않는 것'이야말로 중요해요. 아무리 감정이 고양되어도 당신이 하고 싶은 것을 놓치지 않도록 하는 거죠."

그렇게 말하며 미아는 자신이 짜 맞춘 논리에 만족했다. 왜냐하면⋯⋯.

"아, 그리고 일단 말해두는데 당신이 '지금 해야 할 일'은 질서를 파괴하고 혼돈을 만드는 게 아닙니다. 언젠가는 뱀으로서 그런 걸 목표로 삼을 때가 올지도 모르지만, 지금의 당신이 해야 할 일은 '배우는 것'이에요. 제게서 많은 것들을 배우는 걸 첫 번째로 생각하세요."

그렇다⋯⋯. '감정에 좌우되지 않고 해야 할 일', 그 '해야 할 일' 부분을 바꿔버리면 좋은 방향으로 이끌어가기도 쉬워진다. 얼핏 보면 뱀의 가르침처럼 보이지만 실제로는 정상적인 가르침으로 간단히 바꿔 칠 수 있다.

──후후후, 저도 참 똑똑하다니까요. 남은 건⋯⋯.

미아는 마무리라는 양 패티를 바라보았다.

"그러니까 당신은 여기 있는 동안은 편하게, 어린아이처럼 행동해도 괜찮습니다."

"네⋯⋯? 어, 그, 어째서죠⋯⋯?"

당황한 듯 눈을 깜빡이는 패티.

"당연한 것 아닌가요?"

미아는 클로에가 추천해준 소설에 등장하는 악당의 대사를 떠올리며 말했다.

"당신이 너무 무리해서 망가지면 뱀으로서는 손해인걸요. 그러니까 복잡한 생각은 하지 말고 편하게 있도록 하세요. 무리는 금물. 모든 것은 뱀을 위해서예요. 우후후."

그렇게 전력을 다해 사악한 미소를 지었다.

이 또한 클로에가 추천해준 소설에 등장하는 악역 귀족 영애 같은 미소를 머릿속에 떠올리며.

그런, 미아의 조금 어색하면서도 사악한 미소를 보며 패티는 침을 꼴깍 삼켰다!

이렇게 미아는 뱀의 배 속 깊은 곳까지 삼켜졌던 패티의 마음을 훔쳤다…….

"오오, 미아. 여기에 있었느냐……. 음? 그 아이, 는……?"

그때였다.

불현듯 등 뒤에서 목소리가 들렸다. 그건…….

제12화 누나 다음으로 좋아합니다!

"미아, 그 아이는……."

──큭, 왜 여기에 아바마마가……?

미아는 목소리를 듣고 순간 굳어버렸다.

뻣뻣하게 돌아보자 그곳에 서 있는 사람은 미아의 아버지, 황제 마티아스였다.

──어설프게 숨기는 건 상책이 아니겠군요. 애초에 처음부터 소개할 생각이긴 했으니…… 처음 예정대로, 자연스럽게……. 명마를 숨길 때는 기마 왕국에. 아이를 숨길 때는 아이들 사이에!

그렇게 미아는 확 표정을 바꿔 부드러운 미소를 지었다.

"어머나, 아바마마. 마침 잘 오셨습니다. 이 아이가 전에 말씀드렸던 패트리시아예요."

최대한 말이 빨라지지 않도록 조심하며 미아는 패티의 어깨에 손을 올렸다.

"그리고 이쪽 여자아이가 야나고, 저쪽은 야나의 남동생 키릴이에요."

그러고는 바로 다른 두 아이도 소개했다.

"세 사람 모두 세인트 노엘 학원에서 시작한 특별 초등부의 학생들이랍니다. 저도 종종 교편을 잡고 있죠."

"오호, 그렇구나. 미아의 가르침을 받는 아이들이라……."

황제 마티아스는 흥미롭다는 듯 아이들에게 시선을 보냈다.

그러자 키릴의 어깨가 움찔 떨렸다. 작은 손이 누나의 치맛자락을 꽉 붙잡았다. 한편 야나도 긴장해서 얼굴이 딱딱해졌다.

빈민가에서 어른들과도 맞섰던 야나지만 아무래도 상대방이 일국의 통치자쯤 되면 사정이 다른 모양이었다.

세인트 노엘에선 아직 실감이 나지 않았던 건지도 모르지만, 이렇게 아름답고 거대한 백월 궁전 안에 있으면 그 절대적인 권력을 이해할 수밖에 없었다.

눈앞에 있는 남자가 지닌 어마어마한 힘……. 그리고 그 남자를 아버지라며 따르는 미아의 권력을.

그런 와중에 미아는 아버지의 시선에서 아이들을 지키듯 한 걸음 앞으로 나오더니.

"아바마마도 참. 그렇게 날카로운 눈으로 노려보시면 아이들이 무서워하잖아요."

팔짱을 끼고 한심하다는 얼굴로 말했다.

미아에겐 아버지보다 라피나가 훨씬 무섭게 보이지만……. 요즘은 완전히 얌전해졌다고 해도 사자는 사자. 아버지와는 차원이 달라 보이지만…….

──뭐, 사람마다 무서워하는 대상은 다르니까요…….

"음, 딱히 겁을 주려는 마음은 없었다만……."

마티아스는 입술을 삐죽이며 웅얼거린 뒤 문득 패티에게 시선을 옮기고는…….

"하지만…… 그래. 그대가 패트리시아인가…….."

가만히 그 얼굴을 바라본 뒤 후후 미소 지었다.

"그렇군. 역시 미아구나. 확실히 나는 이름에 강한 인상을 느끼는 모양이야. 방심하면 어마마마를 닮았다는 말이 나와버릴 것 같구나."

마티아스는 무릎을 꿇더니 패티와 눈높이를 맞췄다. 그러고는 살며시 손을 뻗어 패티의 뺨을 어루만지고⋯⋯.

"하지만 이 머리카락⋯⋯ 게다가 감정이 보이지 않는 아름다운 눈⋯⋯. 이렇게 가만히 살펴보니 어마마마의 모습이 보이는 것 같구나. 기묘한 기분이야."

"그, 그건 아바마마께서 단순하시다는 좋은 증거겠군요. 제가 드린 말씀대로죠?"

미아는 조금 당황하며 말했다.

──으으, 의외로 날카롭잖아요⋯⋯. 아바마마⋯⋯. 보통은 자기 어머니가 어린 시절의 모습으로 나타나도 눈치채지 못할 텐데요⋯⋯.

아버지의 통찰력에 반쯤 감탄한 미아였으나⋯⋯ 나머지 반은⋯⋯.

──하지만 아바마마⋯⋯. 10살도 안 된 패티에게서 어머니의 모습을 보다니, 본인이니까 어쩔 수 없다지만 그⋯⋯ 조금⋯⋯ 그렇네요.

참으로 복잡한 기분이 드는 미아였다.

"⋯⋯그래. 그렇군⋯⋯ 나도 참, 실로 단순하구나."

마티아스는 쓴웃음을 지으며 일어났다. 그러고는 다시 야나와 키릴에게 시선을 주었다.

"흠…… 그쪽이 누나인 야나고, 동생 키릴이라고 했던가…….”

그 목소리에 등을 꼿꼿하게 펴는 두 사람. 마티아스는 누나 야나 앞…… 을 그냥 지나치더니 키릴 앞에 섰다.

"어디, 키릴……. 그대는 내 딸 미아를 어떻게 생각하느냐?”

"……네?”

키릴은 깜짝 놀란 얼굴로 눈을 깜빡이고는,

"어, 음……. 아주 착하고 아름다운 분이라고 생각합니다.”

모범 대답을 입에 담았다!

──흠……. 야나도 제법 똑똑한 아이이긴 했지만 키릴도 어린 아이치고 제법……. 아바마마가 기뻐할 법한 말을 술술 해내다니, 눈치가 빠른 아이네요.

그런 미아의 평가에 힘을 실어주듯,

"오호! 제법 보는 눈이 있구나!”

마티아스는 흡족하게 웃었다! 그러고는 갑자기 진지한 얼굴이 되어 키릴을 빤히 쳐다보았다.

"그럼…… 그대는 미아를 좋아하느냐?”

키릴은 살짝 고개를 갸웃거리고는 대답했다.

"네. 미아 님을 아주 좋아해요. 누나 다음으로 좋아합니다!”

"오호…….”

마티아스는 팔짱을 끼고 근엄한 얼굴로 키릴을 바라보며…….

"그래……. 누나 다음으로 미아가 좋다……. 후후후, 훌륭하군! 참으로 훌륭한 아이다!”

방긋 웃었다.

"내 딸 미아를 좋아하다니 참으로 보는 눈이 있구나. 심지어 누나 다음이라는 게 마음에 든다. 미아를 가장 좋아한다고 했다간 경계했을 텐데 말이야! ……그렇지? 아벨 왕자."

날카롭게 시선을 던진 곳. 어느새 미아와 합류하려고 다가오고 있던 아벨은…….

"아, 하하하……."

무의식인 듯 쓴웃음을 흘렸다.

제13화 노동, 노동, 케이크…… 케이크, 케이크, 채소 케이크!

무사히 아이들을 백월 궁전에 들인 미아는 자신의 방에서 한숨 돌렸다.

"우선 패티는 클라우지우스 가문 조사가 끝날 때까지 보류해야 겠군요."

아무래도 마티아스에게 들은 한 클라우지우스 가의 단절은 수수께끼가 많다고 한다.

"후계자가 없었다는 형태였다고 하지만……. 사정이 복잡하게 뒤섞여있었지."

마티아스는 미간을 찌푸렸다.

"시작은 후작이 머무르고 있던 별장 화재 사건이었다. 클라우지우스 후작령 내에 있던 저택이 타버렸지. 처음에는 강도의 습격, 다른 귀족과의 항쟁, 암살…… 다양한 소문이 오갔지만 조사해보니 후작가가 막대한 빚을 지고 있었다는 게 판명되었고."

어깨를 으쓱하며 말을 이었다.

"괜찮은 미술품 종류는 전부 처분한 상태였지만, 그건 빚을 갚기 위해서였는지 아니면……."

"가주가 빚에서 도망치기 위해 괜찮은 재산을 들고 실종되었을 가능성도 있군요……. 흠. 그랬다면 체면이 말이 아니었겠어요."

이래 봬도 미아는 제국의 황녀이므로 귀족의 심리는 일정 수준

이상으로 예리했다.

"클라우지우스 가는 영예로운 제국 후작가. 그리고 그 이상으로 내 외가이기도 하지. 사건이 일어났을 때 어마마마는 이미 돌아가신 뒤였지만……, 버려둘 수도 없지 않으냐. 다행히 클라우지우스 후작에게는 후계자도 없고 어둠에서 어둠으로 매장해도 아무도 곤란하지 않지. 그래서 청월청에게 명령해 소문을 진압해 두었다."

"그렇군요. 그래도 단편적으로 새어나간 정보를 보고 사람들이 망상을 거듭해 저주받은 가문이라는 이야기가 만들어진 거였어요."

처음 들었을 때는 황당했던 미아였으나 의문은 지울 수 없었다.

──암살 의혹은 막대한 빚과 미술품 처분으로 쉽게 날아갔지만…… 실제로는 어땠을까요?

최근에 비슷한 공작을 한 미아는 그 상황이 참으로 수상해 보였다.

그렇다. 사람이란 '그럴싸한 이유를 알면 그 이상 의심하지 않는 법'이다.

──이건 역시 더 파고들어서 조사할 필요가 있겠군요.

그렇게 생각은 했지만 조사하는 건 아주 어려울 것 같았다.

먼저 사용할 수 있는 인원이 그리 많지 않다.

선대 황후 패트리시아의 시간 이동…… 이라는 정보는 극비사항이다. 물론 시간 이동 부분은 숨길 수 있지만, 그래도 왜 클라우지우스 가를 조사하는 거냐는 의문을 살 수는 없다.

경솔하게 나무로 짠 구멍에 목을 들이밀어 봤더니 사실은 단두대였다는 서프라이즈 이벤트는 피하고 싶었다.

소소한 모퉁이에서도 기다리고 있는 게 단두대인 법. 따라서 믿을 수 있는 인간에게만 조사를 맡길 필요가 있었다.

더욱이 문서 기록을 그리 믿을 수 없다는 점도 문제였다.

──그 피투성이 일기장처럼 글이 수정될 가능성이 있어요.

원래대로라면 문헌을 찾아보면 되지만 확실하게 알기 위해선 사람들의 기억에 의존해야만 하는 상황……. 이것도 아주 힘든 작업이 될 것이다.

그리고 무엇보다, 뭐니 뭐니 해도 클라우지우스 가는 뱀의 손길이 닿았던 가문이다. 조사할 때는 신중함에 신중함을 거듭할 필요가 있다.

"우선 루드비히는 질베르 씨에게 조사를 맡긴다고 했지만…… 조금 걱정되네요. 뭐, 루드비히가 괜찮다고 했으니 괜찮을지도 모르지만요……."

어쨌거나 그쪽은 당장 미아가 할 수 있는 일이 없다. 제국의 예지는 조사에는 그리 도움이 되지 않는 종류의 지혜이기 때문이다.

그럼 어디에 도움이 되는 지혜냐고 묻는다면 다고 대답하기 어려운 부분이지만…… 아무튼, 적어도 조사에 도움이 되지 않는다는 건 의심할 여지가 없는 사실이었다.

그런 관계로 미아는 다른 문제를 처리하려고 했다.

"우선 패티를 교육해야죠. 게다가 각종 보고서도 읽을 필요가 있으려나요……."

루드비히에게서 받은 서류를 들고 스스슥 훑어보았다.

상세한 부분은 전부 루드비히에게 일임했지만, 그래도 제대로 상황을 파악해놓…… 은 척만은 해야만 한다.

너를 잘 지켜보고 있다는 자세는 사람의 마음을 게으름의 유혹에서 떼어놓는다.

사람은 누군가가 보고 있지 않으면 농땡이를 피운다. 미아는 경험상 잘 알고 있다.

사람은 기본적으로 게으르다── 게으른 생물이다!

그렇기에 제대로 보고 있다고 강조하는 건 중요한 일이다. 그리고…….

"보상으로 케이크가 있다는 걸 아니까 열심히 하는 측면이 있죠. 시험 기간에는 특히 그래요. 그러니 적절한 케이크를 주는 게 비결이에요."

계속 조이기만 하면 안 된다. 적절한 보상과 휴식으로 풀어주는 게 중요하다.

열심히 하기 위해서는 케이크가 필요하다. 노동, 노동, 케이크. 이 정도의 비율이 중요하다.

"흠, 하지만 케이크만 먹으면 혼나겠죠. 케이크만이 아니라 제대로 채소 케이크도 섞어야 해요. 케이크, 케이크, 채소 케이크……. 채소 케이크를 적절히 끼워 넣기. 이 비율이 중요하죠."

노동과 케이크의 치명적인 치환 현상이 일어났지만 그걸 깨달을 수 있는 미아가 아니다.

아무튼, 그런 생각을 하며 미아는 서류를 읽고 조직이 막힘없이 돌아가고 있다는 걸 대략…… 어렴풋하게 파악했다.

"각지의 치안은 약간 악화되었군요……. 하지만 지금은 운송부대가 공격받는 일은 없는 것 같네요. 황제전속 근위대와 레드문가의 사병을 섞은 부대가 제대로 호위하고 있는 모양이군요."

이전 시간축에서는 각지의 약탈대에 아주아주 호되게 당했던 미아였다.

그 부분을 일찌감치 루비와 바노스에게 말해놓았는데, 호위대가 훌륭히 기능해주고 있는 모양이었다.

"우후후, 역시 루비 공녀를 끌어들이길 잘했다니까요."

만족스러워하며 웃고 있던 바로 그때였다.

"실례합니다. 미아 님, 저기, 루비 님께서 방문하셨는데요……."

안느의 목소리에 미아는 고개를 들었다.

"어머…… 루비 공녀가……?"

바로 머리를 진지 모드로 전환했다.

황녀전속 근위대의 부대장인 루비 에트와 레드문은 현재 최중요 인물이다. 아니, 뭐 사대 공작가의 자제는 다들 최중요 인물이기는 하지만……. 그중에서도 지금 루비의 중요도는 각별한 상태였다.

그런 루비가 찾아왔다고 하면 당연히 자세를 바로하고 맞아야 한다.

"잘하고 있다고 격려해줄 필요도 있으니까요. 네. 물론 만나겠습니다. 들여보내 주세요."

하지만 방에 들어온 루비를 보고 미아는 어안이 벙벙해졌다.

"으…… 흑…… 미, 미아 님."

평소 늠름하던 모습은 어디로 갔는지 눈물로 엉망이 된 루비. 그 놀라운 변화에 미아는 말문이 막혔다.

"……세상에, 무슨 일이시죠? 당신답지 않게."

그렇게 물어보면서도 새로운 골칫거리가 찾아왔음을 예감하는 미아였다.

제14화 울먹이는 루비의 연애 상담

우선 루비를 의자에 앉히고 안느에게 차와 과자를 내와 달라고 부탁했다.

힘차게 고개를 끄덕이고 쏜살같이 날아가는 안느. 그 뒷모습을 바라본 뒤 미아는 재차 루비의 얼굴을 보았다.

새빨개진 코를 훌쩍이는 소녀. 평소의 냉정하고 여유로운 모습은 흔적도 없다.

루비가 이런 반응을 할 법한 상황이 과연 어떤 일인지……. 상상한 순간 미아의 등골이 싸늘해졌다.

"서, 설마, 바노스 씨에게, 무슨 일이 생긴 건가요?"

황녀전속 근위대 대장 바노스는 루비가 좋아하는 사람이다. 숙련된 병사로 검술 실력은 디온만큼은 아니지만 충분히 일류. 그런 데다 너그러운 성품은 미아도 좋게 평가하고 있다.

디온과는 다른 타입으로 귀한 인재……. 그런 다정한 거한에게 무슨 일이 생긴 건지 불안해지는 미아였지만……. 루비의 입에서 나온 건 생각지도 못한 말이었다.

"으, 으흑……. 실은, 제게, 호, 혼담이, 와서……."

"어머…… 혼담……."

미아는 무심코 '어머나'라는 말을 흘렸다.

──그렇군요. 확실히 루비 공녀는 나이가 찼죠. 에메랄다 양에게도 왔을 정도니까 루비 공녀에게 와도 이상하지 않아요. 사

피아스 공자도 약혼자가 있고요.

그 두 사람에게 혼담이 올 정도다. 그 두 사람! 에게도 올 정도이니 당연히 루비에게도 올만 하다고 고개를 끄덕이는 미아였으나……

"그런 건 적당히 트집을 잡아서 거절하면 그만이잖아요. 당신답지 않네요."

뭘 고민하는 건지 미아는 작게 고개를 갸우뚱거렸다.

"지금은 제게 주어진 사명이 더 중요하다. 흑월청에서 출세하고 싶으니 당분간 결혼할 마음은 없다. 뭐 그렇게 적당히……."

즉흥적으로도 변명이 술술 나왔다. 그러니 쉽게 거절할 수 있다고 생각하는 미아였으나…… 루비는 천천히 고개를 내저었다.

"그, 그게, 했습니다. 하지만…… 실패했습니다. 제 출세에도 도움이 되고, 게다가…… 미아 님께서 내려주신 사명을 완수하기 위해서도 도움이 되는 상대라며…… 흐윽…….."

루비는 눈물로 글썽거리는 눈으로 미아를 바라보며 말했다.

"혼담 상대는, 힐데브란트라는 이름의 기사로…… 코티야르 후작가의 차남이라……."

그 이름을 듣고 미아는 무심코 눈을 크게 떴다.

"힐데브란트! 세상에……! 그 힐데브란트인가요?"

힐데브란트 코티야르. 그 남자는 미아의 어머니, 아델라이드의 본가인 코티야르 후작가의 차남. 즉 미아의 사촌 오빠였다.

그리고…….

"아, 그렇군요. 그래서 그런 곳에 있었던 거예요……. 왜 제도

근처에 있는지 의문이었는데……."

그렇다……. 귀국길에 미아에게 열렬한 시선을 던지던 그 남자가 바로 힐데브란트였다.

"흠, 그런 것이군요. 그렇다면 확실히 사태가 복잡해지네요."

대귀족 영애에게 결혼과 정략은 뗄레야 뗄 수 없는 법이다.

작년 가을, 에메랄다에게 온 에샤르와의 혼담이 그랬던 것처럼 루비의 혼담에도 정치적 목적이 엮여 있었다.

그럼 과연 이 혼담이 의미하는 바는 무엇인가. 그리고 레드문 공작가는 어떤 생각으로 이 혼담을 기획했는가.

──그 목적은…… 저와 관계를 강화하는 거겠죠.

황실 자체가 아닌, 미아 개인이라는 점이 참으로 고민되는 부분이었다.

코티야르 후작가는 딱히 황실의 피를 이어받은 가문이 아니다. 현 황제 마티아스의 죽은 아내의 친정일 뿐, 혈연관계로 따지자면 미아하고만 관계가 있다.

귀족 가문 간의 관계는 핏줄만 따지고 말하는 것도 아니고, 황제의 죽은 아내의 친정과 연을 맺는 것에 의미가 전혀 없다고는 할 수 없지만…… 적어도 명문 레드문 공작가가 원하는 인맥인지 아닌지는 미묘한 부분이다.

애초에 핏줄로 따지라면 레드문 공작가가 더 황실과 가깝다. 그런데도 코티야르 후작가와 인척 관계가 되는 것의 의미는 무엇인가.

말할 것도 없이 미아 개인과의 관계 강화다.

그건 즉 미아의 권세를 인정하고 미아와 황위를 이어받는 걸 지지함을 밝히는 행위로도 볼 수 있다. 루비의 아버지, 만사나 에트와 레드문 공작은 미아 진영에 가담한다고 정식으로 표명하려는 것이다.

"흠……. 루비 공녀의 아버지와는 확실히 좋은 관계를 구축하고 있지만…… 이 혼담은 제게 우호를 표시하기 위함이겠죠. 하지만 제 사촌이 혼담 상대라니, 상당히 골치 아픈 상황이에요……."

적대행동이라면 쳐내면 된다. 하지만 선의에서 나온 행동이자 큰 이득까지 가져다준다면 쉬운 일이 아니다.

차마 루비는 바노스를 좋아한다고 밝히고 거절할 수도 없다.

평민, 그것도 일개 병사를 사랑하는 건 명문 레드문 공작가의 영애에겐 허락되지 않는 일이기에……. 그 이유로 이득이 큰 혼담을 거절하는 건 불가능…….

루비가 이렇게까지 궁지에 몰린 건 그래서인 모양이다.

평소 여유로운 태도인 그녀가 이렇게 처량한 얼굴을 보여줄 만큼 궁지에 몰렸…… 궁지에 몰렸다?

문득 미아의 뇌리에 승마 대회 때의 기억이 되살아났다.

지금 같은 느낌으로 울던 루비의 얼굴을 떠올리고…….

──아, 그랬죠. 이 사람, 의외로 연애 문제에선 약해지는 타입이었어요.

그렇다면 이 반응도 신기한 건 아니지만……. 아무튼 방치하는 건 위험하다.

──사랑에 빠진 소녀를 방해하는 건 아무런 경계도 하지 않고

황람에게 다가가는 것보다 더 위험한 일인걸요. 게다가……

"윽, 흐윽, 미아 님……"

참으로 궁상맞은 얼굴로 바라보는 루비. 그 얼굴을 보니 어떻게든 해주고 싶어졌다.

──확실히 레드문 공작의 호의는 감사하지만, 그래서 루비 공녀와 틀어졌다간 의미가 없으니까요. 음!

그런 관계로 미아는 우선 루비의 편이 되기로 방침을 정했다.

게다가 미아도 연애에 관심이 많은 소녀. 루비의 마음에 충분히 공감했다.

"괜찮습니다. 루비 공녀. 그렇게 울지 않아도 어떻게든 해 드릴게요."

그때 타이밍 좋게 안느가 돌아왔다.

홍차의 향긋한 냄새에 섞인 채소 케이크의 냄새를 미아는 놓치지 않았다.

"우선 차라도 마시면서 마음을 달래도록 하죠. 그리고 케이크! 주방장이 실력을 발휘해서 만들어준 모양이에요."

일단 맛있는 것이라도 먹고 머리를 개운하게 정리해야겠다고 마음먹은 미아였다.

제15화 사랑의 중매 천사 미아, 출격!

홍차와 과자로 살짝 기운을 되찾은 루비(역시 단것은 위대하다면서 감탄하는 미아였다)를 돌려보낸 미아였으나…….

문이 닫힌 순간 '후우우' 하고 기나긴 한숨을 내쉬었다.

"이거 제법 난해한 문제네요."

이번 혼담은 그냥 없애면 되는 종류가 아니다.

레드문 공작은 미아의 아군이 되기 위해 이 혼담을 진행했다. 그걸 경시했다간 레드문 가와 관계가 틀어진다.

착지점을 찾아내는 건 쉽지 않은 일. 하지만 그 이상으로 문제인 게…….

"애초에…… 바노스 씨의 감정도 문제고요……."

이것이다.

이번 일은 자신의 사촌과 관련이 있으니 선뜻 개입하기로 한 미아다. 하지만 그건 어디까지나 문제를 미루는 것뿐이다.

"어쨌거나 루비 공녀는 레드문 공작가의 영애로서 누군가와 결혼해야만 하니까요……."

그때 루비는 어떻게 할 생각일까?

신분 차이를 이유로 바노스와의 결혼을 반대 받는다고 한다면 미아도 조력을 아끼지 않을 것이다. 하지만 문제는 바노스의 마음이다.

"루비 공녀의 짝사랑이라면 너무 밀어붙이는 것도 안 좋단 말이죠. 흐음……."

대귀족이 평민을 강압적으로 취하는 걸 응원할 수는 없다. 모처럼 요즘은 고양이처럼 얌전해진 사자 라피나가 다시 눈을 뜨게 될지도 모른다.

"게다가 바노스 씨의 사기가 떨어지는 것도 문제고요."

바노스는 지금 황녀전속 근위대 대장으로서 정력적으로 일하는 중이다. 그 사기를 침체시키는 짓은 하고 싶지 않다. 그렇다면…….

"가능하면 서로 좋아하게 되면 좋겠는데요……. 그러면 저도 협력을 아끼지 않을 텐데요……. 윽, 아, 안 되겠어요! 바노스 씨가 루비 공녀를 좋아하는 모습은 전혀 상상이 가지 않아요!"

미아는 무심코 머리를 부여잡았다.

"하지만 음, 우선 이번 혼담부터 처리해야겠죠. 어떻게든 해줘야 해요……."

어떻게 할까……. 머리를 굴리느라 열이 올라가던 바로 그때였다.

"실례합니다. 미아 님……. 저기, 바노스 대장님이 찾아오셨습니다."

방에 들어온 안느의 입에서 뜻밖의 이름이 튀어나왔다.

"어머…… 별일이네요. 바노스 씨가 오다니……."

미아는 '흠……' 하고 생각에 잠겼다.

──루비 공녀가 찾아온 타이밍에 바노스 씨도 오다니……. 이건 우연일까요? 아니면…….

짧은 숙고. 그 후…… 생각해봤자 소용없다는 결론을 얻었다.

"우선 식량 수송단 호위 일도 치하하고 싶으니까, 잘됐네요. 들여보내 주세요."

그렇게 바노스를 방에 들었는데…….

"실례합니다."

들어오자마자 바노스는 무릎을 꿇고,

"무사 귀환을 진심으로 기쁘게 여깁니다."

참으로, 아주아주 정중한 인사를 올렸다.

"어머나, 당신도 루드비히같은 말을 하는군요. 바노스 대장."

미아는 쿡쿡 웃음을 흘렸다.

"딱딱한 인사는 빼주셨으면 좋겠네요. 그렇게 어깨에 힘이 들어가면 뻣뻣하게 굳어버리잖아요? 그럼 여차할 때 움직일 수 없죠. 제 호위로서 피해야 하는 일이 아닐까요?"

"이런, 여전하시군요. 황녀 전하."

고개를 든 바노스의 얼굴에는 뭐라 말할 수 없는 쓴웃음이 번져 있었다.

"저로서는 지난 몇 달 동안 황녀 전하의 예언이 모조리 맞아떨어지는 바람에 전율했는데 말이죠."

"어머, 그렇다고 해서 딱히 두려워할 필요는 없잖아요. 당신들은 제 말을 믿고서 대비해주었고, 그랬기에 원활하게 임무를 수행했죠. 저는 당신들의 성과를 높이 평가하고 있답니다. 황녀전속 근위대는 정말 잘해주고 있어요."

흡족하게 웃은 뒤 미아는 고개를 기울였다.

"그래서, 오늘은 그 말을 하려고 온 건가요?"

"아니, 아뇨, 그게 아니라……."

그러더니 바노스는 머리를 긁적였다.

"실은 부대장…… 루비 아가씨 때문인데요……."

"어머나? 루비 공녀가 무슨 문제라도? 잘하고 있다고 생각했는데요."

그렇게 말하자 바노스의 얼굴이 풀어졌다.

"아주 많이 잘하고 있죠. 그냥 귀족 아가씨인 줄 알았는데 대단한 근성을 보여주고 있다니까요. 다만…… 어쩐지 요즘 기운이 없는 게 마음에 걸려서요……."

──어머나! 이건……!

바노스의 말에 미아는 눈을 부릅떴다.

"부대장으로서 그녀가 힘을 발휘해주지 않으면 앞으로 좀 난감해질 것 같아서요……."

미아의 연애 심미안이 바노스의 표정을 샅샅이 관찰했다!

──이건…… 그냥 같이 일하는 사람을 걱정하는 것처럼 보이기도 하지만요……. 아니…… 그래도…… 가능성이 없는 건 아닌 건가요?

그것은 실낱같이 가느다란 가능성. 하지만 미아는 거기서 빛을 본 느낌이 들었다.

──아니, 싫어하는 사람이라면 이런 생각은…… 안 하겠죠? 그렇다면 혹시…… 가능성이 전혀 없진 않은 걸까요?

작은 가능성이라고 해도 거기에 길이 있다면 나아갈 수밖에 없지 않을까?

무엇보다 미아는 보고 싶었다. 신분 차이, 나이 차이를 뛰어넘은 귀족 영애와 일반 병사의 순애 스토리를!

연애 소설 애호가인 미아의 연애 회로가 불을 뿜었다!

──그렇다면 여기선 소매를 걷어붙여야겠군요.

그 순간 미아의 의욕이 폭발했다.

"네. 그런 것이라면 제가 어떻게든 하겠습니다."

뒷일은 맡기라는 양 가슴을 퍽 두드리고 나선 뒤 미아는 바로 움직임을 개시했다.

"먼저 힐데브란트를 어떻게든 해야겠네요!"

사랑의 중매 천사 미아는 이렇게 조용히 움직이기 시작했다.

제16화 변하는 사람들과 변해야만 하는 미아

"아마 힐데브란트는 영지로 돌아갔거나⋯⋯. 아니, 제도 저택에 있을 테죠."

레드문 공작가에 인사하러 왔다가 그대로 귀환하지는 않을 것이다. 차남이라고는 해도 귀족가의 인간은 바쁘다. 미아를 보고 있으면 그런 생각이 안 들지도 모르지만⋯⋯ 바쁜 법이다. 음.

어쩌면 황제를 알현할지도 모르고, 고모⋯⋯ 즉 아델라이드 황후의 묘에 성묘할지도 모른다. 그러려면 적어도 열흘 정도는 머무르고 있을 터.

"그렇다면 빨리 움직이는 게 좋겠네요."

일단 결심만 하면 미아의 행동은 빨랐다.

안느의 시중을 받아 옷을 갈아입은 뒤 바로 호위를 수배하기 위해 황녀전속 근위대 대기소로 향했다.

본래대로라면 루드비히나 혹은 대장 바노스, 부단장 루비를 불러야 하지만⋯⋯. 지금은 시간이 아까웠다.

다행히 황녀전속 근위대 대기소는 궁전과 가까운 곳에 있다. 문제는 없을 것이다.

도중에 아벨과도 합류. 호위하겠다고 나서준 그와 함께 룰루랄라 거리를 걸으며⋯⋯.

"보세요, 아벨, 저 가게는 제도에서 가장⋯⋯ 앗!"

자칫 목적을 잊어버릴 뻔하고 반성.

빠르게 대기소로 향했다.

대기소는 활기로 가득했다.

현재 황녀전속 근위대에는 주로 세 개의 세력이 존재했다.

원래 근위대에 소속되어 있던 병사와 디온 알라이아 부대에 소속되어 있던 병사.

그리고 마지막 세력이 레드문 공작 만사나가 수배한, 루비를 보좌하는 여성 병사들이다. 그 숫자는 20명. 다들 정예라고 들었는데…….

"미아 황녀 전하. 만나 뵈어 영광입니다."

그 여성 병사가 말을 걸었다. 늠름한 분위기에 시원스러운 인상을 주는 여성이었다.

"반가워요. 당신은 레드문 공작가의 사람인가요?"

"네. 레드문 공작가에서 파견된 세리스라고 합니다. 오늘은…… 아, 혹시 기마 왕국에서 온 친구분을 찾으러 오셨습니까?"

"네……? 기마 왕국에서 온 친구?"

왜 그런 이야기가 나온 건지 의아해하는 미아를 그 여성 병사가 마구간으로 안내했다. 거기 있던 사람은…….

"어머나, 후이마 양. 이런 곳에 계셨군요."

목소리를 듣고 돌아본 후이마는 기뻐하는 얼굴로 다가왔다.

"아아, 미아 황녀. 어디 외출하는 건가?"

참고로 오늘 후이마는 기마 왕국의 민족 의상이 아니라 제국풍 드레스를 입고 있었다. 말을 타는 다부진 모습밖에 몰랐는데 이렇게 보니 어딘가의 귀족 영애처럼 보이기도 했다.

"음? 왜 그러지?"

"아뇨. 그 옷, 무척 잘 어울려요."

"아아. 이거 말인가……."

후이마는 스커트를 가볍게 붙잡고 펄럭 흔들었다.

"큼, 크흠!"

문득 옆으로 시선을 주자 눈 둘 곳이 난감했던 건지 아벨이 고개를 돌리고 헛기침을 하고 있었다.

"후이마 양, 숙녀는 그런 짓을 하면 안 됩니다."

"아, 미안하군. 하지만, 후후. 어울린다는 말까지 해줬는데 면목이 없지만, 이런 옷은 샤오리가 더 좋아할 것 같다. 모처럼이니그 녀석도 언젠가 불러줘."

그날…… 말 판결을 치른 날, 후이마와 샤오리는 친구가 되었다고 한다.

말 애호가끼리 통하는 게 있었던 모양이다.

"그나저나…… 좋은 말이 모여있군. 역시 미아 황녀의 호위부대야."

후이마는 마구간의 말들을 바라보며 말했다.

"어머? 기마왕국의 월토마를 아는 당신이 봐도 그렇게 보이나요?"

고개를 갸웃거리는 미아의 말에 후이마는 쓴웃음을 지었다.

"그래. 예전이었다면 무시했을지도 모르지. 나도 샤오리와 마찬가지로 기마왕국의 상식을 따랐으니……. 준마야말로 좋은 말이라고 단정했을 거다. 하지만 그날의 말 판결을 보고 눈을 떴다. 그건 훌륭한 경주였어. 나도 피가 끓더군."

주먹을 꽉 쥐더니,

"그 마지막 언덕을 오르는 광경은 지금도 눈에 선할 정도야. 동풍도, 여기 있는 말들도 명마다."

그러더니 후이마는 작게 웃었다.

"샤오리도 나도, 다른 족장들도 미아 황녀를 만나서 바뀔 수 있었다…… 오라버니도, 어쩌면……."

"아, 그러고 보면 듣지 못했는데, 오라버니는 지금 어떤 상태인가요?"

다쳤다는 소식은 들었지만 자세한 건 듣지 못한 미아였다.

휘 마취는 뱀의 사도사를 추적하는 우수한 추격자다. 그리 크게 다치지 않았다면 좋겠는데…….

"부상이 나을 때까지는 평소처럼 움직이진 못할 테지. 나 참, 내 오라버니지만 한심하기 그지없군."

부루퉁하게 화를 내는 후이마였지만 이윽고 어깨를 으쓱했다.

"뭐, 하지만 오히려 오라버니에게는 잘 된 건지도 모른다."

"흠……. 그렇겠군요. 가끔은 쉬는 것도 필요할 테니……."

미아의 맞장구에 후이마는 고개를 저었다.

"아니, 그런 의미가 아니야. 오라버니는 물론 사도사를 추적해야 하지만…… 그 전에 해야 할 일이 있으니까."

"먼저 해야 할 일이라고요……?"

"그래. 뱀의 무녀…… 발렌티나와 대화하는 것 말이다."

"아아, 그렇구나. 누님과…….”

묵묵히 듣고 있던 아벨은 후이마의 말에 놀라면서도 바로 이해했다며 고개를 끄덕였다.

"그래…… 그럴지도 몰라…….”

"성녀 라피나도 찬성했다더군.”

"어머나, 그랬군요. 라피나 님께서…….. 하지만 그건 위험하지 않을까요? 동생인 후이마 양 앞에서 할 말은 아니지만 늑대술사, 마취 씨는 상당한 실력자인데 무녀와 만나게 했다간 무슨 짓을 할지…….”

"나도 그런 걱정을 하지 않은 건 아니나…… 성녀 라피나가 그러더군. 디온 알라이아가 있는 건 딱히 제국만이 아니라고…….”

부르르 떤 후이마가 고개를 저었다.

"무시무시한 일이지……. 그런 남자가 여기저기에 있다니…….”

부르르 떤 미아도 대답했다.

"네, 그러게요. 참으로 무시무시해요…….. 하지만.”

미아는 마음의 평정을 되찾으려고 하며 덧붙였다.

"그래도 그건 비유가 그렇다는 게 아닐까요? 디온 대장 같은 사람이 여러 명 있으면 큰일이잖아요.”

둘이서 고개를 주억거린 뒤 후이마가 말을 이었다.

"여하간, 이건 좋은 기회다. 무녀와 대화할 수 있다면 대화하는 게 좋지. 오라버니도 슬슬 마주 봐야 한다. 마주 보고, 그리고…… 오라버니 또한 바뀌어야 해. 도망치는 건 용서되지 않아.”

"그래요……. 네, 그렇겠군요.”

후이마가 변한 것처럼, 샤오리가 변한 것처럼…… 어쩌면 발렌티나도, 마취도 변할 수 있을까?

부디 좋은 방향으로 변하면 좋겠다고 기도하는 미아였다.

"그런데 후이마 양은 이런 곳에서 뭘 하고 계셨나요?"

"아아. 그래, 실은 여기에 형뢰를 맡겨놓았는데 조금 운동 부족이 될 것 같아서 말이다. 우투와 함께 바람을 쐬고 올까 하던 참이었지. 괜찮다면 미아 황녀도 같이 가겠나? 아벨 왕자도 함께 있다면 딱 좋지. 또 가볍게 경주라도 해보는 건……."

"그렇게 하고 싶은 마음은 굴뚝같지만, 실은 지금부터 가야 하는 곳이 있답니다."

미아가 사정을 설명하자…….

"그런가. 좋아, 그런 거라면 나도 당연히 동행하겠다."

후이마는 밝게 웃었다.

"어떤가? 미아 황녀. 몸이 너무 둔해지는 것도 좋지 않으니 말을 타고 가는 건."

"흠…… 글쎄요."

미아는 입 주변을 날름 핥았다. 혀끝에 느껴지는, 조금 전에 먹은 채소 케이크의 단맛…….

──단것을 먹었으니 운동도 해두는 게 좋겠네요.

자신도 변해야만 하는 게 있지 않을까?

개선해야 하는 점이 있지 않을까?

……속에서 치솟는 절실한 마음이 등을 떠미는 대로 미아는 조용히 고개를 끄덕였다.

제17화 미아 황녀, 방문하다

마구간에서 조금 떨어졌을 때.

"아아, 미아 님. 잘 와 주셨습니다."

조금 초조한 모습의 루비가 나왔다. 아무래도 문지기 일을 하던 세리스라는 여성이 불러온 모양이었다.

루비는 아주 조금 민망한 얼굴로 미아에게 귓속말했다.

"조금 전에는 실례했습니다. 아무래도 저는…… 제 사랑과 엮인 일에는 평정을 잃어버려서……. 미아 님처럼 항상 침착할 수 있다면 좋을 텐데요……."

어깨를 축 늘어트린 루비를 향해 미아는 다정한 미소를 지었다.

"딱히 신경 쓸 필요는 없습니다. 저처럼 항상 태연자약하기 위해서는 수라장을 거칠 필요가 있는걸요."

수라장을 거쳐왔다는 건 부정할 수 없는 사실이긴 하지만…… 태연자약이라는 부분에서는 약간 의문의 여지가 있는 미아였다.

"그런데 황녀전속 근위대에 무언가 용건이라도 있으십니까?"

"네. 요즘 잘해주고 있다고 치하하고, 조금 견학하려던 참이었답니다."

미아는 장난기 어린 미소를 지었다.

"또 겸사겸사 힐데브란트를 만나러 가니 호위를 부탁하려고 왔죠."

"네……? 히, 힐데브란트 경을요……?"

깜짝 놀라 굳어버린 루비를 향해 미아는 조용히 고개를 끄덕였다.

"네. 이야기를 들어 볼 생각입니다. 당신의 고민을 해결하기 위해서는 많은 걸 따져봐야 하니까요."

그런 이야기를 하며 건물에 들어간 미아의 눈이 휘둥그레졌다.

"미아 황녀 전하, 와 주셔서 영광입니다."

"미아 황녀 전하께 경례!"

건물 안에 있던 근위병들이 다들 줄을 맞춰 자세를 바로 하고 복도 좌우에 쫙 늘어서 있었기 때문이다.

"어머나, 일하는 걸 멈추게 해서 면목이 없네요."

온화하고 부드러운 미소를 짓는 미아. 그들은 충성스럽고 근면한 병사. 루드비히의 보고서에 의하면 정말로 잘해주고 있었다.

미소만이 아니라 특별 보너스를 줘야 하는 게 아닌지 생각하는 미아였다.

그대로 미아는 가까이 있는 방으로 들어갔다. 모처럼 왔으니 견학하기 위해서였다.

갑작스러운 미아의 방문에 병사들은 당황한 듯 길을 열었다.

방 중앙에 있는 커다란 책상. 그 위에 놓인 장난감 장기말 같은 것을 보고 미아는 고개를 갸웃거렸다.

"이것은 뭘 하는 거죠?"

"네! 이건 병사의 연계를 확인하는 도구입니다. 이 말이 마차고, 이쪽 작은 말이 저희들인데⋯⋯."

질문을 받은 병사가 등을 꼿꼿하게 펴고 대답했다.

"오호라……. 마차의 수와 병사의 수에 따라 움직임이 달라지는 거군요."

참고로 이 전술 시뮬레이션은 루드비히의 동료가 고안한 것이다. 두뇌파 집단인 갈브의 제자들 덕분에 황녀전속 근위대의 정련도가 상당히 올라갔다.

"이쪽 판자는 무엇인가요?"

"이건 부대를 여러 개로 나눠서 로테이션을 짠 걸 기록해둔 것입니다. 이 맨 위의 금색 테두리가 달린 게 명예로운 미아 황녀 전하의 호위 담당자들이고……."

"그렇군요. 그런 것까지……. 많이 고생했겠네요."

"다행히 루드비히 님께서 수배하여 문관을 파견해주셨습니다. 그분들께서 전부 맡아주고 계시기에……."

그런 대화를 나누며 흥미롭게 대기소 안을 둘러본 후 복도 끝에 도착했을 때 미아는 뒤를 돌아보았다.

"항상 고생이 많습니다. 저는 여러분의 활약에 경의를 표합니다. 지금은 힘든 시기이지만…… 여러분을 믿고 의지하겠어요."

그러고는 조용히 머리를 숙인 뒤 미아 일행은 루비의 집무실로 들어갔다.

손님용 의자에 앉은 미아는 짧게 신음했다.

──흐음……. 그나저나…… 표정이 좀 딱딱한 사람이 많았네요. 어쩐지 고지식한 분이 많은 느낌이에요. 그렇지 않아도 노동량이 늘어났으니 적절한 휴식을 받았으면 좋겠는데요……. 혹은 스트레스를 해소할 수 있는 무언가……. 역시 단것이 필요할까요……?

그런 생각을 하며 팔짱을 끼는 미아였다.

루비의 집무실로 사라진 미아를 지켜본 후, 병사들은 저도 모르게 어깨에서 힘을 뺐다.

"긴장했다……."

"어. 긴장…… 아니, 감동했어."

근위병들은 저마다 그런 감상을 뱉었다.

미아를 방문한 바노스와 마찬가지로 그들도 미아가 제국의 예지라 불리는 이유를 실감한 사람들이었다.

일반 백성들은 지금 이 나라의 뒤에서 무슨 일이 일어나고 있는지 모른다.

어쩌면 직접적으로 위기를 겪은 사람 중에는 눈치챈 사람이 있을지도 모르지만 제국민 대부분은 모른다.

이 제국이, 대륙이 커다란 위기에 처했었다는 사실을.

그리고 그 위기를 회피하게 해준 사람이 다름 아닌 자신들의 황녀 전하라는 사실을.

하지만 여기에 있는 병사들은 그게 얼마나 대단한 일이었는지 전부 알고 있으니…….

"미아 황녀 전하가 이 위기를 예측한 게 12살 때, 신월지구를 방문했을 때라던가……. 아니, 아무리 그래도 이건 거짓말일 것 같긴 한데……."

어떤 사람이 이렇게 말하면,

"권위를 위한 거짓말이든 상관없지. 미아 황녀 전하의 명령으로 식량을 비축하고 먼 외국에서 수입도 해놓고, 백성들이 부족할 때 그 식량을 아낌없이 나눠주고 있잖아. 그 사실은 변하지 않아."

"그래. 그 말이 맞아."

마지막에는 이렇게 수긍한다.

그들의 가족, 친척 중에도 미아의 식량 비축에 구제받은 사람은 결코 적지 않다.

미아의 의향으로 그 공적이 세상에 드러나진 않았지만…… 그래도 그들의 마음속에는 뭐라 말할 수 없는 자랑스러움이 싹텄다.

"우리는 미아 황녀 전하의 이름을 더럽히지 않도록 행동해야 해."

자신이 황녀전속 근위대라는, 눈부시게 빛나는 자부심을 품고 오늘도 그들은 열심히 일했다.

제18화 미아 황녀…… 밟아 버리다!

황녀전속 근위대의 호위를 받은 미아 일행은 코티야르 후작가의 저택으로 향했다.

참고로 다들 말을 타고 있었다.

동행인은 처음 예정대로 후이마와 아벨이었다.

"그러고 보면 오는 건 처음이네요."

제도의 한 곳. 귀족의 저택이 즐비한 지역에 세워진 코티야르 저택을 보며 미아는 무심코 중얼거렸다.

기본적으로 미아와 코티야르 후작가의 관계는 나쁘지 않다.

코티야르 영지는 옷감으로 유명한 땅. 복식 사업도 발달했기 때문에 어린 미아는 자주 놀러 가서 이것저것 사들였다. 귀여운 조카──라기보다는 철부지 황녀라는 분위기가 더 강한 미아이긴 했으나, 외삼촌인 후작도 미아를 잘 돌봐주며 종종 멋진 드레스를 선물해주었다.

살짝 고급스러운 촉감의 천으로 인형을 만들어줬던 것도 좋은 추억이다.

하지만 친척답게 가까이 교류했냐고 묻는다면 사실 그 정도는 아니다.

미아에게는 어디까지나 코티야르의 옷감이 목적이었고 딱히 친한 친척이 있었던 건 아니었다. 필연적으로 제도 저택에 올 일은 없었다.

그런 연유로 미아가 코티야르의 제도 저택에 온 건 오늘이 처음인데…….

문지기에게 말을 전하러 갔던 황녀전속 근위대의 병사가 잰걸음으로 돌아오더니…….

"보고드립니다. 곧 힐데브란트 코티야르 경이 마중 나온다고 합니다. 대문으로 들어가신 뒤 잠시 기다려주십사 청했습니다."

문득 시선을 돌리자 문지기는 말을 타고 온 미아를 보며 경악한 모습이었다.

——후후후, 아무래도 말을 타고 온 제 늠름한 모습에 놀란 모양이군요.

미아 황녀는 승마를 즐긴다. 이 이야기는 상당히 유명했지만, 실제로 보면 놀라는 사람도 많았다. 특히 황녀의 심심풀이라고 우습게 보던 사람들은 미아의 본격적인 승마 모습에 깜짝 놀라는 듯했다.

미아에게 승마는 심심풀이가 아니다. 목숨을 구원해줄 동아줄이며, 심지어 상당히 굵다.

따라서 미아는 말을 사랑하고 경의를 빼놓지 않는다.

아무튼, 문지기의 어안이 벙벙해진 시선에 살짝 흡족해하면서……. 어쩐지 거들먹거리는 듯한 미소를 지으며 미아는 말했다.

"그런 거라면 잠시 문 안에서 기다리도록 할까요."

그렇게 말한 뒤 미아는 말을 몰았다. 거기에 맞춰서 미아를 지키듯이 두 기의 기마가 앞으로 나섰다. 오른쪽에 아벨, 왼쪽에 후이마를 대동한 당당한 입장이었다.

"그나저나 아주 멋진 정원이군요."

문을 통과한 뒤 일행은 말에서 내렸다.

눈앞에는 널따란 정원이 펼쳐져 있었다. 시야를 가득 채우는 아름다운 녹음. 잘 손질된 나무와 군데군데 어디에 쓰는 건지 목제 울타리 같은 게 세워져 있다.

"저건 기마를 세워두기 위한 건가?"

"글쎄요. 뭘까요……."

미아가 울타리로 다가가려고 걸음을 내디딘…… 바로 그 순간! 미아의 등을 타고 전율이 올라왔다!

앞으로 내민 발……. 그 밑에서 들린 소리와 불길한 감각……. 미아는 겪어본 바 있었다.

그건 꽤 예전……. 세인트 노엘의 모래사장으로 가려던 때…….

조심조심 다리를 들자…… 신발 바닥에…… 진흙 같은…… 그…… 조금 신경 쓰이는 무언가가 붙어있었다!

"아니…… 이, 이건, 설마……."

부들부들 떠는 미아에게 다가온 후이마가 아무렇지도 않은 듯…….

"아, 말똥이군."

듣고 싶지 않은 단어를 말했다!

그랬다……. 그건 승마부에서 익히 봐 온 말똥이었다!

"크, 크으윽, 하필이면 왜 정원에 이런 것이……."

"딱히 신경 쓸 필요는 없다. 미아 황녀. 말은 성스러운 동물. 그러니 그것도 더럽지 않다. 오히려 밭에 뿌리면 식물을 강하게 만들어 주는 은혜로운 산물이라고 할 수 있지!"

쾌활하게 웃는 후이마였으나 미아는 그런 마음이 들지 않았다.

말을 사랑하고 경의를 표하는 미아라고 해도 말똥까지는 사랑할 수 없었다.

──으으, 왜 이렇게 된 거죠…….

당연하다는 듯이 시무룩해졌다.

심지어 오늘 신은 신발은 미아에겐 특별한 신발이었다. 루비와 승마 대결을 했을 때도, 늑대술사에게서 도망쳤을 때도 항상 미아와 함께 했던 신발.

요즘 사이즈가 조금 작아졌고 생채기도 늘어나긴 했지만, 어쩐지 바꾸는 건 내키지 않아서 미루던 애착 신발이었다.

──으으, 제 추억의 신발이…….

"미아, 괜찮다면 새 신발을 선물하려고 하는데……."

염려가 어린 아벨의 목소리도 미아의 가라앉은 기분을 회복시켜주지는 못…… 못하나?

"어머나! 아벨의 선물이라니 기쁘네요!"

미아는 활짝 웃으며 환영했다!

잘 생각해보면 애착 같은 건 딱히 없었다는 양 기분이 좋아져서 콧노래를 흥얼거리는 미아.

──흠. 확실히 은혜로운 산물이네요. 오히려 말똥을 밟은 게 행운이었던 건지도 몰라요! 역시 말은 제 아군이라니까요.

그런 생각까지 해버릴 만큼 머리가 연애로 잠식된 미아였다.

게다가!

──이건 혹시 하늘의 계시일지도 몰라요. 하늘이 제게 말을 쓰면 좋은 일이 일어난다고 가르쳐주신 게 틀림없어요!

이런 생각까지 해버릴 만큼 기분이 하늘을 찔렀다. 뇌세포가 단순한 미아였다.

"그런데 정원에 떨어져 있다는 건, 이 정원에서 말을 타고 달렸다는 건가⋯⋯."

아벨은 팔짱을 끼며 정원을 둘러보았다.

"그렇겠지. 내 생각에 저 나무 울타리는 말이 뛰어넘도록 하는 장애물인 것 같다. 만에 하나 발이 걸려도 다치지 않도록 쉽게 쓰러지게 되어있더군."

후이마의 지적에 아벨은 짝 손뼉을 쳤다.

"그렇구나. 확실히 저런 울타리로 기병을 막을 수 없지. 말 훈련용이라고 한다면 이해가 가."

그때였다.

"하이 호, 실버 애로!"

힘찬 목소리와 함께 한 마리의 말이 달려오는 게 모였다. 말은 이쪽을 향해 똑바로 향하지 않고 중간에 있는 나무 울타리를 훌쩍, 훌쩍 점프해서 넘어 다녔다.

마치 자랑하듯이 말을 다루며 다가온 남자⋯⋯. 그가 바로 미아가 만나려고 한 인물⋯⋯.

"미아 황녀님. 평안하셨습니까."

상큼하게 말에서 내린 힐데브란트는 미아 앞에서 아름답게 인사했다.

제19화 만남, 훈남

힐데브란트 코티야르.

그 청년에게 미아는 딱히 좋은 감정도 나쁜 감정도 없었다.

이전 시간축에서 코티야르 가가 황실을 배신하는 일은 없었다.

그럼 힐데브란트가 끝까지 황실을 편들며 함께 싸우고 함께 죽은 충성스러운 사람이었냐면, 그렇진 않다.

그는 대기근 때 후작령에서 발발한 내란으로 인해 죽었기 때문이다.

반란을 진압하는 건 귀족의 역할. 그 전투에서 사망했다고 들었을 때는 당연히 충격을 받은 미아였으나…… 그 후에 충격이 연달아 이어지는 바람에 사촌의 상식적인 죽음에 대한 기억은 금방 흐릿해지고 말았다.

또 힐데브란트 본인과도 어린 시절 몇 번 만난 정도가 있던가? 하는 수준의 교류였으니…… 청년이 된 그가 어떤 인간으로 자랐는지는 전혀 몰랐다.

──아무튼 정보가 필요해요. 그 과정에서 혼담을 막을 힌트를 찾으면 더 좋고요.

정략적인 방향으로는 이득밖에 없는 이상 그쪽 방면에서 파혼으로 끌고 가는 건 어렵다.

레드문 공작은 현재 미아를 지지하고 호의적인 반응을 보여주고 있지만, 그건 미아가 무슨 짓을 해도 지지한다는 뜻이 아니다.

예의를 잃으면 심기가 상하기도 할 테고, 미아의 행동에 따라서는 적대 세력에 붙을 가능성도 있다.

막대한 이득을 가져다주는 계약을 아무런 이유도 없이 방해했다면 무능하다고 의심할지도 모른다.

그걸 고려하면 정략적인 부분에서 흠을 잡는 건 어려울 것 같았다. 오히려 힐데브란트에게…… 그, 뭔가 성격적인 문제가 있다거나 부족함이 있다거나…… 트집 잡을 부분을 찾는 게 그나마 나은 것 같지만…….

──으음……. 그건 그거대로 어렵겠네요. 힐데브란트의 원한을 사는 건 가능하면 피하고 싶으니…….

이번의 골칫거리는 관계자가 전부 아군이라는 점이었다.

적이기 때문에 힘껏 걷어찰 수 있었던 거다. 힐데브란트는 친척, 루비는 맹우, 만사나는 지지자. 이런 상황에선 경솔하게 킥도 날릴 수 없다.

다방면으로 배려해야만 하니 참으로 머리가 아픈 상황인데…….

──하지만 루비 공녀를 위해서도 힘내겠어요.

오늘의 미아는 기합이 들어가 있었다. 사랑은 방해가 많은 게 불타오르는 법이다.

활활 타오르는 러브 소울을 실어서 의욕에 찬 콧김을 뿜은 미아는 응접실 의자에 앉았다.

……참고로 미아는 신발을 갈아 신었다.

제국의 예지의 오른팔 안느는 항상 준비를 게을리하지 않는다. 제국 황녀의 전속 메이드로서 언제 어떤 때라도 주인의 몸단장을 고쳐줄 수 있도록 대비해놓는다.

응접실로 안내받은 건 미아, 안느, 그리고 후이마와 아벨이었다.

일행이 자리에 앉자 힐데브란트가 재차 인사했다.

"다시 인사드립니다. 코티야르 가에 잘 오셨습니다. 환영합니다, 미아 황녀 전하."

"반갑습니다, 힐데브란트 경. 아주 오랜만…… 이라고 말하는 것도 묘한 느낌이 드네요. 며칠 전에 잠시 마주쳤으니까요."

웃으며 대답한 미아는 아벨과 후이마를 소개했다.

"오오, 렘노 왕국의 왕자 전하셨습니까. 실례했습니다……."

깊이 머리를 숙이는 힐데브란트. 그러나 바로 친근한 미소를 지었다.

"렘노 왕국이라면 무력으로 유명한 국가. 역시 아벨 전하께서도 검을 잘 다루십니까?"

"네. 어느 정도는……."

첫 대면 때의 인상을 잊지 못한 건지 딱딱한 표정으로 대답한 아벨이었으나, 힐데브란트는 일절 신경 쓰는 기색도 없이 쾌활하게 웃었다.

"아주 흥미롭군요. 저도 제국군에 소속된 몸. 만약 기회가 닿는다면 렘노의 검을 보고 싶습니다만……."

"네…… 물론……."

적의가 전혀 없는 미소에 독기가 빠져버린 듯한 얼굴로 고개를 끄덕이는 아벨이었다.

힐데브란트는 이어서 후이마에게 시선을 주었다.

"그런데 이쪽 후이마 양은 이름의 느낌상 기마 왕국분으로 보입니다만⋯⋯."

"맞다. 나는 기마 왕국 불꽃 일족의 족장 대리, 휘 후이마. 나의 친구 미아 황녀를 호위하기 위해 동행했다."

"오오, 역시 그랬습니까. 그렇다면 혹시, 며칠 전 미아 황녀 전하가 타고 계셨던 말은⋯⋯."

"그래. 내 애마다. 형뢰라는 이름이시."

후이마의 대답을 듣고 힐데브란트는 기쁨에 찬 미소를 지었다.

"역시 그랬습니까. 이야, 정말로 훌륭한 말이었습니다. 기마 왕국에는 그런 말이 많이 있는 겁니까?"

"그렇지. 부족마다 일족을 대표하는 말을 보유하고 있으니. 다만 나의 형뢰는 월토마 중의 월토마. 형뢰와 견줄 수 있는 말은 그리 많다고 생각하지 않는다만⋯⋯."

어쩐지 후이마는 조금 득의양양하게 가슴을 편 것 같았다.

"실은 저도 승마에 힘을 쏟고 있습니다. 기사로서 말과 유대를 키워나가는 건 필수이니까요. 정원에서도 승마 훈련을 할 수 있도록 마련해놓았죠. 부디 가르침을 청하고 싶습니다."

그런 말을 하며 힐데브란트는 상큼한 미소를 지었다.

그걸 보고 미아는 무의식중에 신음했다.

──뭐, 뭔가 빈틈이 없는 '좋은 사람'이잖아요. 최악의 경우엔 힐데브란트의 인품에서 문제를 찾아내는 것도 생각했는데⋯⋯. 이거 어렵겠는데요.

전에 없는 강적 앞에서 연애 천사 미아의 싸움은 계속된다.

제20화 마이 퍼스트의 귀환과 말똥의 계시

힐데브란트 코티야르에 대해 미아가 기억하는 건 거의 없다.

하지만 딱 한가지, 미아의 뇌리에 남아있는 기억이 있었다.

그것은…… 아직 미아가 어릴 때의 일이었다.

코티야르 후작가를 방문한 미아는 우연히 힐데브란트와 마주쳤다.

그날 놀러 온 미아를 대접하기 위해 외삼촌인 코티야르 후작이 준비한 건 아주 맛있는 특제 케이크였다. 그때 힐데브란트도 동석해서 같이 먹게 되었는데…….

푹신하고 새하얀 케이크를 입에 넣은 순간…… 5살 연상인 코티야르 소년은 소리쳤다.

"뭐지?! 이 케이크 너무 맛있어!"

그러고는 선언했다!

"정했어! 나는 어른이 되면 케이크가 될 거야!"

라고.

……그 선언을 들은 미아는 생각했다.

"아, 이 사람 조금 멍청…… 아니, 단세포네요."

──라고.

뭐, 그렇다고 해서 사람이 좋다 싫다 하는 건 없었다. 그저 막연하게 다루기 쉬운 사람이라는 인식을 가진 미아였다.

그렇기에 미아는 당황했다.

눈앞에 있는 이 청년을 어떻게 대해야 할지…….

──이 사람…… 진짜 괜찮고 좋은 인간인데요.

쾌활하게 웃는 힐데브란트를 보며 미아의 미소가 뻣뻣해졌다.

당시의 가식 없는 단순함은 그대로 유지하면서 귀족의 상식과 절도까지 익혔고…… 그 결과 흠잡을 곳 없는 '좋은 남자'가 탄생했다.

──이거 난감해졌어요……. 힐데브란트…… 완전히 좋은 사람이 되었잖아요. 이거 혹시…… 루비 공녀에게는 아주 괜찮은 혼처인 거 아닌가요?

정략적으로도 파트너로도 단점이 없는 상대.

그랬다. 그 레드문 공작쯤 되는 남자가 소중한 딸의 파트너로 선택한 인물이다. 고작 미아가 조금 건드려본 정도로 튀어나올 법한 문제가 있을 리 없었다…….

"그나저나 미아 황녀 전하께도 재차 인사드리고 싶었습니다. 좋은 혼담을 맺게 해주셔서 감사합니다."

끙끙 고민하는 미아 앞에서 힐데브란트가 머리를 숙였다.

"코티야르 후작가와 레드문 공작가 사이에 연을 맺어주신 분이 미아 황녀 전하라고 들었습니다."

"아…… 아뇨, 저는 아무것도 한 게 없는데요……. 하지만 괜찮으신가요?"

"네? 괜찮냐니 무슨 말씀이시죠?"

"널리 알려진 사실이죠. 루비 공녀는 향상심이 강한 분. 흑월청의 상층부를 노린다고 하던데…… 당신은 괜찮은 건가요?"

기본적으로 티어문 제국의 귀족 부인이란 군대에 종사하겠다는 흉흉한 소리는 하지 않는다. 그 사실에 불만은 없냐고 묻는 미아였으나…….

"하하하. 호방한 분이시죠. 하지만 그래야 레드문 공작 영애 아니겠습니까."

힐데브란트는 아무렇지도 않다는 듯 웃으며 말했다.

"조금 전 승마에 열중하고 있다고 말씀드렸는데, 저는 말을 타는 여성을 아름답게 느낍니다. 흑월청 상층부를 목표로 하는 루비 양의 용맹함에도 딱히 불쾌함은 없습니다. 최대한 응원할 생각입니다. 게다가 만사나 님께선 명마를 갖고 싶어 하는 제게 석토를 양도해준다고 하셨죠. 딸을 잘 부탁한다면서요……. 그 마음에 보답하고 싶기도 합니다."

이렇게 참으로 모범적인 대답을 돌려주는 힐데브란트.

──와, 완벽해요. 이 혼담…… 막을 이유가 전혀 없어요!

정략적으로도, 힐데브란트의 인품과 성격에도 흠잡을 곳이 하나도 없었다.

──힐데브란트도 긍정적으로 받아들이고 있고……. 이래서는 어떻게 할 수 없겠는데요.

미아의 눈앞에 높다란 벽이 보였다. 올려다봐야 할 정도로 높은 그 벽을 뛰어넘는 건 너무나 어렵고…… 아니, 뛰어넘을 이유조차 희박했다.

무심코 무릎을 꿇어버릴 것 같은 미아였다.

──루비 공녀가 사랑을 포기하기만 한다면 다 잘될 것 같아

요…….

새삼 느꼈다. 아예 루비가 바노스에게 고백해서 차이면 전부 다 잘 풀린다.

실의에 빠진 루비를 위로하는 힐데브란트. 그 구도는 참으로 그럴싸했다…….

아니, 애초에 귀족 영애가 평민, 그것도 한참 연상인 남자를 사랑하는 것 자체가 철부지 같은 감정이다……. 루비의 사랑은 귀족의 상식과는 거리가 멀다. 포기하는 게 당연…… 하지만.

——흠, 그래서야 역시 재미없는걸요…….

거기까지 생각한 미아는 다시금 원점으로 회귀했다.

미아의 원점, 즉…… 마이 퍼스트로.

결국은 미아가 보기 싫은 것이었다. 루비가 귀족의 상식이라는 시시한 구속 때문에 사랑을 포기하는 모습을.

미아가 보고 싶은 건 온갖 역경을 뿌리친 정열적인 사랑극이다.

——그렇게 흘러가야 마음에 불을 지르는 연애극이죠. 게다가 역시, 저는 해피엔딩이 좋아요. 게다가 저 때문에 사랑을 포기한 사람이 주변에 있다는 상황에선 마음이 편해질 수 없을 테고요…….

마이 퍼스트적으로도, 소심한 성정 때문에라도 미아는 루비를 편들 필요가 있었다.

——애초에 정열적인 루비 공녀에게 상식적인 힐데브란트는…….

미아는 문득 생각했다.

“……과연 어울린다고 할 수 있을까요?”

귀족으로서 지극히 상식적이고 흠잡을 곳이 없는 힐데브란트.

한편 귀족의 상식을 집어던져서라도 사랑하고 싶은 루비.

이 두 사람의 결혼은 잘 어울리는 한 쌍으로 보이진 않았다. 두 사람의 가치관이 너무 다르기 때문이다.

정열의 불균형은 불행을 부른다. ……그리고.

──제 이득을 위해 맺어진 혼담이 불행하게 끝나버린다면, 저 때문에 두 사람이 불행해졌다고 생각하지 않을까요?

그건 참으로 싫은 사태였다. 최대한 누구에게도 원한을 사지 않고 태평하게 침대 위를 굴러다니고 싶은 미아였다.

다들 자기를 좋아해 주고 이따금 과자를 들고 놀러 오는 게 미아의 이상.

할 수 있다면 아무와도 적대하고 싶지 않은데……. 어떻게 해야 할지 미아는 고개를 갸웃거렸다.

고여버린 웅덩이 같은 상황. 이걸 지금의 미아가 어떻게 할 수 있을 것 같지 않았다…….

그런 미아가 매달릴 것은…… 조금 전에 얻은 계시였다.

──말……. 그래요. 아까 떠올린 말을 이용해서…….

그랬다. 말을 사용하라는 번뜩임. 즉, 말똥의 계시다!

"그건…… 무슨 의미죠?"

불현듯 들린 목소리. 고개를 들자 힐데브란트가 이쪽을 바라보고 있었다.

완전무결하게 좋은 남자의 모습을 보여주던 힐베트란트의 눈동자에 떠 있는 감정. 그것은 미미한 분노.

"저에게…… 그 월토마는 어울리지 않는다는 겁니까……?"

"말…….."

생각지도 못한 타이밍에 등장한 키워드. 몸을 맡기듯 미아는 고개를 끄덕였고…….

"네, 뭐…….."

다음 순간, 고여있던 물에 작은 흐름이 만들어지는 걸 느꼈다.

제21화 케이크를 채소 케이크로 바꿔치기!

"제가 월토마에 어울리지 않는다……?"

확인하듯 재차 날아온 질문.

겹겹이 두른 귀족의 상식. 그 틈새로 얼핏 보인 얼굴을 미아는 놓치지 않았다.

——아아, 이거예요. 이 얼굴, 오랜만이네요. 그래요. 힐데브란트는 이런 사람이었어요.

케이크에 감동해서 케이크 장인이 되겠다…… 고 한 게 아니라 케이크 그 자체가 되겠다고 한……. 단순명쾌한 남자. 그것이 바로 힐데브란트 코티야르라는 사람이다.

그런 그가 지금 열정을 기울이는 대상…… 그건 '말'이라고 한다.

——이 정보, 어딘가에 쓸 수 있겠어요.

그런 확신에 기반하여 미아는 다시 고개를 끄덕였다.

끄덕이며…… 생각하기 시작했다.

새콤달콤 연애 회로가 불을 뿜었다!

——힐데브란트의 마음을 사로잡은 건 석토. 명마…… 말……. 말?!

미아는 눈을 부릅떴다.

——그래요. 케이크를 과식하는 걸 막으려면 케이크 대신 채소 케이크를 먹는 것……. 마음의 방향을 케이크에서 채소 케이크로 옮기는 거예요!

새콤달콤 디저트 회로가 불을 뿜었다!!

——힐데브란트의 열정이 '석토', 즉 케이크에 향해있다면 그 방향을 틀어서 채소 케이크…… 즉 대체품으로 옮기면 되죠. 말이라면 그럴 수 있지 않을까요?

사실 대체품을 마련한다는 건 한 번 검토했던 부분이기도 했다.

그건 조금 전. 안느의 시중을 받으며 신발을 갈아신을 때의 일이었다.

"그런데 안느……. 하나 묻고 싶은 게 있는데요, 만약 당신이 누군가의 혼담을 깨트리고 싶다면 어떤 방법을 쓸 거죠?"

"파혼이요? 으음……."

안느는 고개를 살짝 갸우뚱거린 뒤…….

"그리 미아 님께 어울리는 방식은 아니라고 보지만, 남성분에게 매력적인 여성을 소개해준다…… 같은 걸까요?"

"아아…… 그런 이야기가 있었죠……."

그건 며칠 전 안느와 화기애애하게 읽은 연애 소설 속 에피소드였다.

악역 소녀가 자신이 좋아하는 미남 왕자를 손에 넣기 위해 꾸민 작전. 미남 왕자의 연인인 주인공에게 왕자를 대신할 만한 남자를 붙여서 사이를 갈라놓으려고 시도했다.

참고로 그 악역 영애는 최종화에서 단두대에 보내졌다.

그 결말을 읽었을 때 무심코 소름이 쫙 돋은 미아였다. 하지만…….

——이 작전은 파멸을 부를 거예요. 도저히 못 쓰겠네요…….

확신했다. 혼담을 깨트리기 위해 누군가 적당한 여성으로 힐데브란트를 유혹하여 원하지도 않는 혼담으로 몰아넣는다면 어떻게 될까?

한 여성의 인생을 희생양으로 바치는 작전을 라피나나 시온이 허락할 리 없다. 마치 단두대의 칼날이 떨어지는 소리가 낭랑하게 들려오는 듯한 작전이다!

말똥은 밟아도 단두대 함정은 절대로 밟고 싶지 않은 미아였다. ……아니, 말똥도 밟고 싶진 않지만.

하지만 안느는 고개를 저었다.

"그 이야기의 엔딩은 뒷맛이 아주 나빴지만…… 예를 들어 힐데브란트 님을 사랑하는 사람을 찾아낸다면…… 어떨까요?"

"흠, 그렇군요. 그 여성이 매력적인 사람이라서 힐데브란트를 유혹한다면…… 힐데브란트 쪽에서 루비 공녀와의 혼담을 거절할지도 모르겠어요."

여성이 힐데브란트에게 마음이 있다면 사정이 달라진다. 그러면 다들 행복하다. 라피나도 방긋, 단두대는 철거된다.

"하지만 이것도 힐데브란트를 좋아하는 여성이 없으면 손 쓸 수가 없네요. 잘 나타나 준다면 좋겠는데요……."

그렇게 당장은 쓰지 못할 것 같다고 생각하던 미아였으나…… 말에 대한 열정이라면 또 달라진다.

아마도 대체품을 마련할 수 있지 않을까?

물론 석토를 대신할 월토마를 마련하려는 건 아니다.

그런 식으로 말을 대하는 건 기마 왕국의 백성들에게도, 친구인 후이마와 샤오리에게도 실례다. 모처럼 여차할 때 도망치는 데 협력해줄 법한 그들의 심기를 건드리는 건 좋지 않은 선택이다.

그렇다고 후이마나 샤오리를 결혼 상대 후보로 소개하는 것도 두 사람을 희생시키는 방식이다. 이것도 탈락. 그게 아니라…….

──이용할 부분은 힐데브란트의…… 승마에 거는 열정이에요!

미아는 조용히 고개를 들었다.

"네…… 맞아요. 힐데브란트. 당신의 승마 실력이 월토마에 어울리는지 아닌지…… 제법 의심스러운데요."

살짝 도발하듯 말했다. 하지만 힐데브란트의 얼굴에 분노의 기색이 번지려고 한 순간 미아는 작게 웃었다.

마치 그 분노를 달래듯이…….

힐데브란트는 딱히 적도 아니고, 이건 적과 싸우는 것도 아니다.

그렇기에 미아는 장난기 어린 미소를 지으며 말했다.

"아무래도 월토마, 석토는 어디에 내놓아도 부끄럽지 않은 명마인걸요. 당신은 실제로 그 말을 본 적이 있나요? 저는 속도를 겨룬 적이 있답니다."

"세상에, 그러셨습니까?"

"네. 세인트 노엘의 승마 대회에서 마주쳤죠. 아주 훌륭한 말이었어요. 아무리 레드문 가라고 해도 그보다 더 좋은 말은 없을 겁니다. 그렇기에 딸의 혼담 상대에게 주겠다는 이야기가 나온 거겠지만, 그 말에 어울리는 기수가 되는 건 아주 힘들 거예요."

손바닥으로 뺨을 감싼 미아는 작게 한숨을 쉬었다. 짐짓 그럴 싸하게, 연기하는 듯한 몸짓으로.

"분명 만사나 님도 걱정하고 계시겠죠. 말을 선물한 건 좋지만 과연 제대로 타 줄 수 있을지. 게다가 알고 계시죠? 이 혼담에서 당신은 저의 친척으로서 나서게 된 건데……. 당신의 단점은 제 단점이 된답니다."

"그건 확실히 맞는 말씀입니다만……. 그럼 어떻게 하란 말씀이시죠?"

의아한 얼굴이 된 힐데브란트를 향해 미아는 미소 지었다.

"간단합니다. 당신의 승마 실력을 만사나 님께 보여드리는 거예요. 석토를 빌려서 경주하는 거죠."

그제야 힐데브란트의 얼굴에 이해했다는 기색이 퍼졌다.

그는 이렇게 생각한 것이다.

미아의 말은 반쯤 농담. 실제 취지는 혼담을 축하하기 위한 여흥을 제안한 것이라고.

"그렇군요. 재미있을 것 같습니다. 하지만 석토와 대항할 수 있는 말이 없다면 의미가 없지 않겠습니까?"

그 대답에 미아는 히죽 웃었다.

그랬다. 실체 없는 주장에 불과하다고 해도 석토에 걸맞은 실력을 지니고 있다는 걸 증명하기 위해서는 좋은 대전상대가 필요하다. 따라서…….

"그렇죠. 그럼…… 후이마 양에게 부탁하는 건 어떨까요?"

갑자기 화살이 날아온 후이마는 어리둥절해서 고개를 갸웃거렸다.

"나 말인가?"

"네. 후이마 양과 형뢰……. 당신들 말고 석토에 대항할 수 있는 사람은 없는걸요."

그렇게 말한 미아는 조용히 후이마의 어깨에 손을 올렸다.

"아니, 하지만 그런 거라면 미아 황녀가 타도……."

반박하는 후이마였지만…… 그래서는 곤란했다.

──뭐, 사실 힐데브란트보다 제 승마 기술이 더 뛰어날 테지만요…….

살짝 거만한 생각을 하면서도 그래서는 안 된다며 고개를 저었다.

힐데브란트를 걷어차는 건 기마 왕국 사람이어야만 한다. 기마 왕국의 백성이 지닌 압도적인 승마 기술을…… 힐데브란트에게 보여주지 않으면 의미가 없다! 따라서.

"후이마 양, 운동 부족이라고 하지 않으셨나요? 게다가…… 계속 제국에 진 상태로도 괜찮겠어요?"

미아는 일부러 도발적인 어휘를 골랐다.

"뭐……?"

눈썹을 찌푸리는 후이마를 다그치듯 미아는 몰아붙였다.

"저는 복수전의 기회를 드리는 거예요. 기마 왕국의 영애 샤오리 양은 제국의 황녀인 제게 졌죠. 그리고 당신은 지금 그런 제 사촌인 힐데브란트와 승부할 기회를 얻은 거랍니다. 이건 샤오리 양의 친구인 후이마 양이 제국 귀족에게 갚아줄 좋은 기회가 아닐까요?"

"……음."

후이마는 입을 꾹 다물었다. 하지만 곧바로 사나운 미소를 지었다.

"그렇군. 확실히 그 말이 맞아. 나도 참, 먼 이국 땅에 와서 움츠러들었던 모양이다. 복수전까진 아니어도 빠른 말과 경쟁하는 건 기마 왕국 백성에겐 명예로운 일이지."

그렇게 후이마가 받아들인 걸 확인한 후 미아는 재차 힐데브란트에게 물었다.

"이런 조건으로, 어떠신가요?"

질문을 받은 힐데브란트는…….

"그렇군요. 아주 재미있을지도 모르겠습니다."

씨익, 당당한 미소를 지었다.

제22화 밀과 경마

"흠, 이거 제법 괜찮은 결과 아닐까요……?"

힐데브란트와 대담을 마친 미아는 흡족한 얼굴로 백월 궁전에 돌아왔다.

"그 단순한 힐데브란트라면 분명 기마 왕국의 승마 기술에 마음을 빼앗겨버릴 거예요."

만약 그렇게 되면 기마 왕국 사람을 지도자로 불러온다는 어중간한 짓은 하지 않을 것이다. 그는 맛있는 케이크를 먹고 케이크가 되겠다고 한 남자 힐데브란트다.

당연히 기마 왕국의 훌륭한 기술을 목격하면…….

"기마 왕국 사람이 되고 싶어 하겠죠."

물론 실제로 그가 기마 왕국 사람이 될 거라는 생각은 하지 않는다.

——기마 왕국에서 힐데브란트가 매력적인 여성을 만나면 전부 해결된다는 느낌이 들지만, 뭐 실제로는 승마술을 배우기 위해 몇 년 정도 유학하는 방식이 아닐까요?

그건 단순한 시간 벌이일 뿐일지도 모르지만…… 지금은 그래도 괜찮다.

혼담을 미루고, 그 사이에 루비와 바노스의 결혼을 추진하면 그만이다.

"기마 왕국에 간다면 그 전에 최소 약혼은 하자는 흐름이 되면 귀찮아지지만…… 그건 잘 설득하면 그만이니까요……. 후후후후, 간단하네요."

그렇게 미아는 사악한 미소를 지었다.

그 얼굴을 살그머니 보고 있던 패티가 침을 꼴깍 삼키기도 했지만…… 당연히 미아는 눈치채지 못했다.

그렇게 다음 날, 바로 루드비히를 불러 상담했는데…….

"이 시기에…… 승마 대회라고요?"

얼굴을 보자마자 그런 이야기를 꺼낸 미아를 보며 루드비히는 의아한 표정을 지었다.

"실례지만 어느 정도의 규모를 생각하고 계십니까?"

"음, 대회라고 할 정도로 거창한 수준은 아니에요. 친지 간의 여흥 정도…… 다만……."

미아는 잠시 숙고했다.

──형식상 레드문 공작을 부르지 않으면 안 될테고…… 당연히 아바마마도 보러 오시겠죠? 그렇다면 어느 정도 호위는 필요하겠네요. 흠…….

미아는 작게 고개를 끄덕였다.

"레드문 공작, 그리고 아마 아바마마도 관람하실 것 같네요."

"황제 폐하께서도……. 그렇습니까……."

루드비히의 얼굴이 한층 진지해졌다.

미아는 그 얼굴을 보고…… 조금 위기감을 느꼈다.

──흐음, 만약 아바마마께서 그런 이벤트에 오신다면 엄중한

경비가 필요하겠죠. 당장 제가 쉽게 움직일 수 있는 병력은 황녀전속 근위대뿐. 하지만 그들은 최근 식량 수송 호위 임무도 맡고 있으니까요……. 이 이상 부담을 늘리지 말라고 루드비히가 화낼지도 모르겠어요.

옛 망할 안경의 잔소리가 뇌리를 스치고 간 미아였다. 따라서 살짝 당황하며 덧붙였다.

"물론 경비를 철저히 할 필요는 있지만, 만약 아바마마께서 참석하실 때는 근위대를 동원하면 되지 않을까요?"

그러더니 미아는 장난기 어린 미소를 지었다.

"황녀전속 근위대도 아무것도 하지 않을 수는 없을 테지만, 어느 정도 어깨에서 힘을 빼고……. 소소한 휴식이라고 생각해준다면 좋겠는데요."

그랬다. 어디까지나 한숨 돌릴 수 있는 가벼운 이벤트. 그들이 느끼는 중압감을 고려했다고 주장하는 걸 빼놓지 않는 미아였다.

"소소한 휴식, 입니까. 휴가 자체는 고려하고 있었지만, 그렇군요. 그건…… 맹점이었습니다."

루드비히는 눈을 살짝 크게 뜨더니 고개를 끄덕였다.

"알겠습니다. 그럼 그렇게 추진하겠습니다."

안경을 고쳐 쓰며 루드비히가 조용히 대답했다.

미아의 명령을 받은 루드비히는 움직이기 시작했다.

승마 장소와 경비 수배를 마치고 한숨 돌렸을 때, 타이밍 좋게 디온이 찾아왔다.

"하하하, 그래. 역시 황녀님이야. 제법 간단하면서도 핵심을 찔렀잖아."

루드비히의 이야기를 들은 디온은 미소를 머금었다.

"잘 먹고, 푹 쉬고, 적당히 긴장을 풀어주고. 백인대 녀석들은 그런 요령을 잘 익혔지만, 실전에 익숙하지 않은 근위대나 레드문 공작의 호위들은 서툴지도 모르지."

그런 디온의 반응을 보고 루드비히는 온화한 목소리로 말했다.

"식사와 휴식……. 그 두 가지를 보장하는 사람이야말로 좋은 통치자의 지표라고 갈브 스승님께서 말씀하셨지. 말하자면 '밀과 경마'라고 해야 할까. 미아 황녀 전하께서 통치론을 쓴다면 표어 중 하나로 쓰일 것 같군."

사람은 그저 배를 채우는 것만으로는 건강해질 수 없다. 그저 수면 시간을 확보하는 것만으로도 부족하다.

어린아이는 잘 놀아야 한다. 어른도 마찬가지다. 사람에게는 오락이라는, 즐겁고 긴장을 풀어주는 시간도 필요하다.

다음에 동료들과 술을 마실 때 들려줘야겠다고 메모해놓는 루드비히였다. 그 후 그는 안경을 손가락으로 밀어 올리며…….

"뭐…… 물론 그것만은 아니겠지. 제국의 군부를 맡는 레드문 공작과 황제 폐하를 초대한다……. 그 의미는…….."

"기병 강화…… 인가. 사실 국내 수송부대를 호위하는 것만으로도 꽤 고생이지만…… 여기에 국외까지 시야에 넣는다면 일손이 부족해."

"미아 님께는 기마 왕국에도 인맥이 있어. 언젠가 그곳의 힘을 빌리게 될 거라고는 생각했다만……. 어쩌면 이번 일은 그걸 위한 밑준비…… 인 건지도 모르겠군."

"뭐, 어쨌거나 나는 황녀님 옆에서 떨어지지 않도록 해야겠다. 그 늑대술사를 따돌렸다는 적도 마음에 걸리니까."

이리하여 충신들의 계획과 기대까지 짊어진 승마 대회 준비가 진행되었다.

제23화 살짝 번외편, 그 무렵 황녀전속 근위대에서는……

"후우, 이런……."

그날 저녁 무렵. 원정에 나갔던 부대가 황녀전속 근위대 대기소로 돌아왔다.

황녀전속 근위대는 현재 10명을 한 개의 부대로 묶어서 활동하고 있었다.

식량 수송 때는 수송량에 맞춰서 1개, 혹은 2개 부대를 편성해서 호위하고 있다.

현재 국내 치안은 그리 악화하지 않았다. 따라서 정예인 그들이 10명이나 모여있으면 문제는 일어나지 않았다.

정예……. 그랬다. 황녀전속 근위대는 이미 정예병이라고 불러도 지장이 없을 만큼 훈련을 쌓았다. 대신 구 디온 부대 사람들은 근위대 출신에게 예절을 배워 황녀의 군대로서 절도를 갖추게 되었다.

처음에는 서로 적잖은 반발이 있었지만 바노스의 중재, 그리고 무엇보다 미아 황녀의 방패라는 자부심이 그들의 결속을 단단히 만들었다.

여기에 더해진 게 레드문 공작가에서 파견된 여성 병사들이었다. 근력은 부족한 그녀들이지만 검술은 다들 뛰어났고 그 이상으로 궁술 솜씨가 아주 훌륭했다. 레드문 가에서는 궁술의 명수인 룰루 족을 지도자로 초빙해 가르친다고 했다.

이리하여 황녀전속 근위대는 뛰어난 궁병도 갖춘 밸런스 좋은 부대가 되었다.

설령 10명이라고 해도 결코 어지간한 도적이 어떻게 할 수 있는 전력은 아니었다.

그래서인지는 알 수 없으나 수송대가 공격받는 일은 지금까지 한 번도 없었고, 이번에도 낙오자 한 명 없이 귀환했다.

그런 부대의 일원인 젊은 병사 에른스트는 마구간에 말을 돌려놓고 한숨을 쉬었다.

제도에 돌아올 때까지가 원정. 제국의 예지, 미아 황녀의 병사라는 자각을 갖고 행동하라.

선배 병사에게 들은 말을 성실하게 마음속으로 곱씹으며 이번 원정을 돌아보았다.

"음……. 이번에도 괜찮았네."

호위만이 아니라 상대방 귀족이 거느린 사병과의 만남. 도중에 들른 마을에서 한 행동 등을 하나하나 떠올리면서 만족스럽게 고개를 끄덕였다.

그때…….

"수고하셨습니다. 무언가 문제는 없었고?"

말을 거는 사람이 있었다. 낭랑한 목소리가 들린 쪽으로 시선을 돌리자 그곳에는 묘령의 여성이 서 있었다.

"아, 세리스 경."

그녀는 레드문 가에서 파견된 사병들의 리더 같은 존재였다.

이 황녀전속 근위대에 편입한 시기가 비슷했기에 비교적 자주 대화하는 사이였다.

에른스트는 세리스의 고지식한 태도와 직무에 임하는 성실한 자세에 경의와 호감을 느꼈다. 목숨을 건 전장에서 일하는 직업이다. 등을 맡길 수 있는, 신뢰할 수 있는 상대는 그것만으로도 호감의 대상이 된다.

그는 희미한 미소를 지으며 자세를 바로잡았다.

"딱히 문제는 없었어. 경계가 지나친 게 아니냐는 말을 하는 사람도 있을 정도지."

그 대답을 듣고 세리스가 살짝 얼굴을 찌푸렸다.

"당신도 같은 의견이야?"

에른스트는 조용히 고개를 저었다.

"아니. 식량이 부족하면 치안은 쉽게 악화해. 식량 수송대를 덮치려는 사람들도 나타날지도 몰라."

그리고 수송대가 공격받으면 식량 공급이 정체되어 새로운 기근이 일어나고 치안은 한층 나빠진다.

마이너스 연쇄의 시작이다.

에른스트가 직접 느끼는 현재 상황은 절대 낙관시할 수 있는 게 아니었다.

큰 바위가 산 위에서 굴러떨어지기 시작하면 그게 떨어지는 걸 막는 건 지극히 어렵다. 그렇기에 바위가 떨어지기 전에 미리 단단히 받쳐놓을 필요가 있다.

"지나치게 경계하는 게 오히려 노력이 덜 필요해지니까⋯⋯."

그의 말에 세리스는 고개를 크게 끄덕였다.

"나도 동감이야. 그리고 아마도 미아 황녀 전하도 그러신 거겠지."

그러고는 문득 진지한 얼굴로 팔짱을 꼈다.

"다만 이해할 수 없는 게 하나 있어. 사실 얼마 전에 여기에 오셨는데⋯⋯."

"여기라니⋯⋯ 미아 황녀 전하께서 이 대기소에?"

눈이 휘둥그레져서 놀라는 에른스트에게 세리스가 고개를 끄덕였다.

"이렇게 아쉬울 수가⋯⋯. 내가 여기에 소집된 이유를 여쭤보고 싶었는데⋯⋯. 그런데, 미아 황녀 전하는 무슨 용건이셨어?"

"시찰 겸 격려, 라고 해야 하나. 그분께선 평민에게도 무척 따뜻한 태도로 대하는 분이시니까."

방문했을 때를 떠올리듯 부드러운 미소를 짓는 세리스였다.

"뭐, 그건 좋은 일이지만⋯⋯ 그 후에 그분의 오른팔인 루드비히 님이 오셨거든. 미아 황녀 전하의 명령으로 승마 대회를 연다고⋯⋯. 그 경비를 상담하셨지."

"스, 승마 대회⋯⋯? 그건 무슨⋯⋯. 그러게⋯⋯. 이런 시기에 승마 대회를 열려고 하시다니, 이유를 모르겠네."

하필이면 이런 비상시에 승마 대회라니, 너무 태평한 게 아닌가⋯⋯. 에른스트는 고개를 갸웃거렸다.

"대체 무슨 생각을 하시는 거지⋯⋯?"

둘이서 고개를 갸우뚱거리고 있을 때…….

"모르겠어?"

대화를 듣고 있었던 건지 마구간에서 말을 돌보고 있던 남자가 말을 걸었다.

황녀전속 근위대의 말을 돌보는 관리 책임자 고르카였다. 참고로 미아가 기마 왕국에 갔을 때도 동행했던 남자다.

평소에는 말수가 없고 붙임성 없는 표정을 짓고 있는 일이 많은 고르카지만, 지금은 희미한 미소를 짓고 있었다.

"조금 전 세리스 경의 말대로지. 미아 황녀 전하는 우리를 격려해주려고 하시는 거다. 그분은 그런 분이니까."

"격려? 하지만 만약 승마 대회가 열린다면 우리도 경비에 동원되지 않나?"

그래서는 노동량이 늘어날 뿐인 게 아니냐고 갸우뚱 의문을 표하는 에른스트에게 고르카는 작게 고개를 저었다.

"몸을 쉬는 것만이 휴식이 아니라는 거지. 육체적 피로에 비해 정신적 피로는 쉽게 회복되지 않으니까."

황녀전속 근위대에 파견된 문관은 아주 우수한 인물이었다.

병사의 피로가 쌓이면 업무상 실수도 증가한다는 걸 숙지하고 있었다.

그렇기에 제대로 휴식을 취할 수 있도록 무리하지 않는 근무 일정을 짰지만…….

제국의 여전히 위기 상황에 놓여있다는 사실은 변하지 않는다. 그걸 뼈저리게 경험하는 대원들에게는 마음을 쉬어줄 여유가 없었다.

"미아 황녀 전하께선 승마 대회라는 오락을 제공해서 우리의 정신적 피로를 풀어주려고 하시는 거겠지. 특히 에른스트, 너처럼 항상 어깨에 힘이 들어가 있는 고지식한 녀석 말이다."

고르카는 에른스트의 어깨를 툭 두드렸다.

"너는 기마 왕국엔 동행하지 않았으니 모를 테지만…… 황녀 전하의 말 판결, 그건 아주 대단한 승부였어. 말을 사랑하는 사람 중에 그 광경을 보고 흥분하지 않은 사람은 없었을 거다."

그렇게 고르카는 그립다는 듯 눈을 가늘게 휘었다.

"이번 승마 대회에는 아마 미아 황녀 전하께서도 출전하시겠지. 또 그 승마술을 볼 수 있다니 기대돼서 견딜 수 없구나."

……모르는 사이에 미아를 향한 기대치가 올라가고 있었지만…….

뭐, 항상 있는 일이었다.

제24화 미아 황녀, 엔터테이너 정신을
자각할락 말락!

　그날 미아는 평화로운 아침 식사 시간을 맞았다.

　주방장의 요리를 즐기며 패티를 비롯한 세 아이 with 벨에게 편식은 안 된다고 주절거렸다. 거만하게 잔소리해놓고 살짝 흡족해하는 등…… 참으로 충실한 아침 시간을 보냈으나…….

　방으로 돌아온 미아를 루드비히와 황녀전속 근위대의 말 관리 책임자 고르카가 찾아왔다.

　"어머? 루드비히와 고르카 씨, 대체 무슨 일이죠?"

　루드비히라면 모를까 고르카는 무슨 용건일까. 의아해하며 홍차 향을 즐기고 있었더니…….

　공손하게 머리를 조아린 고르카가 이런 질문을 던졌다.

　"미아 황녀 전하께선 어떤 말을 타실 겁니까?"

　"네? 저…… 말인가요?"

　눈을 깜빡. 순간 상황을 이해하지 못하고 당황했다.

　왜 자신이 승마 대회에 나간다는 것처럼 말하는 걸까?

　애초에 미아의 목적은 힐데브란트에게 기마 왕국의 기술을 보여주는 것. 그래서 힐데브란트와 후이마가 대결하면 그만이었다. 미아가 출전하겠다는 말은 한마디도 하지 않았다. 그런데 왜…….

　잠시 검토한 뒤 미아는 바로 깨달았다.

　"아…… 그렇군요. 확실히 제가 나가지 않을 수는 없겠어요."

이유는 아주 간단했다. 황제 마티아스가 관람하기 때문이다.

아버지의 성격상 분명 승마 대회를 열면 미아의 승마를 보고 싶어 할 게 틀림없다. 솔직히 미아는 굳이 아버지가 보러 오지 않아도 상관없었지만……. 이 제도에서 그런 대회를 연다면, 그리고 거기에 미아가 관여했다는 게 알려진다면…… 분명 보고 싶다고 할 게 뻔하다. 레드문 공작을 불러야만 하니 더욱 그랬다. 왜 레드문 공작만 관람할 수 있는 거냐 치사하다 하면서 떼를 쓰지 않을까.

그렇다면 미아도 출전할 수밖에 없다.

──게다가 잘 생각해 보면 힐데브란트와 후이마 양이 대결만으로는 재미가 없을 거예요…….

모처럼 레드문 공작도 부르는 대회다. 기왕이면 레드문 공작도 재밌었길 바라는 미아였다.

레드문 공작은 이번 일로 미아를 지지한다고 표명하려고 했다. 말하자면 아군이자 지지자이자 은인이다. 그런 만사나의 마음을 무시하려고 계획하고 있으니…… 어쩐지 죄책감이 느껴졌다.

그렇기에 모처럼 온다면 제대로 즐길 수 있는 걸 보여주고 싶은 미아였다.

"그렇군요. 그럼…… 저만이 아니라 레드문 가의 사병과 황녀 전속 근위대에서도 참가자를 모집하는 건 어떨까요? 아무리 그래도 공개모집은 경비라는 관점에서 불가능할 테지만, 좋은 병사를 갖춘 레드문 가라면 좋은 기수도 분명 있을 테죠."

팔짱을 끼고 말한 뒤 미아는 짝 손뼉을 쳤다.

"아, 그래요! 기왕이면 동서 진영으로 나눠서 대결하는 건 어떨까요?"

"대결이라고요?"

"네. 그래요."

그렇게 말하며 미아는 떠올렸다.

얼마 전에 들통나는 바람에 무너지고 만 자신의 계략. 디저트 승부를⋯⋯.

올해 페르쟝과 제국의 친선 파티는 양국의 과자를 순서대로 제공해서 먹고 비교하는 게 어떨지⋯⋯ 생각하던 미아였으나⋯⋯. 미아를 찾아온 타티아나가 그 메모를 보는 바람에 좌절되고 말았다.

"미아 님⋯⋯. 아무리 그래도 이렇게 드시면⋯⋯ 몸에 안 좋습니다⋯⋯."

그렇게 반쯤 진지한 어조로 경고를 들었다. 참으로 하찮은 에피소드였다!

뭐, 그건 그렇고⋯⋯. 그 계획을 짤 때 미아는 이렇게 생각했다.

"메뉴를 하나씩 제공하면서 겨루기⋯⋯. 이거 제법 분위기를 띄울 수 있겠는데요."

이런 옛 계획을 재활용하기로 한 미아는 아이디어를 이어 나갔다.

"응원하는 진영을 정하면 분위기도 살 테고⋯⋯. 대결 종목도 다양하게 짜면 재미있을 거예요. 그냥 속도를 겨루는 것만이 아니라⋯⋯ 더 승마술을 보여줄 수 있는 것도 넣어서⋯⋯."

그렇게 힐데브란트가 승마에 쏟는 정열을 한층 더 불타오르게 만드는 게 중요하다.

"저는 뭐, 마지막에 잠깐 나갈 수 있으면 충분합니다. 경주할 필요도 없지 않을까요?"

가능하면 말을 타고 등장만 하는 것으로 끝내고 싶은 미아였다. 경주는 힘드니까……. 게다가 미아가 지면 아버지가 가만히 있지 않을 것이다. 대결 상대를 지키기 위해 미아는 아버지를 달래고자 몸부림쳐야 한다.

그건 아주 피곤할 것 같다.

상대방이 눈치껏 일부러 져줄지도 모르지만, 그건 그거대로 미묘한 기분이 들 것 같고…….

"그렇군요. 속도전 말고 다른 종목도……. 그럼, 네. 평소 승마 훈련에서 사용하는 것 중에 활용할 수 있는 게 없는지 검토해보겠습니다."

루드비히는 조용히 고개를 끄덕였다.

한편 고르카는,

"그럼 미아 님께서는 또 동풍을 타신다고 받아들여도 되겠습니까?"

"네, 고마워요. 부탁할게요."

고개를 끄덕인 미아의 뇌리에 문득 승마복이 스쳐 지나갔다.

옷, 정확하게는 신발이…….

예의 그것을 밟아버린 신발은 세탁해서 깨끗하게 해놓았다. 그러니 문제는 전혀 없지만…….

――아벨이 선물해준다고 했으니까, 가능하면 새 신발을 신고 나가고 싶은데요……. 하지만 제가 재촉하는 것도 체면이 안 설 것 같고…… 으음…….

그런 식으로 고민하는 미아를…… 말없이 지켜보는 사람이 있었다.

은밀히, 살그머니…… 미아를 위해 움직인 사람. 알아서 척척 척 잘 움직이는 미아의 오른팔이자 전속 메이드였다…….

제25화 연애 황녀 미아, 열변을 토하다!

루드비히와 고르카가 방에서 나가자 미아는 작게 한숨을 쉬었다.

"아…… 뭔가 일이 귀찮아진 것 같지만요……. 뭐, 말을 타고 나가기만 하면 되니까 그 정도까진 아니려나요…… 어머? 그러고 보면 안느의 모습이 보이지 않네요. 어디에 간 거죠?"

어쩌면 과자를 추가로 가져오려고 나간 건지도 모른다고 안이한 기대를 품는 미아였다.

직후 똑똑 울리는 노크 소리. 그렇게 들어온 사람은,

"아아, 미아 황녀 전하. 여기 계셨습니까."

안색이 엉망인 루비였다.

"어머, 루비 공녀. 무슨 일이시죠?"

"아뇨, 실은 조금 전 힐데브란트 경이 와서 아버지와 대화하고 가셨는데……."

우다다 이야기하는 루비를 보며 미아는 무심코 쓴웃음을 지었다.

"아아, 역시 빠르군요. 힐데브란트. 벌써 움직이다니."

"저기, 이건…… 뭐가 어떻게 된 겁니까?"

난처해하는 루비를 향해 미아는 온화하게 웃었다.

"걱정하지 않아도 됩니다. 네. 전부 계획대로니까요."

자신만만하게 고개를 끄덕인 뒤 잠시 생각에 잠겼다.

──흠…… 뭐, 확실히 전부 계획대로 흘러가고 있으니 이번 일은 어떻게든 할 거지만…… 매번 저한테 해결해달라고 하는 것도 조금 난감하죠.

문득 그런 생각도 들었다.

그건 루비의 성장을 기대…… 한 건 아니다.

물론 미아가 놀고 싶으니까, 빈둥거리고 싶으니까── 같은 이유도 사실은 아니다.

그럼 미아가 무슨 생각을 했는가?

──역시 이쪽에서 길을 다 정해놓는 건 재미있지 않아요. 등장인물은 독자나 작가가 생각하지 못한 방향으로 가야 제맛이죠…….

그랬다. 미아는…… 연애 소설의 성실한 독자였다!

미아는 제국에서도 손에 꼽히는 대귀족 가문의 영애와 평민의 나이 차 러브 스토리를 진심으로 기대하고 있었다.

──루비 공녀가 하고 싶은 걸 도와주는 건 흔쾌히 나설 수 있지만, 제 생각대로 움직이는 건 역시 아니에요. 이번 일은 루비 공녀가 자발적으로 움직이기 위한 좋은 계기가 될지도 모르겠네요.

음음 고개를 주억거린 후 미아는 살짝 진지한 표정을 지었다.

"다만, 그래요……. 제가 하려는 일은 어디까지나 시간 벌이에 불과하다는 건 잊지 말아 주세요."

"그 말씀은……?"

심각한 얼굴인 루비에게 미아는 최대한 부드러운 어조로 말했다.

"잘 알고 계실 테지만, 당신은 레드문 공작가의 영애죠. 이대로 영원히 혼담에서 도망칠 수는 없잖아요?"

그 말에 무심코 흠칫 놀란 표정을 짓는 루비였다.

"더불어 이번 혼담은 당신에게 아주 좋은 이야기예요. 앞으로 이보다 더 좋은 상대는 없다고 봐도 될 정도죠. 그만큼 힐데브란트와의 혼담은 조건이 좋습니다."

인평에 살짝 과장을 섞으며 루비는 조용히 루비의 눈을 바라보았다.

"그걸 깨트리는 거니까, 당신이 소중히 품고 있는 그 마음을 제대로 성취하지 않으면 의미가 없어요."

주먹을 불끈 쥐고 열변을 토했다.

미아의 연애 회로는 현재 극도로 활성화된 상태이며…… 그 말에는 열정이 있었다.

그런 뜨거운 연설 도중 미아는 문득 정신을 차렸다.

──어라? 이거 말이 좀 과했나요……?

라고…….

흥에 겨워서, 아주 신이 나서…… 온 힘을 다해 루비의 등을 떠밀어버린 미아였지만……. 그렇다고 이제 와서 후회해봤자 어쩔 수 없다. 이런 건 자신만만하게 단언하는 게 중요하다. 따라서 미아는 일부러 브레이크를 걸지 않고 돌진했다.

루비의 눈을 응시하며…….

"당신은 각오를 굳힐 필요가 있어요."

"각오……."

얼떨떨한 얼굴이던 루비였으나, 바로 표정을 가다듬었다.

"그건…… 그때 같은 각오입니까? 그 승마 대결 때 같은……."

꿀꺽 침을 삼키는 루비. 반대로 미아는 뺨에 손을 대고 고개를 기울이고는…….

"승마 대결…… 아…… 네. 뭐…… 그렇죠. 그런 느낌이에요……."

일단 고개를 끄덕이면서…….

──그때 루비 공녀는 자신의 소중한 것. 검을 걸고 싸웠죠……?

레드문 공작가에서 태어나고 자란 루비에게 검은 자신의 목숨과도 동등한 소중한 것이었을 터. 그걸 걸었을 때와 같은 각오로 임한다는 말이었다.

미아는 조용히 시선을 내리고는 손바닥을 물끄러미 바라보았다.

──역시 너무 세게 밀어버린 걸까요…….

"미아 님……?"

"……음, 뭐, 어쨌거나 힐데브란트 일은 제게 맡겨도 괜찮습니다. 대신 당신은 제대로 자신의 사랑이 이뤄지도록 발을 내디뎌야만 해요."

그 후 미아는 표정을 누그러트리고는…….

"그…… 작은 한 걸음이어도 괜찮습니다. 무리해서 뛰기 시작할 필요는 없으니까요."

그렇게 살짝 조정에 들어갔다.

기합을 너무 넣지 않아도 괜찮다는 의도로 한 말이었으나…….

루비는 개운하면서도 늠름한 얼굴로 미아를 바라보았다.

"감사합니다. 미아 님. 덕분에 조금 후련해졌습니다."

아무래도 무언가를 털어버린 모양이었다!

약간 불안을 느끼면서…… 미아는 이 이상 끌지 않고 실무적인 부분을 이야기하기로 했다.

"그래서, 나중에 루드비히쪽에서 상의할 테지만 힐데브란트와 후이마 양의 승부만이 아니라 황녀전속 근위대와 레드문 공작가의 사병단에서 기수를 몇 명 출전시키려고 합니다. 자세한 건 여기에……."

그렇게 말하며 꺼낸 한 장의 서류……. 조금 전 루드비히가 만들어 보낸 승마 대회 계획서였다!

그걸 마치 자기가 만들었다는 양 건네는 미아였다.

"그렇군요. 이러면 오히려 입후보할 사람을 모집하는 게 사기가 올라갈지도 모릅니다. 그리고 승마만이 아니라 검술과 궁술, 격투술을 도입한 복합 경기도 좋을 것 같군요. 전장에서 필요한 건 승마술만이 아니니까요……."

루비의 생각에 좋다고 고개를 끄덕이기를 몇 번……. 이윽고 상의가 일단락되어 루비가 방에서 나간 타이밍에 이번에는 안느가 돌아왔다.

"어머나? 안느, 지금까지 어디에…… 어머?"

미아는 안느 뒤에 서 있는 사람을 보고 고개를 갸우뚱 기울였다.

"안녕, 미아."

안느 바로 뒤에는 상큼한 미소를 지은 아벨이 서 있었다.

제26화 후이마, 눈치를 살피다

"안녕하세요, 아벨. 아침은 이미 드셨나요?"

"그래. 조금 전에. 벨 양이 같이 먹자고……."

거기까지 말한 아벨이 쓴웃음을 지었다.

"아니, 손녀를 이렇게 부르는 건 이상한가. 호칭이 좀 까다롭네. 뭐, 그건 괜찮지만, 그보다 미아. 힐데브란트 경과 후이마 양의 승마 대결에 너도 나간다고 들었는데 사실이야?"

"네, 맞아요. 힐데브란트와 후이마 양의 속도 경주만 할 생각이었는데 어쩌다 보니 규모가 커져서……. 저도 마지막에 잠깐 나설 예정이에요."

"그렇구나. 그런 거라면 약속했던 승마용 신발을 빨리 선물해야겠네."

아벨은 쾌활하게 웃으며 말했다. 그 말을 듣고 미아는 무심코 자신의 충신 안느에게 시선을 주었다.

──어라, 혹시 안느…… 이걸 내다보고 아벨에게 가르쳐준 거군요?

눈빛으로 물어보자…… 안느는 모르는 척하며 시선을 돌렸다.

마치 저는 아무것도 모른다고 주장하는 듯한 얼굴로…….

──후후후, 다른 메이드가 이런 표정을 지을 때는 무언가 좋지 않은 일을 꾸밀 때였지만……. 안느는 좋은 꿍꿍이를 숨기려고 할 때란 말이죠.

입 모양으로 '고마워요'라고 전한 뒤 미아는 다시금 아벨에게 눈을 돌렸다.

"렘노 왕국의 장인에게 부탁할 생각이었는데, 어떻게 해야 할까……."

아벨은 고민하는 표정을 지었다.

"제국의 실력 좋은 장인이 있다면 소개해줄 수 있을까……?"

"으음……. 글쎄요……."

미아는 작게 고개를 기울였다.

기본적으로 미아는 제국의 황녀. ……아니, 뭐 응용편으로 넘어가도 제국의 황녀라는 건 틀리지 않지만, 가끔 확인해주지 않으면 잊어버리게 되는 사실이므로 일부러 강조해두고 싶다.

미아는! 제국의! 황녀다!

그러므로 아무튼 높으신 신분이다.

따라서 드레스나 신발을 일일이 사러 거리로 나가는 일은 기본적으로 없다. 성으로 장인이나 상인을 불러 오더메이드로 만들게 하기 때문이다.

하지만…….

──성으로 부른 장인에게 만들게 해서 그 돈을 아벨이 내는 형식으로 선물을 받는 건 좀 재미없단 말이죠.

세인트 노엘에서 안느와 함께 가게를 돌아본 경험, 더불어 코티야르 영지에서 마음에 드는 옷감을 찾아 쇼핑하던 기억이 미아의 뇌리를 스쳤다.

가게의 상품을 둘러보며 다니는 건 아주 즐겁다.

특히 살짝 의식하는 남성과 함께 돈다면 더욱 그렇다. 동경하는 시추에이션이다!

황녀라는 신분을 숨기고 멋진 남성과 거리를 함께 걷는다. 광장에서 데이트하고 카페에서 차를 마시고 거짓말을 하면 물어뜯긴다는 소문이 있는 진실의 성녀상 앞에서 까르륵거리는 건 미아가 동경하는 시추에이션이다!!

그런고로⋯⋯ 미아는 아벨에게 조르기로 했다.

"모처럼이니 데이트 겸 거리를 조금 걷고 싶어요. 안느, 미안하지만 누군가 근위대 사람에게 부탁해줄 수 있을까요?"

방긋거리는 얼굴로 즉시 결정. 그렇게 정해졌으니 호위 수배를 부탁하기 위해 바로 행동.

"알겠습니다, 미아 님!"

한편 안느의 행동도 지극히 신속했다. 데이트라는 단어에 바로 의욕이 솟구친 안느였다. 질풍처럼 방에서 나간 안느를 배웅한 뒤⋯⋯ 잠시 기다리자.

방에 온 사람은,

"미아 황녀. 들었다. 지금부터 성 밖으로 나간다던데."

훠 후이마였다.

"어머나? 후이마 양, 어째서⋯⋯."

의아해서 고개를 갸웃거리는 미아에게 후이마는 득의양양한 얼굴로 말했다.

"조금 전 안느가 이야기하는 걸 엿들었다."

당당하게 가슴을 펴고 훔쳐들은 걸 고백하는 후이마. 그런 그녀는 기마 왕국의 의복을 입고 다부진 표정을 짓고 있었다.

"거리에는 그 쉰랑이나 오라버니의 원수가 숨어있을지도 모른다. 그러니 나도 꼭 호위로서 함께……."

그렇게 기합이 잔뜩 들어간 후이마였으나…….

"들었습니다, 미아 황녀 전하. 외출하신다면서요."

불쑥 들린 목소리에 움찔 튀어 올랐다.

"어라, 아벨 왕자님도 계시는군요. 오랜만입니다. 게다가 불꽃 일족의 후이마 양이었던가?"

방긋거리며 나타난 남자, 그는 제국 최강의 기사 디온 알라이아였다.

"어라, 디온 씨. 무슨 일이시죠?"

미아의 질문에 디온은 어깨를 으쓱했다.

"아뇨. 황녀전속 근위대 녀석들이 바빠 보이더라고요. 그런 거라면 이번 호위는 제가 담당할까 하고……."

"어머나, 그랬군요……. 후후후, 확실히 당신이 호위로 와 준다면 무서울 게 없죠."

웃으면서 대답하는 미아였다.

한때는 미아에게 공포의 대상이었던 디온이었으나 거듭되는 경험이 미아의 견해를 조금 바꿔주었다. 즉.

──잘 생각해 보면 아무리 디온 씨라고 해도 아무런 전조도 없이 갑자기 목을 치려고 하진 않겠죠. 갑자기 칼날이 떨어지지 않는 단두대와 마찬가지예요. 중요한 건 그 징조를 놓치지 않는 것. 우선 디온 씨가 '누구라도 좋으니까 피를 보고 싶은 기분' 같은 얼

굴이 되는 걸 놓치지 않는 게 핵심이죠.

　미아는 디온의 얼굴을 빤히 보고는…….

　──음, 왠지 기분이 좋아 보이니까 지금은 괜찮은 것 같네요.

　그렇게 판단했다. 참고로 그 판단에는 아무런 근거가 없다.

　한편 후이마는…… 갑자기 출몰한 디온 알라이아를 앞에 두고 표정을 일절 바꾸지 않은 채 스스슥 후퇴.

　"……아, 그래. 잘 생각해 보면 나는 승마 대회를 준비해야 했지. 음, 호위는 디온 알라이아가 있다면 문제없을 거다. 아무렴."

　디온 알라이아의 눈치를 살피면서 부리나케 퇴장하는 후이마였다.

제27화 미아 황녀는 '평범함'을 사랑한다

미아와 아벨은 바로 마차를 타고 거리로 나왔다. 동승자는 안느와 디온 뿐이었다.

별생각 없이 바깥 풍경을 보고 있던 미아에게 안느가 말을 걸었다.

"왜 그러시나요? 미아 님."

"네? 뭐가요?"

"아뇨, 그…… 어쩐지 기쁘다는 듯이 밖을 바라보고 계셔서……."

"기쁘다고요……?"

작게 갸웃거리는 미아였으나,

"음, 그럴지도 모르겠네요."

길을 오가는 사람들을 바라보며 온화한 얼굴로 고개를 끄덕였다.

중간에 들른 여관에서 눈에 띄지 않는 옷으로 갈아입은 뒤 대망의 거리 산책.

"후후후, 제도는 항상 변함이 없군요. 떠들썩하고 활기가 넘쳐요."

그건 마차를 타고 있을 때도 생각하던 거지만…… 이렇게 거리를 걸으며 직접 그곳에 부는 부드러운 바람을 맞자 새삼스럽게 느꼈다.

거리에는 그때그때 다양한 바람이 분다.

축제의 열기가 실린 바람, 인기척이 적은 겨울의 차갑고 맑은 바람, 혁명기의 피부를 찌르는 듯한 따끔따끔한 바람…….

지금 제도에 부는 바람은 어딘가 분주하면서도 명랑함을 잃지 않은 바람이었다.

미아가 친숙한 제도의 냄새였다.

그 사실이 지금의 미아에게는 조금 기뻤다.

"어라? 혹시 불만입니까? 변함이 없달까, 항상 똑같은 게 심심해서 마음에 안 든다거나?"

놀리는 듯한…… 혹은 시험하는 듯한 말투로 디온이 물었다.

그 얼굴을 빤히 본 뒤 미아가 대답하려고 한 그때였다.

불현듯 미아의 시야 구석에 작은 어린아이의 손을 잡아당기는 여성의 모습이 보였다.

찰나, 미아의 뇌리에 되살아나는 광경이 있었다.

콰직. 머리에 무언가가 부딪치는 소리.

머리카락에 끈적하게 달라붙는 썩은 냄새.

놀라서 멈춰선 미아의 귀를 찌르는 비난의 목소리.

"너희들 때문에 내 아이가 죽었어. 그건 아이에게 먹이려고 했던 달걀이야!"

핏발 선 눈으로 노려보는 여성의 얼굴.

그리고…….

이전 시간축에서는 그 사건 이후 미아가 제도를 걸어 다니는 일이 없어졌다.

살벌한 거리를 걷는 건 호위와 함께 있다고 해도 위험해졌기 때문이다.

그때의 숨 막히는 분위기에 비해 친숙한 제도의 분위기는 얼마나 포근하고 아늑한지…….

──그 어머니는 자식을 잃지 않을 수 있었을까요? 그랬다면 다행이지만…….

문득 떠올린 사람의 무사를 조용히 기도하며 미아는 디온에게 대답했다.

"아뇨. 디온 씨. 이 변함없는 '평범함'이 얼마나 큰 노력으로 유지되고 있는지 저는 잘 알고 있답니다."

미아가 아는 한 현재 어딘가에서 전염병이 돈다는 소식은 듣지 못했다. 식량이 부족하다는 소식은 들리긴 하지만 그때마다 비축해둔 식량을 공급해서 해소하고 있다.

기근은 일어나지 않았고, 그에 따른 내란도 일어났다는 보고가 없다.

그건 전부 식량 수송에 협력해주는 사람들과 황녀전속 근위대의 분투 덕분임을 미아는 잘 알고 있었다.

──식량 부족이 일어나도 바로 도움이 온다는 걸 사람들이 믿는 것. 그게 중요하다고 했죠.

그 망할 안경…… 루드비히가 한탄하던 말을 떠올렸다.

"미아 황녀 전하의 일은 실추된 황실의 신뢰를 되찾는 겁니다."

그는 항상 미아에게 그렇게 가르쳤다.

"뭐, 실제로 미아 황녀 전하가 할 수 있는 일은 그 정도니까요……."

무심코 울컥하게 되는 괜한 한마디와 함께.

끄으윽 신음하면서도 미아는 반론을 시도했다.

"하, 하지만 신뢰를 되찾는다고 해서 없는 식량이 솟아나는 것도 아닌데요……. 정말 의미가 있는 건가요?"

"으음. 적어도 상황이 악화하는 속도를 늦출 수는 있을 겁니다……."

루드비히는 어깨를 으쓱하고 말을 이었다.

"만약 '기다리면 도와준다'고 믿는다면 백성들은 참을 겁니다. 하지만 아무리 기다려도 도움은 오지 않는다고 절망하면…… 자기들이 노력해서 상황을 타개하려고 하겠죠."

"자신의 노력?"

"네. 귀족이나 상인을 습격해 식량을 빼앗는 겁니다. 그렇게 일어난 전쟁의 불씨는 때로는 밭을 태우고, 수송을 혼란시키고, 더욱 큰 피해를 낳고……. 그게 한층 더 심한 식량 부족으로 이어지면서……."

"상황이 더 악화되는 거군요. 마이너스 연쇄네요……."

"어떻게든 그 연쇄를 회피하기 위해 황실의 신뢰를 회복하고 조금씩이라도 식량 공급을 복구할 필요가 있습니다."

쓰디쓴 얼굴로 말한 루드비히였지만…… 그 노력은 이뤄지지 않았다.

한번 무너진 '평범함'을 회복시키는 건 그 망할 안경이라고 해도 쉬운 일이 아니었기 때문이다.

그런 쓰라린 기억에서 미아는 진심 어린 말을 이어갔다.

"……저는 이 '평범함'을 자랑스럽게 여깁니다. 저기 있는 어머니가 사랑하는 아이와 당연하게 웃을 수 있는 평범함이 무엇보다 더 귀중하다고 느껴요."

저렇게 자식과 함께 웃는 한, 저 어머니가 갑자기 썩은 달걀을 던지는 일은 아마도 없다. 그건 갑자기 단두대의 칼날이 떨어지지 않는 것과 마찬가지로, 혹은 갑자기 디온이 칼을 휘두르지 않는 것과 마찬가지다.

이 '평범함'을 유지하는 것이야말로 단두대의 길을 열지 않는 요령이라고 절절히 실감하는 미아였다.

"평범함이 귀중하다……."

아벨은 조용히 주변을 둘러보았다.

"그래. 그게 미아가 그리는 이상이구나……."

절절히 중얼거리는 아벨을 미아는 의아한 눈으로 쳐다보았다.

"아벨, 왜 그러시나요?"

"아니, 뭐라고 해야 하지. 미아답다는 생각이 들었던 것뿐이야. 역시 미아는 미아구나."

"어…… 그건 무슨 뜻이죠?"

어리둥절해서 갸우뚱거리는 미아. 게다가 마치 아벨의 말에 동의하듯 고개를 끄덕이는 디온과 안느의 모습을 보자 미아의 얼굴이 한층 더 의아한 표정을 지었다.

제28화 새 신발과 불길한 기척

미아 일행이 도착한 곳은 신월지구였다.

옛 빈민 지구, 지금은 제도에서 가장 떠들썩한 그곳에 거대한 건물이 세워져 있다. 통상적인 상점이 대여섯 개는 들어갈 법한 크기의 건물은 신월지구에서도 한층 눈에 띄었다.

"미아, 이 가게는……?"

놀라서 건물을 올려다보는 아벨에게 미아는 장난기 어린 미소를 지으며 대답했다.

"제 지인의 가게랍니다. 자, 안으로 들어갈까요."

미아는 주저 없이 성큼성큼 가게 안으로 발을 들여놓았다.

"오오, 미아 황녀 전하. 평안하셨습니까."

"오랜만이에요. 점장님."

마중 나온 남자를 향해 미아는 싱긋 웃었다. 이어서…….

"오너 샬로크 씨는 건강한가요?"

이렇게 말했다.

그랬다. 이 가게는 그 대상인 샬로크 콘로그의 제도 지점이었다.

사실 여성용 승마화는 제법 특수한 상품이었다. 기본적으로 제국에선 말을 타는 여성이 많지 않기 때문이다. 기마 왕국이라면 모를까 손님 수가 압도적으로 적어서 대부분 장인에게 직접 발주하는 오더메이드이므로.

기성품을 갖춰놓는 장사가 성립되지 않았다.

그래서 미아의 이번 쇼핑은 다소 무모한 시도였다.

그런데도 미아가 감행한 건 이 가게가 있었기 때문이다.

이 가게를 열 때 샬로크가 말했다.

"미아 님께서 즐겨 이용해주시도록 다양한 물품을 갖춰놓겠습니다. 손에 넣기 어려운 승마용 장비도 준비해둘 테니 오셨을 때는 꼭 말씀해주십시오. 그리고 주변 영애들에게도 부디 선전해주시면……."

라고…….

샬로크가 여기에 가게를 낸 이유는 당연히 미아와 좋은 관계를 유지하기 위해서겠지만……. 그것만이 아니라 미아의 절대적인 인기도 계산에 넣었을 것이다.

미아가 애용하는 가게라는 평판은 매상에 유리하게 작용한다.

미아의 명령을 따르기로 한 샬로크이지만 그건 그거. 결코, 상인으로서 이득을 완전히 버린 건 아니었다.

그리고 미아는 그 약삭빠른 처신을 믿음직스럽게 보았다.

──흐흥. 그래야 샬로크 콘로그 아니겠어요.

그렇게 점장과 잡담하며 미아는 아벨을 소개했다.

"오늘은 이 아벨 왕자님이 제게 승마화를 선물해주시기로 해서 왔답니다. 좋은 물건이 있다면 좋겠는데요……."

"네. 물론 갖춰놓고 있습니다. 바로 준비해오겠습니다."

그렇게 대답하고 재빠르게 가게 안으로 물러가는 점장을 보며 아벨은 감탄한 듯 고개를 끄덕였다.

"미아는 여전히 아군을 잘 만드는구나. 네 지혜를 쓰면 대륙의 모든 왕과 인맥을 쌓는 것도 가능하지 않을까?"

"후후후, 그건 아무리 그래도 과찬이에요. 샬로크 씨도, 저는 그냥 페르쟝에서 맛있는 식사를 즐기고 춤을 췄을 뿐인걸요."

그렇게 화사한 미소를 짓는 미아였다.

안으로 들어간 점장은 세 명의 점원과 함께 돌아왔다. 다들 산더미 같은 상자를 안고 있다. 그러고는 미아 일행 앞으로 와 상자에서 신발을 꺼내놓았다.

"어머나, 이렇게 많이……."

눈앞에 진열된 승마화에 미아는 감탄했다. 그 수는 못해도 50켤레 이상. 심지어 디자인이나 색상이 조금씩 달라서 같은 게 하나도 없었다.

"흐음, 대단한 양이군요. 게다가 이거 전부 제 발에 맞는 사이즈인가요?"

"네. 샬로크 님의 명령으로 미아 황녀 전하의 사이즈를 다양하게 갖춰놓았습니다. 미세 조정을 거쳐서 딱 맞춰드릴 수 있습니다."

"오오, 역시 상인왕이에요……. 흠……."

팔짱을 낀 미아에게 아벨이 쓴웃음을 지었다.

"모처럼이니 신어 보는 건 어때? 승마할 때 발목을 쓰니까 최대한 그 부분이 움직이기 편한 신발이 좋을 것 같은데."

"아, 그렇네요. 디자인만이 아니죠……. 그럼 안느, 괜찮을까요?"

"네. 알겠습니다."

연애 보정으로 평소보다 1.5배 가까이 신속해진 안느의 시중을 받아 미아는 하나씩 신발을 신어 보았다.

착용감을 확인하고 발목을 이리저리 움직여보았다.

"흠, 활동성은 문제없는 것 같네요. 아벨, 이건 어떤가요?"

"글쎄……. 으음……."

아벨은 팔짱을 끼며 미아의 모습을 바라본 뒤 한 걸음 뒤로 물러난 뒤 재차 바라보고는…….

"응, 네 아름다움을 아주 잘 살려주는 디자인 같아."

"어머나! 칭찬을 잘하시네요, 아벨."

미아는 순식간에 기분이 상승했다.

목소리가 룰루랄라 춤을 추기 시작한다.

"그럼 이건 어떠려나요."

신발을 바꿔 신고 타닷 멋지게 스텝을 밟는 미아.

"좋은데. 춤출 때도 신을 수 있지 않을까. 네 스텝이 아주 두드러져 보여."

"어머! 아벨은 말솜씨가 훌륭하다니까요! 그렇게 칭찬해도 아무것도 안 나오거든요?"

그렇게 대답하면서도 싱글벙글한 미아였다. 룰루랄라, 들썩들썩, 몸이 리듬을 타고 있다.

"그럼 이건 어떤가요?"

"하하하. 어쩐지 미아가 신으면 다 잘 어울려 보여서 판단하기 어려운데."

"어머머! 아벨도 참, 대단한 화술이에요!"

참으로 알콩달콩한 닭살 커플의 광경이 전개되고 있었다.

그리고…… 무시무시하게도 그걸 막는 사람은 없었다……!

점원도, 안느도 따스한 미소를 지으며 두 사람의 러브러브를 바라보았다!

"이런……. 이거…… 내가 있을 곳이 아닌 느낌이네……."

딱 한 명, 쓴웃음을 지은 디온은 살며시 가게 밖으로 향했다.

"어라? 디온 씨, 어디 가세요?"

안느의 질문에 어깨를 으쓱하고는,

"어…… 속이 좀 메슥거…… 아니지. 주변 상황을 확인할 겸 가게 밖을 둘러볼게. 무슨 일 있으면 불러줘."

디온은 가게 밖으로 나갔다.

즐겁기 그지없는 쇼핑 데이트를 마친 미아는 가게에서 나왔다.

그 뺨은 발그레하게 상기되어 있었다.

"우후후, 감사합니다. 아벨, 무척 좋은 신발을 골라주셨어요."

무사히 신발을 사서 흡족해하며 콧노래를 흥얼거리는 미아. 그런 미아를 보며 아벨도 부드러운 미소를 머금었다.

"잘됐네. 마음에 들었다니 다행이야."

그때였다. 문득 아벨이 미아를 바라보더니 순식간에 미아의 어깨를 끌어당겼다.

"허? 어, 으? 아벨? 무슨……?"

갑작스러운 행동에 입을 뻐끔거리며 패닉에 빠지는 미아였지만 그러거나 말거나 아벨은 옆에 있던 안느의 팔도 잡아당겼다.

"꺅……."

아벨치고는 거친 손길로 주종을 붙잡은 뒤 그는 디온에게 시선을 주었다.

"디온 경, 지금……."

주위로 날카로운 눈빛을 보내며 디온에게 물었다.

그 모습을 본 디온은 감탄한 듯 고개를 끄덕였다.

"네. 눈치채셨군요. 제법이시네요, 아벨 전하. 괜찮습니다. 화살 같은 건 날아오지 않을 테니까요."

디온이 산뜻한 얼굴로 말했다.

"확실히 조금 전까지 이쪽에 살기를 보내는 사람들이 있었지만요……. 영락없이 화살이라도 쏘려나 했는데…… 아무래도 아무것도 하지 않고 돌아간 모양입니다."

그 대답을 들은 아벨은 경악해서 눈을 부릅떴다.

"정말입니까? 디온 경. 적은 어떤 모습이었죠?"

"글쎄요……. 거기까지는 모르죠. 아마도 무리해서 이쪽을 공격하려는 의도도 없었던 게 아닐까요. 제대로 붙으면 절 이길 수 없다는 걸 알고 있거나, 혹은 무언가 다른 꿍꿍이가 있거나……."

디온은 흐흥 코웃음을 쳤다.

"뭐, 이미 기척도 사라졌으니까요. 이대로 제가 백월 궁전까지 에스코트하면 문제없을 겁니다."

그렇게 디온은 위협하듯 주변에 사나운 시선을 던졌다.

"만약 덤빈다면 오랜만에 검을 좀 휘두르겠군요. 하하하."

문득 디온의 얼굴을 본 미아는…… 무심코 등을 타고 오한이 올라오는 걸 느꼈다.

　　──아아, 후이마 양을 데려오지 않길 잘했어요. 저런 얼굴을
봤다간 밤에 잠을 못 잘 테니까요.

　　그렇게 친구를 걱정하는 미아였다.

제29화 딱히 자랑하고 싶은 건 아니지만?

방으로 돌아온 미아는 새로 산 승마화를 머리맡에 놓아보았다!

새 신발 특유의 가죽 냄새, 귀여운 디자인, 무엇보다 아벨이 준 선물이기에⋯⋯. 미아의 눈에 그 신발은 반짝거려 보였다.

침대 옆에 장식한 신발을 보고는 만족스러운 미소를 지었다.

"아아, 멋져요. 아주 좋아요. 훌륭해요."

침대 위에 벌러덩 드러눕고는 신발을 바라보며 생글생글.

콧노래까지 흥얼거리며 다리를 까딱거렸다.

"우후후, 아벨의 선물. 역시 아벨이에요. 센스가 참 좋아요."

진지한 얼굴로 선물을 고르는 아벨을 떠올리자 가슴이 따뜻해지는 미아였다.

저녁을 먹기 전에 히죽히죽 바라보고, 목욕하고 나온 뒤에도 히죽히죽 바라보고, 자기 전에도 히죽히죽, 계속 히죽거리면서 잠든 미아였다.

연신 기분 나쁘게 웃는 미아를 보고 패티가 움찔거렸지만, 뭐 그건 아무래도 상관없는 일이었다.

그렇게 다음 날, 신발을 장식해놓고 실컷 즐긴 미아는 이번엔 그 신발을 신어보았다.

끈을 꽉 조이자 신발은 미아의 발을 빈틈없이 감쌌다. 무두질한 가죽의 부드러운 감촉은 참으로 기분 좋았다.

"흠, 역시 착용감도 아주 좋아요."

시험 삼아 방 안을 걸어보고, 점프해보고, 스텝을 밟아보았다. 신발은 오랫동안 신어 길들인 것처럼 미아의 발에 착 붙었다.

"우후후, 좋은데요. 아아, 너무 멋져요. 아, 그래요!"

미아는 짝 손뼉을 쳤다.

"잘 생각해 보면 저는 다가오는 승마 대회를 대비해 연습해야 하잖아요."

미아는 새로 산 옷은 바로 입고 싶어 하고, 새로 산 우산은 바로 써 보고 싶어서 비가 내리길 바라는 타입의 인간이었다. 새 포크를 선물 받았을 때는 빨리 케이크를 먹고 싶…… 아니, 케이크는 포크가 새것이 아니어도 항상 먹고 싶은 미아였다.

아무튼, 미아는 모처럼 받은 승마화를 당장에라도 신고 말을 타고 싶었다.

미아는 지극히 단순한 성격이다. 따라서…….

"어딘가에서 말을 타고 싶은데요. 괜찮은 장소가……."

물론 제도 밖으로 바람을 쐬러 나가고 싶다는 말은 하지 않는다. 어제는 디온도 살기를 보내는 사람이 있었다고 했으니 멀리 나가는 건 피해야 할 것이다.

게다가 호위에게 부담을 주는 것도 바라지 않는다. 가볍게 갔다 가볍게 돌아오는 게 이상적이다.

그렇다면 장소는…….

"코티야르 가의 정원……. 거기가 제일 좋겠어요."

황녀인 미아가 부탁하면 거절할 리 없다. 게다가 힐데브란트는 골수 말 애호가다. 말을 좋아하는 동지에게 차가운 태도를 보이진 않을 것이다.

"그 외엔, 그래요…… 모처럼이니까 아이들도 부를까요……."

좋은 아이디어가 떠올랐다는 양 미아는 웃었다.

말하지 않아도 다 알고 있을 테지만 굳이 지적한다면, 딱히 자랑하고 싶은 건 아니다. 절대 아니다.

다만 아이들이 지루하진 않은지 걱정되었을 뿐이다.

그냥 성에 있기만 하면 지루할 텐데, 그렇다면 말을 탄 자신의 모습을…… 구체적으로는 새 신발을 보여줘서 좋겠다. 부럽다고 느끼게 하는 건 어떨지 생각했을 뿐.

절대 자랑하고 싶다거나 과시하려는 건 아니다.

순수한 배려다. 자랑할 생각은 조금도 없다. 없다면 없다!

그런 고로 미아는 바로 패티와 야나 남매가 있는 곳으로 향했는데…….

패티와 야나와 키릴은 백월 궁전의 대도서관에 있었다.

게다가 거기에는 벨과 슈트리나에 추가로 에리스까지 모여있었다.

"어머나, 에리스도 있었네요? 대체 여기서 뭘 하고 있었죠?"

"앗, 미아 할, 언니. 실은 아이들이 지루하진 않을지 걱정되어서 에리스 어, 씨에게 이런저런 이야기를 듣고 있었어요."

벨은 기쁘다는 듯 웃으며 말했다.

"이런저런 이야기라고요……?"

"네. 미아 언니의 화려한 일화를 이것저것……."

"흐음…… 일화……?"

시선을 돌리자 에리스가 고개를 끄덕였다.

"미아 님의 훌륭한 활약을 상세하게 이야기해드리고 있었습니다."

그런 에리스의 대답에 참으로 불길한 예감이 든 미아였지만…….

"그래서 지금 듣고 있던 이야기는요……."

벨이 뺨에 검지를 대고 고개를 기울였다.

"요약하면 미아 언니가 춤을 아주 잘 추신다는 내용이에요."

"어머, 춤이라고요……? 음, 그런 거라면야."

춤 실력에는 나름대로 자신이 있는 미아였다. 춤이라면 다소 과장해서 대륙에서도 손에 꼽히는 실력자라고 묘사했어도 그리 곤란하지 않을 것이다.

──어쨌든 사실이니까요. 그것만이라면, 뭐…….

순순히 수긍하는 미아였다.

……어쩐지 야나와 키릴의 눈빛이 반짝거리고…… 그리고 패티는…… 여전히 감정을 읽을 수 없는 얼굴이었다. 하지만 잘 보면 그 가느다란 목이 순간 군침을 꼴깍 삼킨 것처럼 보였다.

──흠, 저 반응은 저를 새삼 또 존경하게 되었다고 보면 되는 걸까요……. 부정적인 감정은 아니라고 생각해두죠.

"그런데 미아 님, 무언가 볼일이 있으셔서 오신 거 아닌가요?"

어리둥절한 에리스를 향해 미아는 작게 미소 지었다.

"네. 그래요. 지금부터 말을 타러 가려고 하는데, 아이들도 같이 어떨까 하고……."

이때 미아는 눈치채지 못했다.

자신의 할머니에게 손녀 미아가 춤의 달인이라는 게 알려진 것이 무엇을 의미하는지…….

과거로 돌아간 패티가 어떤 행동을 할지…… 지금의 미아는 상상조차 하지 못하는 일이었다.

제30화 알려지지 않은 댄스의 비밀

시간은 조금만 돌아간다.

"흐으음……."

그날 벨은 아침부터 고뇌하고 있었다.

방 침대 위에 엎드려서…… 미간을 찌푸리고 고민에 가득 찬 신음을 연신 흘렸다.

루드비히에게 받은 일기를 읽으며 머리를 부여잡았다.

"역시 안 쓰여있어. 어째서지……."

"벨, 괜찮아?"

걱정하는 얼굴로 슈트리나가 물었다.

참고로 제대로 독방을 마련해주겠다는 제안을 받은 슈트리나였지만…… 친구와 같은 방에서 자는 걸로 방향을 틀어버렸다.

옐로문 가에서 기른 교섭술을 아낌없이 발휘한 슈트리나였다.

휴가를 만끽할 생각이었던 벨도 친구와 같은 방을 쓰는 건 환영이었지만……, 동시에 조금 불안도 느꼈다.

──리나는 아직 내가 죽은 충격에서 벗어나지 못한 걸까……?

자꾸만 그런 걱정이 들었다.

왠지 아침에 일어났을 때 조금 걱정하는 얼굴로 쳐다보고…….

게다가 지금 생각해 보면 슈트리나가 디온과 맺어진 것도 벨은 마음에 걸렸다.

──어쩌면 다시는 내가 죽지 않도록…… 지킬 힘이 필요했다

거나……?

그런 생각마저 드는 벨이었다.

"벨?"

어리둥절해서 갸우뚱거리는 슈트리나를 향해 벨은 작게 웃었다.

"아, 아무것도 아니에요. 그냥 제가 여기서 해야 할 일이 뭘지 고민했던 것뿐이에요."

벨은 다시 당장 해결할 문제점으로 생각을 되돌렸다.

미아 황제의 황위를 이어받을 자……. 그것이 미래에서 온 벨이 기대받는 역할이었다.

미아 황제의 정책을 가장 가까이서 직접, 남김없이 지켜보는 것…….

그건 벨의 권위를 가장 크게 강화해주는 요소였다.

시간 이동을 경험할 예정인 벨은 황제의 지위를 이어받을 사람이라고 다들 생각했다.

그래서 이 과거 세계로 온 건, 말하자면 유학 같은 개념이었다.

미아 곁에서 그 공적을 잘 지켜보면서 살짝 놀기도 하는 휴가 같은 것……. 벨은 그럴 생각으로 온 것이었으나…….

"제 시간 역행에도 의미가 있다는 건 생각지도 못했어요……."

갑자기 지적된 사실. 깜짝 놀란 벨은 서둘러 힌트를 찾았다. 하지만…….

"으으음……. 루드비히 선생님의 일기장에 적혀 있으려나 했는데요……."

루드비히의 일기장. 그것은 지극히 유효한 세계 관측기였다.

미아 황녀전의 서술이 수정된 걸 안 루드비히는 자신의 일기장도 수정될 것을 예측하고 현실에서 일어난 사건만이 아니라 꿈에서 일어난 사건도 전부 써서 남기기로 했다.

이로 인해 일기를 썼던 시간축이 사라지고 다른 시간축의 흐름이 주류가 되었을 때도 그때까지 쓴 기록 자체는 꿈 일기라는 형태로 남는 게 아니냐고 생각했기 때문이다.

하지만…….

"저에 대한 건 아무것도 적혀있지 않아요……. 으음, 루드비히 선생님이라면 무언가 힌트 정도는 적어놓았을 줄 알았는데……. 으으, 역시 루드비히 선생님은 엄격해요."

……미아가 들으면 '어디가 엄격하다는 거죠?! 물러 터졌잖아요!'라며 파드득 화를 낼 법한 소릴 하며 벨은 두 손으로 머리를 부여잡았다.

"으음……. 제가 해야 할 일……이라면, 역시 패트리시아 고조할머니에 관한 걸까요……. 우선 패트리시아 고조할머니…… 아니, 패티와 친해지는 게 먼저일지도 모르겠어요."

애초에 원래 시대로 돌아가면 패티와는 다시는 만날 수 없다.

패티와 만나서 대화할 수 있는 건 벨이 과거에 왔고, 동시에 패티가 미래로 온 지금 이 상황이 아니면 불가능하므로…….

아무래도 거기에 무언가 힌트가 있을 것 같았다.

명(?)탐정 벨의 감이 번뜩였다.

"좋아, 그렇게 정했으면…… 리나. 지금부터 아이들과 같이 놀지 않을래요?"

"벨과 다 함께 노는 건 환영이지만, 뭘 하고 놀려고?"

"으으음⋯⋯. 글쎄요."

벨은 작게 고개를 기울였다.

"아⋯⋯ 지금 시간이면 에리스 어⋯⋯ 씨가 대도서관에서 일하고 계실 거예요. 이야기를 들으면 재미있을 거예요."

과거 벨에게 가장 큰 오락은 에리스가 쓴 소설을 읽는 것이었다. 그건 지금의 벨에게도 변함이 없었다.

"바로 아이들을 불러서 가 봐요!"

폴짝 일어난 벨은 후다닥 방에서 나왔다.

백월 궁전 대도서관. 그곳에 미아 황녀의 전속 작가, 에리스 리트슈타인의 작업공간이 있었다.

"소설을 쓸 때는 조사할 것도 많을 테고, 기왕이면 여기에서 일하는 게 좋겠어요!"

그런 미아의 한마디에 선뜻 확보된 공간. 그곳은 혼자 일하기에는 조금 과하게 넓은 공간이었다.

⋯⋯사실 여기에는 여차할 땐 리트슈타인 일가를 데리고 성으로 도망쳐올 수 있도록 하는 미아의 배려가 담겨있었다.

미아가 제도에 있다면 근위병에게 명령해서 안느의 가족을 피난시킬 수도 있지만, 세인트 노엘에 있으면 시간을 맞출 수 없다. 그래서 에리스를 만나러 왔다는 명분으로 성에 들어올 수 있도록 상황을 조정해놨다.

그렇게 넓은 작업공간에서⋯⋯. 에리스는 갑작스러운 손님에

깜짝 놀랐다.

"어, 벨 님…… 이건?"

벨 대장을 필두로…… 실질적 보호자 슈트리나가 인솔해온 세 명의 아이들. 패티, 야나, 키릴은 처음 보는 대도서관에 눈이 휘둥그레져있었다.

"안녕하세요, 에리스 어…… 씨. 실은 아이들이 지루해할 것 같아서 뭔가 이야기라도 들려주려고요……."

"이야기요? 확실히 여기에는 책이 많이 있지만요……."

에리스는 고개를 살짝 갸웃거렸다.

백월 궁전의 대도서관에는 아이들이 좋아할 만한 재미있는 이야기는 거의 없기 때문이다. 하지만 벨은 작게 도리질했다.

"에리스 씨가 쓴 소설이나 미아 언니의 위대한 공적 이야기를 들려주려고요."

그 대답을 듣고 에리스의 안경이 번쩍 빛났다.

"그렇군요. 미아 님 이야기……. 음, 아주 좋은 생각입니다. 그래요. 그럼 처음은 미아 님의 춤 이야기를 해드릴까요."

에리스는 살며시 안경을 고쳐 쓰며 이야기하기 시작했다.

"먼저 여러분은 미아 님께서 대단한 춤의 명수라는 사실은 알고 계신가요?"

"당연하죠! 미아 언니하면 역시 춤이니까요. 그거 아세요? 미아 언니가 진심으로 춤을 추면 하늘을 날 수 있다고 하는데……."

득의양양하게 나불거리는 벨. 그 이야기를 듣고 감탄해서 '와아' 하는 아이들. 반짝반짝 눈을 빛내는 키릴과 야나. 더불어 패티마저 흥미진진하다는 듯 고개를 주억거렸다.

"우후후. 잘 알고 계시네요, 벨 씨. 그럼 이런 건 어떨까요? 이건 제 언니인 안느에게서 들은 이야기인데요……."

그렇게 에리스는 들려주기 시작했다.

제국의 예지 미아에 얽힌…… 전설적인 비화를…….

그런데 미아는 딱히 태생적으로 춤을 잘 춘 건 아니다.

물론 원래 어느 정도 재능은 있었겠지만, 그보다 더 큰 원인은 역시 꾸준한 연습이었다.

미아에게 주어진 연습량은 일반적인 귀족 영애에 비해 다소 많았다. 하지만 미아는 황녀에겐 춤 실력이 필수라고 하면 '뭐, 그렇겠네요……'라며 의심하지 않고 받아들였다.

딱히 불만도 없이 혹독한 레슨을 받아들였는데……. 그 혹독하고도 가혹한! 레슨이 과연 누구의 명령이었는지…….

그리고 누구 때문이었는지……?

미아는 알 수 없는 노릇이었다.

제31화 말 관리자, 무언가를 확신하다!

"벨이 아이들을 돌봐주고 있을 줄은 몰랐어요."

미아는 제 손녀 벨을 바라보았다. 어쩐지 전보다 살짝 성숙해져서 언니라는 느낌이 드는 벨. 그게 약간 든든한 미아였다.

"게다가 에리스에게 이야기를 들으러 왔다는 것도 제법 좋은 아이디어네요. 당신이라면 영락없이 아이들을 데리고 백월 궁전 내부를 탐험하자고 할 줄 알았는데 말이죠. 후후후, 성장했군요."

그런 미아의 말에 벨은 어른스러운 언니같은 미소를 짓고는…….

"후후후, 당연하죠. 미아 언니. 백월 궁전쯤이야 어릴 때 구석구석 다 탐험해봤으니 이제와서 굳이…….."

우쭐거리는 얼굴로 가슴을 펴는 벨이었다. 미아는 그런 벨의 반응에 한숨을 쉬며 어깨를 으쓱했다.

"아…… 역시 당신에게는 더 엄한 교육이 필요하겠네요. 뭐, 아무튼…….. 코티야르 저택에 승마 연습을 하러 가려고 하는데, 여러분은 어떤가요?"

"네! 열심히 공부하겠습니다. 미아 언니!"

척 자세를 바로잡고 성실한 얼굴로 대답하는 벨.

순간 무슨 소릴 하는 건지 생각하긴 했으나…….. 기분이 좋아서 그냥 흘려넘기는 미아였다.

이렇게 일행은 코티야르 후작가의 저택으로 향했다.

참고로 오늘의 호위도 디온, 그리고 고르카를 비롯한 황녀전속 근위대 대원도 몇 명 동행했다.

"동풍이 필요하다고 하셨기에……."

그렇게 설명하는 말 관리자 고르카였다.

한편 아벨은 오늘은 따로 행동했다. 사피아스를 비롯한 제국 귀족 청년들과 교류회가 있다고 한다.

――아벨도 나중에는 제국에 오게 되니까요. 지금 미리 사피아스 공자와도 친분을 다져두는 게 좋겠죠. 음…….

장래의 국가 운영도 시야에 넣은 제국의 책사 미아는 팔짱을 끼고 고개를 끄덕였다.

――게다가 데이트는 가끔 하니까 즐거운 법. 설령 재미있는 일이라고 해도 매일 했다간 질리는 게 세상의 섭리예요.

언제든 데이트를 철저히 즐기려고 하는 제국의 엔터테이너 미아는 얼굴을 찌푸리고 고개를 주억거렸다.

"그런데 미아 언니, 그 신발은……."

그때였다. 벨이 예리하게 미아의 발에 시선을 주었다.

"어머나, 눈치채셨나요? 우후후, 그래요. 사실 아벨이 선물해 준 신발이랍니다. 어때요? 예쁘죠?"

"아아, 아벨 할…… 왕자님이요. 네. 아주 잘 어울리세요."

조부모의 화목함을 느끼고 생글생글 웃는 벨이었다.

코티야르 저택에 도착한 미아는 인사도 하는 둥 마는 둥 바로 승마복으로 갈아입었다.

그렇게 저택에서 정원으로 나오자 이미 미아의 제2의 애마, 동풍이 기다리고 있었다.

"우후후, 여전하군요. 동풍."

코를 들이미는 동풍을 다정하게 쓰다듬었다. 그러자 동풍은 소리 높여 히히힝 울었다.

"호오, 그게 미아 황녀 전하의 말입니까."

목소리가 들린 쪽을 보자 힐데브란트가 말을 타고 다가오는 게 보였다.

"흠, 전형적인 테르토르튀 종……. 월토마는 아니군요."

"네. 세인트 노엘에는 익숙히 탄 월토마가 있지만……. 그러는 당신의 말은 뭐죠?"

"후후훗, 제 애마 실버 애로는 테르토르튀와 몇몇 준마의 피를 이어받은 혼혈입니다. 좋은 말이지만 역시 월토마에는 미치지 못하죠. 월토마는 아주 훌륭합니다. 미아 황녀 전하께서도 그렇게 생각하지 않으십니까?"

그 질문에 미아는 고개를 저었다.

"아뇨. 저는 모든 말을 귀중하다고 생각합니다."

미아는 자신을 태우고 자기보다 빠르게 달리는 존재를 모두 존경하고 있다.

마차든, 배든, 자신을 위험에서 도망치게 해주는 것에 귀천은 없다.

그리고 말은 마지막 순간에 미아가 붙잡을 생명줄.

어떤 말이든 불평할 리가 없었다.

"그렇군요. 그게 황녀 전하께서 말을 보는 견해입니까……. 아아, 그런데 오늘은 그냥 말을 달리기만 하실 겁니까?"

"그 말씀은?"

힐데브란트는 산뜻한 얼굴로 말을 달렸다. 그가 향하는 곳에는 나무로 만든 장애물이 놓여있었고……

그 장애물을 훌쩍 뛰어넘은 뒤 힐데브란트가 웃었다.

"영락없이 이 특제 장애물에 관심이 생기신 줄 알았는데요……. 말을 좋아하는 사람이라면요."

"어머나, 힐데브란트. 당신, 저를 도발하는 건가요?"

"아뇨. 그저 기마 왕국의 백성에게 승리했다는 미아 황녀 전하라면 저 정도는 쉽다고 생각한 것뿐입니다."

하하하 웃는 힐데브란트에게 미아는 씨익 득의양양한 미소를 돌려주었다.

"좋습니다. 여기서 물러나면 제 명예가 추락하겠죠. 가죠. 하이호, 동풍!"

미아에게 대답하듯 동풍이 다시 히히힝 울었다. 그러고는 조용히 달렸다.

눈앞으로 목제 장애물이 순식간에 다가왔다!

가까이서 보자 생각했던 것보다 더 높았다.

──어라? 이걸 뛰어넘는 건 상당히…….

그런 생각을 하는 사이에도 동풍은 장애물을 향해 쭉쭉 가속하더니 그 앞에서 힘껏 지면을 박찼다.

"흐어……?"

순간 몸이 붕 뜰 뻔한 미아는 허둥지둥 두 다리에 힘을 줬다. 고삐를 놓치지 않도록 꽉 붙잡고…… 그리고!

다음 순간, 동풍이 착지하자 상상보다 큰 충격에 몸이 휘청휘청 흔들리면서도 미아는 필사적으로 자세를 유지했다.

그렇게 동풍이 기세의 여운을 죽이고 있을 때…….

──무, 무, 무서워요!

미아는 저도 모르게 부르르 떨었다.

등을 타고 싸늘하게 식은땀이 흘러내렸지만…….

"와아아!"

짝짝 박수를 보내는 야나와 환호성을 터트리는 키릴의 모습이 보였고…… 깜짝 놀라 눈을 부릅뜬 패티가 보이자…… 기분이 살짝 좋아져선…….

"후후후, 이 정도는 가볍죠."

우쭐해져선 한 손을 들고 흔들어 보였다.

"후후훗, 제법 좋은 기분인데요. 자, 가요 동풍!"

그렇게 미아가 장애물을 뛰어넘는 모습을 조용히…… 물끄러미 바라보는 사람이 있었다.

……황녀전속 근위대의 말 관리 책임자, 고르카였다.

그는 장애물을 화려한 점프로 뛰어넘는 미아를 보고…….

"오오!"

무심코 환호성을 질렀다. 그러고는 무언가 이해했다는 듯 고개를 연신 끄덕였다.

과연 그가 무슨 생각을 했는지…….

미아가 장애물을 폴짝 뛰어넘는 모습을 보고…… 무엇을 확신하고 말았는지…….

그런 건 알 도리가 없는 미아였다.

제32화 평화를 비웃는 자와 아벨의 각오

"후우, 이런······."

제도 루나티어의 여관, 한 객실에서 깊디깊은 한숨 소리가 울렸다.

침대 위에 풀썩 쓰러진 사도사 훠 쉰랑은 눈앞의 반다나를 감은 남자를 노려보았다.

"당신 제정신입니까? 디온 알라이아와 한바탕하려고 하다니······."

반다나 남자는 불만이라는 얼굴로 대답했다.

"뭐야. 딱히 놀랄 건 없잖아. 추격자인 늑대술사와 검을 나눴고, 적의 최강 전력인 디온 알라이아와도 검을 나누고. 파도가 해변의 모래를 적시는 것처럼 당연한 일이지."

"아아, 정말 뱀답지 않은 단순명쾌한 정공법이군요. 이거 서쪽 바다뱀에게 무녀님의 가르침을 전달해드릴 필요가 있겠습니다. 철저히."

한탄하듯 고개를 저은 쉰랑이 말했다.

"바다의 백성은 모르십니까? 공성전의 철칙. 성이나 요새를 공격할 때는 먼저 성을 함락시킬 필요가 있는지 잘 생각해 본 뒤에 시작할 것."

"'뱀을 기어가는 자의 서'에서는 한 번도 본 적 없는 내용이군."

"일반상식인데요······."

황당해하는 쉰랑을 향해 반다나 남자가 날카로운 시선을 보냈다.

"미아 루나 티어문은 죽여야 하는 표적이잖아? 함락해야 하는 성의 대표주자일 텐데⋯⋯."

"설령 죽일 필요가 있다고 해도 가장 난이도가 어려운 방향으로 공략하지 않아도 된다는 겁니다. 난공불락의 성을 공격하려면 보급로를 치든, 독을 타든, 불을 지르든 다양한 방법이 있잖아요. 정면으로 공격해서 함락하는 건 우리 뱀의 방식이 아닙니다."

쉰랑은 참으로 골치 아프다면서 한숨을 쉬었다.

"뭐, 어쨌거나 괜한 짓은 하지 말고 얌전히 있자고요. 괜한 짓을 했다가 제국의 오래된 뱀들을 방해하는 것도 미안하고, 유감이지만 전 싸우는 건 안 좋아해서요. 평화주의자라고요."

"평화라⋯⋯."

반다나를 감은 남자는 씹어뱉듯이 말하며 고개를 저었다.

"저런, 반응을 보니 평화를 싫어하시나 봅니다?"

'뭐, 평화를 좋아하는 뱀은 없으려나?'라고 중얼거리는 쉰랑을 향해 남자는 시니컬한 미소를 지었다.

"내가 아는 한 그 말은 현상 유지를 하고 싶을 뿐인 녀석들의 상투구니까. 지금 잘 나가는 녀석들에겐 그야 평화가 바람직하겠지. 자기가 이득을 보는 구조를 망가트리는 폭력을 싫어하고. 당연해. 하지만 짓밟히는 쪽인 우리가 그 말을 입에 담는 건 너무 우스꽝스럽지 않아?"

남자는 그렇게 말하며 반다나를 풀었다. 그의 이마에는 소외당하는 자의 증표, 바이더리언의 세 번째 눈 문신이 조용히 허공을 응시하고 있었다.

"그렇군요. 뱀답지 않다고 한 건 취소해야겠네요. 당신은 확실히 뱀입니다. 틀림없이 순수한 뱀."

'땅을 기어가는 자의 서'는 약자에게 싸울 수 있는 이빨을 주는 것.

짓밟힌 약자에게 자신들을 짓밟아대는 질서를 파괴하라고 속삭이는 책.

그리고 폭력은 가장 근본적이자 빠르게 혼돈을 부르는 수단이다. 하지만…….

"뭐, 그래도 당분간은 얌전히 있는 게 낫다고 봅니다."

"나라는 검이 있어도?"

"하하하, 우리 무녀님은 늑대술사라는 검이 있었고 본인도 상당한 실력자였지만……. 슬프게도 제국의 예지 앞에서는 패배해 사라졌으니까요."

훌쩍훌쩍 우는 연기를 하는 쉰랑을 향해 반다나 남자는 험악한 시선을 보냈다.

"하지만 나는 그 늑대술사보다 강하다고 보는데."

"배 위에선 그럴 겁니다. 그 남자도 말 위에서는 아주 강한 사람이었어요. 하지만 그 디온 알라이아에겐 전혀 문제 되지 않았죠. 뭐, 당신이 죽고 싶은 거라면 막진 않겠지만요."

거기서 한번 말을 끊은 뒤 쉰랑은 붙임성있게 생긋 웃었다.

"당신은 마취보다 유머를 아는 사람이잖아요? 여행 길동무에는 딱 좋단 말이죠."

"……그거 고맙네. 그럼 즐거운 잡담 대신 물어보기로 할까. 무녀의 사도사. 방해하지 말라고 했는데, 제국에 있는 오래된 뱀은 뭘 꾸미고 있다고 보지?"

그 질문에 쉰랑은 작게 웃으며 목을 기울였다.

"글쎄요……. 선동가 젬이 침식한 선크랜드의 첩보망은 이미 없으니 할 수 있는 일은 한정적이지만……. 뭐, 오래 묵은 사람들에게는 상관없나. 그들은 우리가 움직이기 훨씬 옛날부터 제국에 있던 자들이니까요."

쉰랑은 턱을 문지르며 중얼거렸다. 제국 내부 사정에는 그리 잘 알지 못한다고 서두를 깔아놓은 뒤,

"노린다면 미아 황녀의 동료들이겠죠……. 노란색 달은 뱀을 아는 자. 오래된 뱀에 대해서도 무언가 알고 있을지도 모르니까 표적에는 부적절. 빨간색 달은 여기저기 찔러볼 수 있을 법했지만 미아 황녀가 한창 개입하는 중이고. 그렇다면…… 에샤르 전하를 보호하고 있는 녹색 달이나…… 혹은 파란색 달. 어쨌거나 노릴만한 곳은 여기저기 있으니까요. 그들이 조만간 움직인다면 그걸 지켜보는 게 우리 역할 아니겠어요?"

"어디까지나 얌전히 보고 있겠다?"

"사실은 혼돈이 더 널리 퍼지도록 노력하는 게 좋을지도 모르지만요. 자칫 잘못하면 공멸. 우리 행동이 사족이 될지도 모르니까요. 뱀은 뱀답게 괜한 짓은 하지 말아야죠."

"흥. 다리 달린 뱀이라는 것도 혼돈의 생물처럼 보이는데."

반다나 남자의 말에 쉰랑은 유쾌하다는 듯 웃었다.

"하하하, 역시 당신은 마취보다 재미있는 사람입니다. 부디 조금 더 같이 여행해주셨으면 좋겠네요."

여관에서 그런 대화가 오간 다음 날.

그리고 미아가 코티아르 저택에서 폴짝폴짝 장애물을 넘어다니고 있을 무렵…….

아벨 렘노는 블루문 공작가의 제도 저택을 방문했다.

사피아스에게서 교류회에 초대받았기 때문이다.

세인트 노엘 학원에서 함께 학생회 일을 한 사이이긴 하나 개인적으로 친분이 있는 건 아니었다.

──이번 기회에 관계를 다져두는 게 미아에게도 도움이 되겠지.

안내받은 방에서 아벨은 오늘의 호스트에게 머리를 숙였다.

"오늘은 초대해줘서 감사합니다. 사피아스 공자."

"아아, 와 주셔서 감사합니다. 아벨 왕자님. 이렇게 세인트 노엘 학원 밖에서 만나는 건 처음이었던가요?"

방에는 사피아스 말고도 그와 또래인 청년들의 모습이 보였다. 전부 다섯 명. 아마도 블루문 파벌의 귀족 자제들일 것이다.

──그냥 교류하면 되는 건지…… 아니면 사피아스 공자에게 다른 생각이 있는 건지.

아벨은 자신을 향하는 관찰하는 시선을 담담한 얼굴로 받아냈다.

한 사람 한 사람과 악수하며 아벨도 그들을 관찰했다. 행동거지는 완벽하게 예절을 갖추고 있다. 하지만 빈틈이 많다. 악수한 손바닥도 부드러운 걸 보면 아마 검을 든 적이 없는 사람이 대부분인 게 아닐까.

──아니, 방심은 금물이야.

아벨은 마음을 다잡으며 안내받은 자리에 앉았다.

"그럼 아벨 왕자님 환영회를 시작할까."

사피아스의 목소리에 그의 동료들도 각자 자리에 앉았다.

참고로 낮이기 때문에 홍차와 다과가 나왔다.

훌륭한 과자를 보고 아벨은 문득 미아에게 가져다주고 싶다는 생각이 들었다.

"그나저나 아벨 왕자님, 아주 오랜만에 뵙는 것 같습니다. 세인트 노엘 학생회는 요즘 어떤가요?"

"여전히 변함없습니다. 다들 저마다 미아를 보좌하며 업무에 매진하고 있죠."

그 대답에 사피아스는 어딘가 그립다는 듯 눈을 가늘게 휘었다.

"아아……. 그건, 후후, 조금 부럽군요. 저는 이제 그곳엔 돌아가지 못하니……."

그렇게 잠시 사피아스와 관계를 다지면서 아벨은 주변을 계속 관찰했다.

──사피아스 공자 말고 다른 사람들에겐 그리 환영받지 못하는 것 같아. 뭐, 블루문 파벌의 귀족들은 사피아스 공자를 황제로 지지하고 싶을 테니 미아와 가까운 사이인 나에게 적개심을 갖는

건 당연한가……. 하지만 어제 거리에서 느꼈던 살기처럼 강렬하진 않아……. 굳이 따지자면…….

"아벨 왕자님, 괜찮습니까?"

갑자기 누군가가 말을 걸었다. 그쪽을 보자 살짝 통통한 청년이 아벨을 바라보고 있었다.

──어, 저 사람은…….

아벨은 그 청년을 어디선가 본 적이 있다는 걸 깨달았다.

──선거 때 미아를 응원하던…….

"이렇게 직접 대화하는 건 처음이죠. 란제스 남작가의 우로스 란제스라고 합니다. 아벨 왕자 전하. 잘 부탁드립니다."

"정중한 인사 감사합니다. 아벨 렘노입니다."

상큼한 미소로 대답하는 아벨을 우로스가 노려보듯 바라보고는 입을 뗐다.

"아벨 왕자 전하께선 미아 황녀 전하와 연인이라고 들었는데요……."

그 말에 그 자리의 분위기가 순식간에 굳어버렸다.

갑자기 훅 치고 들어오는 스트레이트. 하지만 아벨은 쾌활한 미소로 받아냈다.

"연인…… 이라고 말할 수 있을지는 모르지만, 가깝게 지내고 있습니다."

"실례지만 렘노 왕국은 우리 제국보다 국력이 뒤떨어지는 나라……. 그래도 우리 제국의 황녀, 미아 루나 티어문 전하와 자신이 걸맞다고 생각하고 계십니까?"

무례한 질문이었으나 아벨은 화내지 않았다.

그게 폄하 할 목적으로 나온 말이었다면 분노를 느꼈을지도 모른다. 그 무례에 적절히 갚아주는 것도 꺼리지 않았다.

하지만 우로스의 의도는 아마 그게 아니다.

아벨은 그 질문의 의도를 조용히 곱씹으며 생각했다.

──그래, 그는…… 미아를 걱정하는 거구나.

그러고는 우로스 말고 다른 사람들의 얼굴을 보고 아벨은 조용히 이해했다.

여기 있는 사람들의 경계심. 그 이유.

확실히 블루문 파벌의 귀족에는 파벌 문제로 미아를 적대하는 사람도 있을 것이다. 하지만 미아를 따르고 호감을 느끼는 사람들도 있다.

그리고 오늘 여기 모인 사람들은 아마도 후자.

미아를 지지하는 사피아스와 같은 마음을 지닌 사람들이다.

──사피아스 공자는 자신의 파벌을 제대로 파악하고 있구나…….

감탄하며 아벨은 마음을 다잡았다.

왜냐하면 눈앞에 있는 사람들은 단순한 적이 아니기 때문이다. 그들은, 말하자면 미아를 지키는 기사들이다.

그리고 그들에게 미아는 틀림없는 티어문 제국의 황녀.

눈부신 영광, 흔들리지 않는 자부심이다.

그런 소중한 황녀 미아의 연인이 되려는 사람이 있다. 그것도 제국과는 지리적으로도 떨어져 있고 국력도 부족한 렘노 왕국……

심지어 제2왕자라고 한다.

경계해도 어쩔 수 없는 일이고, 이들을 설득하는 건 다름 아닌 아벨의 책임이다.

――그래⋯⋯. 나는⋯⋯ 미아에게 걸맞은 사람이 되어야 해. 그들이 받아들일 수 있는 사람이⋯⋯.

아벨은 조용한 투지를 가슴에 품고 우로스를 향해 미소 지었다.

"산을 보면 정상에 오르고 싶어지는 법. 밤하늘을 올려다보면 눈부신 달에 손을 뻗고 싶어지는 법. 그게 인간의 본능 아닐까요? 우로스 님."

아벨은 조용히 손바닥을 바라보았다가,

"지금의 저는 도저히 미아에게 걸맞다고 할 수 없을 겁니다. 그건 스스로도 잘 알고 있는 사실. 하지만 저는 계속 지금의 제게 안주힐 마음은 없습니다."

주먹을 꽉 쥐고 말했다.

"약속하죠. 우로스 란제스 님. 저는 반드시 제국의 예지 미아 루나 티어문에 걸맞은 남자가 되겠다고⋯⋯."

그 대답에 만족스럽게 고개를 끄덕인 우로스가 말했다.

"그렇군요⋯⋯. 아벨 왕자님의 각오, 똑똑히 보았습니다. 그래야 미아 님께서 선택한 사람이죠. 아벨 전하. 저도 미력하게나마 응원하겠습니다."

이리하여 사피아스가 주최한 교류회는 화기애애한 분위기로 흘러갔다.

제33화 미아 황녀, 전력으로 흐름에 편승하다

제국의 예지 미아 루나 티어문의 일은 다방면에 걸쳐있다.

현재 미아는 '제2집무실'에서 한창 중요한 일을 하는 중이었다.

제2집무실…… 즉 백월 궁전 내에 있는 '백야의 식당'이다.

──여기서 일하면 차를 부탁하기 쉽고, 가끔 신경을 써준 누군가가 과자를 가져다주기도 하니까요……. 참으로 좋은 환경이에요!

이런, 아주 글러 먹은 생각으로 미아는 이따금 훌쩍 출몰해서 야금야금 일을 하고 갔다.

그럼…… 그런 장소에서 하는 중요한 일이란 무엇인가. 그건…….

"미아 님, 오늘의 만찬회 메뉴를 가져왔습니다."

"흠, 고생했어요."

그렇다. 저녁 메뉴 확인이다. 미아에게 이건 아주아주 중요한 일이었다.

"오오. 황월 토마토 스튜와 버섯 3종 모둠……. 역시 주방장, 센스가 좋군요!"

주방 스태프에게서 받은 양피지를 읽어 본 미아는 거만하게 고개를 끄덕였다.

"아이들은 편식하지 말고 좋은 것을 제대로 먹여주고 싶으니까요……. 이 식단은 제법 좋은 선택이에요."

특히 패티는 미아의 할머니다. 제대로 건강하게 자라지 않으면 미아의 지금이 위태로워진다.

"아, 하지만 이러면 키릴에게는 조금 부족하지 않을까요? 남자아이는 많이 먹으니까요. 게다가 아벨도 고기를 먹고 싶어 할 것 같고요."

"그렇군요. 고기 요리를 추가하라는 말씀이시죠? 알겠습니다."

"그리고 이 디저트를 두 배로……."

"미아 님, 단것은 적당히 드셔야 한다는 주방장의 분부가 있었습니다……."

주방 스태프가 난처한 표정을 짓자 미아는 얼버무리듯이 웃었다.

"오호호. 아이참. 당연히 농담이죠, 농담. 디저트를 늘리라니, 제가 진심으로 그런 말을 할 리가요. 오호호."

그런 대화를 마친 미아는 문득 식당 입구에서 시선을 느꼈다.

"……음?"

그쪽으로 눈을 돌리자 언제부터 보고 있었던 건지 패티가 물끄러미 바라보고 있었다.

"어, 어라…… 패티. 무슨 일이죠?"

"……저, 키릴이 배가 고픈 것 같아서……. 뭔가 먹을 걸 받을 수 없을까 하고요……."

"아…… 아아. 그렇군요. 그런 거라면……."

미아는 주방 스태프에게 눈짓했다.

"저와 같은 과자를 아이들에게 내주세요. 그리고 제 것도 보충해주시고요."

"알겠습니다. 미아 님께 '차'를 보충해드리고, 어린 손님들에게 과자를 가져가겠습니다."

"어라……? 저도 과자를 보충…… 어?"

미아의 말이 들리지 않았던 건지 냉큼 가 버리는 주방 스태프. 참으로 우수했다.

묘하게 불만을 느끼면서도 미아는 패티를 살폈다.

──흐음, 패티도 성에 많이 익숙해진 것 같군요. 게다가 즐거 워 보여서 다행이에요. 제 '지금'을 지키기 위해서도 패티가 최대 한 이 세상을 좋아하게 만들어야 하니까요. 게다가 뱀에게서 떼 어놓은 지금이니 마음을 편히 쉬었으면 좋겠어요.

이윽고 나온 과자에 기쁘다는 듯 얼굴이 희미하게 풀어지는 패티를 보고 미아는 흡족하게 고개를 끄덕였다.

이어서 숨돌릴 새도 없이 다음 일이 왔다. 그건 안경을 쓴 충신의 모습을 하고 있었다.

"실례합니다. 미아 님, 이번 승마 대회의 종목 말씀입니다만……."

"아아. 루드비히. 완성했군요. 어디……."

루드비히에게서 양피지 다발을 받는 미아.

"루비 님과 바노스 대장, 그리고 말 관리자 고르카의 의견도 반영했습니다."

"그렇군요……. 오오, 역시 그저 경주하는 것만이 아니네요."

슥 눈으로 훑어보자 중간중간 루드비히가 보충설명을 넣어주었다.

"첫 번째부터 세 번째, 그리고 메인인 후이마 양과 힐데브란트 님의 승부는 순수하게 속도를 겨루는 경기입니다. 물론 똑같은 경주는 재미가 없으니 각각 거리를 바꿨죠. 그리고 네 번째, 다섯 번째는 중간에 장애물을 넘어야 하는 경주로 정했습니다."

"흐음. 오오, 이 현대 5종이라는 건 재미있을 것 같네요."

"네. 일곱 번째는 마상궁술, 여덟 번째는 마상검술. 그리고 아홉 번째인 현대 5종은 병사의 훈련을 참고한 복합 경기로 정했습니다. 지상 검술과 마상 검술, 지상 궁술과 마상 궁술에 승마술…….. 그 종합 점수로 승부하는 건 저도 들어 본 적이 없습니다."

"이 아이디어를 낸 사람은 루비 공녀인가요? 후후후, 역시 레드문 공작가라고 해야 할까요……. 좋은 발상이에요. 흠……?"

다음 순간 미아의 시선은 마지막 종목으로 빨려 들어갔다.

"으음……? 이…… 호스 댄스(가제)라는 건 대체……?"

"네. 뭐라고 적어야 할지 경기 이름이 없었기 때문에 편의상 그렇게 되었습니다."

루드비히는 진지한 얼굴로 고개를 끄덕인 후 안경을 슥 고쳐 쓴 뒤…….

"말 관리자 고르카에게서 들었습니다. 어제 코티야르 후작가에서 미아 님께서 열심히 장애물을 넘는 훈련을 하고 계셨다고……."

"네……. 뭐 그렇긴 했죠……."

미아는 어제 일을 떠올렸다. 그러고 보면 우쭐해져서 아이들 앞에서 고삐를 놓고 한 손을 흔들기도 했었지…… 장애물을 계속 뛰어넘었지……, 하면서…….

"이 호스 댄스는 그런 장애물을 아름답게 뛰어넘으며 인마일체(人馬一體)의 춤을 보여주는 내용입니다. 마지막에 나가실 미아 님께선 다른 사람과 경쟁하는 게 아니라, 경기에 참가한 모든 사람을 격려해주는 이런 내용이 좋을 것 같다는 생각에 제안드립니다."

그렇구나…… 그건 확실히 승마 대회의 마무리를 장식하기에 잘 어울리는 묘기네…… 라며 남 일처럼 생각하는 미아였지만…….

안타깝게도 남 일이 아니라 자기 일이다. 따라서 무책임한 말은 할 수 없다.

실제로 말을 타고 점프해보며 절절히 느꼈지만, 그건 난이도가 상당하다.

여러 개의 장애물을 연속으로 넘으려면 제법 훈련이 필요할 테고, 그 동풍조차 중간에 점프하기 싫어하기도 했다.

미아는 다급히 양피지를 넘겨서 곧바로 '호스 댄스(가제)' 페이지를 찾아냈다. 거기에는 경기장을 최대한으로 사용하여 여기저기에 장애물이 설치된 예상도가 그려져 있었다.

"오…… 이, 이건…….."

"고르카가 작성한, 어디까지나 초안입니다. 회장 어디에 있어도 미아 님의 아름다운 승마를 볼 수 있도록 장애물을 배치했습니다."

"그, 그렇군요……."

미아의 얼굴이 희미하게 꿈틀거렸다…….

──이거 하려면 아주 고생하지 않을까요……? 어, 어떻게든 원만하게 거절할 수는 없을까요……?

　미아는 바로 검토에 들어갔다. 만약 자신이 이걸 하지 않을 때를 상상하고…… 다시금 양피지를 뜯어보고…….

　──큭, 이, 이 열량은!

　양피지에서 넘쳐흐르는 승마 사랑에 무심코 압도당했다…….

　만약 미아가 이 호스 댄스(가제)라는 걸 한다면 얼마나 굉장한 공연이 될지……. 그런 기대와 열정이 묻어나는 글귀에 미아는 눈앞이 아찔해졌다.

　더 골치 아픈 건, 종목 구성이 아주 절묘하다는 점이었다. 즉 처음부터 불가능해 보이는 게 아니라 미아가 노력하면 아슬아슬하게 가능할 것 같은 선을 잘 타고 있었다.

　예를 들어 말을 타고 성벽을 오른다거나, 말을 타고 하늘을 날라고 하면 말도 안 된다고 기각할 수도 있다. 하지만 이 호스 댄스는 연습하면 가능할 것 같았다.

　그리고 노력해서 성공할 수 있는 제안이므로 남은 건 미아 본인의 노력에 달려있다.

　즉 이걸 하지 않는다는 건 미아가 노력하지 않는다는 선언이나 마찬가지였다.

　──마, 만약 하지 않는다고 하면 이걸 쓴 고르카 씨의 사기와 충성심이 떨어질 게 틀림없어요……. 그렇다고 못난 꼴을 보여도 역시 충성심은 떨어지겠죠…….

　미아의 눈앞에 들이닥친 거대한 파도. 열심히 연습해서 파도를 탄다면 신하들의 충성심도 크게 향상되지만, 게을리하다가 침몰하면 타격을 가늠할 수 없다.

──으으, 이, 이상하네요. 이번에 저는 마지막에 잠깐 나와서 편하게 넘어가려고 했는데……. 왜 이렇게 된 거죠…….

완전히 여름방학을 만끽할 생각이었던 미아는 전에 벨에게 한 말이 자신에게 돌아온 것을 깨달았다.

그렇다……. 미아의 휴일도 오늘부로 끝났다.

지금 막! 끝나고 말았다!

미아는 '으그그극……' 하고 작게 신음한 뒤 말했다.

"……아아, 참 멋진 계획을 세워주셨군요. 기합을 넣고 임해야겠어요……."

어쩔 수 없다. 흐름을 거스르는 건 결국 해파리 미아의 방식이 아니다.

파도가 온 이상 그 흐름을 거부하지 않고 전력으로 타는 게 가장 편한 방법이다.

이렇게 미아의 특훈이 시작됐다.

제34화 미아 황녀, 친구에 대해 이야기하다

승마 대회가 열리는 건 7일 뒤였다.

그때까지 미아는 할 수 있는 모든 연습을 거듭했다. 퍼펙트 진심 모드다.

기본적으로 뒤에서 단두대가 쫓아올 때는 누구와도 비교할 수 없는 집중력을 보여주는 미아였다.

──만약 무슨 일이 일어나서 말을 타고 도망쳐야 한다면, 눈앞에 울타리가 있다고 해도 멈출 수 없으니까요.

그럴 때를 위한 사전연습이라고 생각하면 힘든 연습도 전혀 괴롭지 않았다.

그렇게 '말을 방해하지 않는 승마술'을 착착 갈고닦은 미아는 마침내 말 위에서 고삐를 놓고 한 손을 흔들 수 있을 정도의 여유를 보일 수 있게 되었다.

여유…… 혹은 방심을…… 보여주게 되었다.

"우후후, 아아, 왠지 말을 타는 게 무척 즐거워요!"

그렇게 연습하며 체력을 잔뜩 소모하고, 공복을 달래기 위해 잔뜩 먹고, 욕실에서 목욕을 잔뜩 즐기고, 잔뜩 잔다.

미아는 전에 없이 건강하기 그지없는 생활을 보내고 있었다. 피부에는 건강미 넘치게 반들반들 윤기가 흘렀다.

그런 미아의 연습에는 대체로 누군가가 함께 해주었다.

벨과 슈트리나일 때도 있고 후이마일 때도 있다.

오늘은 패티와 야나 남매가 같이 있었다.

아이들은 특히 작은 말을 타는 게 재미있는 건지 실컷 즐기는 게 훤히 보였다.

야나와 키릴은 물론이고 패티도 조금 즐거워하는 건 예상하지 못했다.

──패트리시아 할머니가 말을 탈 줄 안다는 이야기는 못 들었으니 걱정했는데, 즐거워하고 있으니 다행이죠.

참고로 미아가 연습하는 동안 아이들은 아벨이 돌봐주고 있었다.

부드럽게 고삐를 잡고 아이들을 놀게 해주는 아벨. 그 모습이 장래 자신들의 가정을 보는 것 같아서…….

──아이들을 돌보는 아벨…… 최고예요!

무심코 심장 어택을 당하는 미아였다.

……뭐, 그건 그렇고.

그날의 승마 훈련을 마치고 백월 궁전으로 돌아온 미아는 곧장 목욕부터 하러 갔다. 그 후 따끈하게 달아오른 몸을 식당에서 느긋하게 쉬며 식히는 중이었다.

"아아, 목욕하고 난 뒤에는 차가운 주스가 특히 맛있어요~."

그렇게 늘어져라 쉬고 있을 때 문득 야나가 걸어오는 게 보였다. 그 머리카락이 촉촉하게 젖은 걸 본 미아는 히죽 웃었다.

미아 황녀의 몇 없는 사치 중 하나가 목욕이라는 건 궁전 내에 널리 알려진 사실이다.

세인트 노엘처럼 시설이 갖춰지지 않은 제국에서 뜨거운 물에 몸을 담근다는 건 상당히 번거롭다. 그런데도 매일 목욕하고 싶어 하는 건 틀림없는 사치였다.

그래서는 아니지만, 미아는 평소 자기만 사용한 물을 그냥 버리는 게 아깝다고 생각했었다. 미아의 목욕물은 안느가 목욕용 향초도 띄워주는 호화로운 목욕물이다. 일회용으로 쓰고 물을 버리는 건 왠지 아주 아까운 느낌이었다.

그렇다고 안느에게 쓰게 하는 건 조금 곤란했다. 아무리 전속 메이드라고 해도 그렇게까지 특별 대우를 해주는 건 오히려 안느가 눈총을 받게 된다.

하지만 귀족 영애, 예를 들어 슈트리나나 타국의 왕후·귀족인 경우에는 당연히 미아가 쓰고 남은 물을 제공할 수 없다. 각자 따로 목욕물을 마련하는 게 당연하다.

그런 관계로 오랫동안 미아가 쓰고 나온 목욕물은 마땅한 사용처가 없는 상태였는데…… 세 아이의 존재는 미아의 그런 아까움을 해소해주었다.

그런 관계로 오늘도 미아가 목욕하고 나온 물에서 목욕한 아이들이었다.

──승마한 뒤에 땀투성이가 되는 건 찜찜하니까요. 목욕물을 잘 사용하고 있는 모양이네요.

미아는 머리카락을 털며 터덜터덜 걸어오는 야나를 향해 말을 걸었다.

"지금 막 목욕하고 나온 건가요?"

"앗, 미아 님!"

펄쩍 뛰어올라 등을 곧게 펴는 야나. 그러고는 뽀르르 다가왔다.

손이 닿는 위치까지 다가오자 미아는 야나의 머리카락을 매만졌다.

"흠, 샴푸와 향유도 꼬박꼬박 사용하고 있죠? 우후후. 머리카락이 아주 예뻐요."

미아는 안느가 자신을 위해 갖춰놓은 목욕 도구를 아끼지 않고 아이들도 사용하라고 단단히 일러두었다.

쪼잔한 소릴 하지 않는다. 할머니도 그 친구들도, 청결하고 건강하게 지내지 않으면 미아가 곤란해진다.

──세인트 노엘에 돌아갔을 때 아이들이 핼쑥해져 있으면 라피나 님께 혼날 테니까요…….

그런 의미에서 이 아이는 라피나를 분노한 사자로 만들지 친근한 고양이로 만들지 가르는 좋은 지표인지도 모른다.

정성껏 대접하자고 기합이 들어간 미아였다.

미아가 머리카락을 쓰다듬자 야나는 간지럽다는 듯 웃었다.

"어머나? 왜 그러죠? 야나."

"……그런 말은 처음 들어봤거든요."

야나는 뺨을 살짝 붉게 물들이며 대답했다.

"어머, 그랬군요. 그럼 각오하는 게 좋을 겁니다."

미아는 장난기 어린 미소를 지었다.

"당신은 분명 아름다운 숙녀가 될 거예요. 후후후, 앞으로는 남성들에게서 질릴 정도로 듣게 되겠죠."

그렇게 말하자 야나는 난감하다는 얼굴로 미아를 바라보았다.

"뭐, 그건 그렇고. 제도는 어떤가요? 키릴도 지루해하지는 않고요?"

"앗, 네. 미아 님께서 이렇게 신경 써주셔서……."

"후후후, 그렇게 딱딱하게 말하지 않아도 괜찮습니다. 그래요, 지루하지 않다면 다행이에요. 아, 그래."

미아는 짝 손뼉을 쳤다.

"모처럼이니 물어보고 싶은 게 있는데요. 요즘 패티는 좀 어떤가요? 그 애도 즐기고 있나요? 승마라거나……."

그 질문에 야나의 표정이 확 흐려졌다.

"어라? 왜 그러죠? 뭔가 마음에 걸리는 일이라도?"

"그게……."

야나는 잠시 생각에 잠긴 뒤…….

"말을 타는 건, 즐거워하는 것 같아요. 하지만……."

"하지만?"

"동생을 만나지 못해서 외로워하는 것 같아요. 하나뿐인 가족이라고 했으니까……."

"그렇군요……."

미아는 팔짱을 끼고 생각에 잠겼다.

──동생…… 그리고 보면 전에 악몽을 꾸면서 이름을 중얼거린 적이 있었죠. 하네스라고……. 키릴을 대하는 걸 보면서도 생각한 거지만, 역시 패티에게는 남동생이 있었던 거군요.

퍼즐이 딱 맞는 느낌에 고개를 크게 끄덕이는 미아였다.

──하지만 하나뿐인 가족이라면, 클라우지우스 가에는 패티의 부모님이 없었다는 건가요? 그럼 패티 세대에 클라우지우스 가의 가주였던 사람은…… 으음…….

"저기, 앞으로도 신경 쓰면서, 상황을 보고하겠습니다."

진지한 얼굴로 등을 곧게 편 야나를 향해 미아는 부드럽게 미소 지었다.

"네. 부탁…… 드…….."

순간 불길한 예감이 등을 타고 올라왔다. 그 '예감'은 싱긋 미소 짓는 라피나의 얼굴을 하고 있었다.

──지, 지금 이건…… 대체……? 저는 뭘 위험하다고 느낀 거죠?

찰나의 생각. 답은 바로 나왔다.

키워드는 '친구'다.

자신의 위기감이 시키는 대로 미아는 말을 조립했다.

"야나, 당신의 그 마음은 아주 기뻐요. 하지만 저는 당신이 타산으로 패티 곁에 있는 건 원하지 않습니다."

"네……?"

"절 위해 패티를 신경 써주는 건 기쁜 일이에요. 하지만 친구라는 걸 뒷전으로…… 패티의 마음을 파악하기 위해 친구라는 걸 이용하는 건 싫습니다. 당신은 진짜 의미로 패티의 좋은 친구로 지내줬으면 하니까요."

베이르가의 성녀 라피나에게 '친구'란 아주 소중한 존재다.

그럼 만약 그 '친구'라는 걸 이용해서 미아가 정보를 수집하고 있다는 사실이 알려지면…… 어떻게 될까……?

──좋아할 리 없죠. 자신의 소중한 가치관이 더럽혀졌다고 생각해도 이상하지 않아요.

그건 위험하다. 자칫 또 라피나에게서 '당신은 누구였죠?'가 돌아올 가능성도 있다.

아니, 경솔하게 친구가 되어버린 이상 라피나를 더 크게 상처 주게 될지도 모른다…….

──그렇지 않아도 무서운 사자를 상처 입은 짐승으로 만드는 건…… 위험하기 그지없는 일이에요!

그건 무섭다. 그 이전에 그 미소를 다시 보게 되는 건 정신적으로도 혹독하다.

모처럼 친구가 되었으니까 이대로 계속 잘 지내고 싶다.

이대로 마음 착한 라피나 님으로 남아주길 절실히 바라는 미아였다.

"물론 친구로서 패티를 신경 쓰는 건 상관없어요. 그게 좋은 친구인 법이니까요. 걱정되는 일이 있다면 사양하지 말고 제게 말하세요. 다만 제게 도움이 되고 싶다는…… 그 마음이 너무 강해지면 패티와 친구인지 아닌지 알 수 없게 되잖아요?"

미아는 야나의 머리를 쓰다듬었다.

"야나, 당신의 마음은 기뻐요. 하지만 딱히 제 도움이 되려는 생각은 하지 않아도 된답니다. 당신이 아무 도움이 되지 않아도 당신이나 키릴을 절대 모르는 체하지 않을 테니까요. 그러니 안심하고 평범한 친구로서 패티를 대해 주세요."

미아의 말을 들은 야나는…… 어쩐지 울 것 같은 얼굴이 되어 작게 중얼거렸다.

"미아 님…… 친구는…… 뭐죠?"

"……네?"

"저는…… 친구가, 있던 적이 없어서, 모르겠어요."

그 말에 미아는 흠칫 놀랐다.

그랬다. 야나는 바이더리언 족……. 해적의 후손이라고 손가락질받아 온 그녀에겐 친구가 없는 것도 당연했다…….

"아아……, 그랬죠……."

미아는 자신의 경솔함에 혀를 차면서 내심 생각했다.

──친구란 무엇인가……. 어려운 질문이네요.

하지만 대화 흐름상 적당한 대답은 할 수 없다. 야나는 진지하게 질문하고 있다. 여기서 흐지부지 넘기는 건 패티에게 악역향이 갈지도 모른다.

미아는 잠시 숙고했다. 자신의 친구인 클로에를 머릿속에 떠올리고는…….

"흠…… 그래요. 제 생각으로 친구란…… 상대방이 소중히 하는 걸 부정하거나 무시하지 않고, 제대로 소중히 여겨주는 관계……일까요?"

미아와 클로에는 독서를 통해 친구가 되었다. 하지만 책 취향은 완전히 일치하는 건 아니다. 그게 뭐가 재미있는 건지 알 수 없는 걸 클로에는 즐겁게 읽은 적도 있었다.

하지만 미아는 결코 그걸 부정하지 않았다. 클로에도 미아가

좋아하는 책을 부정하지 않는다. 오히려 혼자였다면 건드리지 않았을 거라며 적극적으로 읽어 보았고, 그 결과 두 사람의 취향의 폭이 넓어졌다.

"상대방과 대화하고, 상대방에게 무엇이 소중한지 알고……. 그렇게 서로가 좋은 영향을 주면서 서로의 세계가 넓어지는, 그런 관계를 좋은 친구라고 말할 수 있지 않을까요……. 음, 조금 어려운 말을 하고 말았네요."

쑥스럽게 웃는 미아였지만 야나는 진지한 얼굴로 듣고 있었다. 종이가 있다면 메모라도 할 법한 기세였다.

"그렇게 심각한 표정 하지 마세요. 지금까지 없었다고 해도 앞으로 친구를 많이 사귀면 되잖아요. 더 편하게 생각해도 괜찮답니다."

그렇게 미아는 야나의 머리를 쓰다듬었다. 패티의 좋은 친구가 되겠다는 의욕이 강해지도록 최선을 다해 격려했다.

그런데…… 미아는 눈치채지 못한 점이 있었다.

그건 '친구'라는 가치를 소중히 여기고 고민할 정도로는 진지하게 마주 보고 있다는 걸……. 그건 라피나가 소중히 여기는 것을 자신도 소중히 여기는 자세…….

딱히 의식하지도 않은 채 라피나와도 좋은 친구 관계를 키워나가고 있다는 사실을 전혀 눈치채지 못한 미아였다.

번외편
학생회 식량 지원 충의단
~뱀의 번영을 구가한 소녀~

FOOD·NEED·YEOMAN-A GIRL
WHO GLORIFIED THE PROSPERITY OF SNAKE

티어문 제국에서 황제 일족 및 중앙 문벌귀족을 태워버린 혁명의 불꽃.

그 불꽃에서 가까스로 도망치기만 한 게 아니라 오히려 번영을 손에 넣은 일족이 있었다.

별을 지닌 공작가에서 유일하게 살아남은 옐로문 공작가와 나란히 불리게 된 그 가문의 이름은 라거펠트 자작가.

이것은 뱀의 은혜를 받은 자작 영애, 헨리카 라거펠트의 화려한 번영과 성공 이야기.

헨리카 앞에 그 뱀이 나타난 건 그녀가 아직 세인트 노엘에 입학하기 전이었다.

당시 라거펠트 자작가는 중앙 귀족이란 건 이름뿐인 가난한 귀족이었다.

낭비벽이 있는 가주 때문에 재정은 파탄 직전이었으며 그걸 해결하기 위해 농경지를 없애서 '획기적이고 혁신적인 미지의 산업'에서 활로를 찾으려고 하는, 참으로 전형적인 제국 중앙 귀족이었다.

그런 상황이긴 했지만 오랜 역사를 지닌 가문에 헨리카는 자부심을 지니고 있었다.

그렇기에 자신이 세인트 노엘에 다니지 못하게 될지도 모른다는 사실을 용서할 수 없었다.

"전통과 격식을 갖춘 라거펠트 가의 딸인 제가 세인트 노엘 학원에 가지 못한다니 말도 안 돼요!"

그렇게 한탄하긴 했지만 그런다고 상황이 바뀔 리는 없었다. 그저 우울한 나날을 보낼 뿐이었다.

변화는 갑자기 찾아왔다.

어느 날 한 마리의 뱀이 그녀 앞에 나타났다.

"오오, 안타까워라. 격식 있는 라거펠트 가의 영애가 세인트 노엘에 가지 못하다니!"

친근하게 웃는 그 남자의 이름은 젬이라고 했다.

아버지의 손님으로 온 남자는 라거펠트 가 사람들의 자존심을 충족해주는 달콤한 말을 늘어놓은 뒤 이렇게 말했다.

"부디 저희가 영광스러운 라거펠트 가를 지원하도록 허락해주시겠습니까?"

"아니, 하지만 지원을 받지 않아도 우리 가문은……."

"물론 그러실 테죠. 하지만 부디 지원하게 해주십시오. 애초에 라거펠트 가가 궁지에 빠진 것 자체가 이상한 겁니다. 올바른 행동을 하는 가문이 이렇게 곤궁해진 걸 보는 것은 견디기 힘든 일. 제발 부탁드립니다."

그 말은 참으로 듣기 좋아서 헨리카의 마음속 깊이 감미롭게 파고들엇다.

그건 아버지도 마찬가지였고……. 이렇게 젬의 지원을 받아 라거펠트 가의 재정은 부활했다. 그게 달콤한 뱀의 독이라는 건 아무도 눈치채지 못했다.

무사히 세인트 노엘에 다닐 수 있게 된 헨리카였으나, 젬에게서 기묘한 부탁을 받았다.

그건 미아 황녀의 추종자 무리에 들어가서 그녀의 행동을 성녀 라피나나 선크랜드의 시온 왕자에게 전달하는 것.

미아가 얼마나 황녀답게 중앙 귀족을 비호하고 권위를 보이며 하급 귀족을 훈계하는지 상세하게 관찰하고 소문을 흘리는 것이었다.

"어머나! 겨우 그런 일이면 되는 건가요?"

놀라는 헨리카에게 젬은 흐뭇하게 웃었다.

"중요한 일입니다. 미아 황녀 전하께서 얼마나 당당하고 훌륭한 분이신지 다른 분들에게 알려드리는 것이니까요. 그러면 제국의 위광도 더 환히 빛나겠죠. 그럴 수 있는 건 헨리카 아가씨뿐입니다."

"하지만 미아 황녀 전하는 철부지라는 이야기도 들었는데요. 그게 퍼지면 곤란해지지 않을까요?"

일말의 불안감에 그렇게 묻자……

"만약 성녀님께서 혼내실 법한 일을 하셨다면, 오히려 그걸 고치셔야 할 테죠. 라피나 님이나 시온 전하에게 지적받는 게 미아 황녀 전하를 위한 일이기도 합니다."

젬의 말은 또다시 헨리카의 마음에 감미롭게 파고들었다.

"그렇군요. 듣고 보니 타당한 말이에요. 게다가 우리 라거펠트 가를 원조해주는 당신의 말이기도 하고요."

그렇게 헨리카는 젬의 지시를 따라 미아의 행동을 은근슬쩍 라피나나 시온에게 흘렸다.

그럴 때마다 젬의 '선의의 지원'은 라거펠트 가를 윤택하게 해 주었다.

올바른 일을 하면 그만큼 가문이 풍족해지고 부모님에게 칭찬받는다.

헨리카는 득의양양하게 미아 황녀 전하의 위용을 칭송하고, 그녀가 얼마나 엄격하게 제국 귀족의 전통을 존중하며 하급 귀족을 훈계하는지 퍼트리고 다녔다.

젬의 지시를 따라 그가 보낸 정보를 소문이라는 형태로 흘리고 다녔다.

그렇게 1년이 지나고, 2년이 지나고…….

그제야 헨리카는 자신이 한 일의 의미를 알았다.

험악한 관계를 보이는 미아와 시온, 라피나. 그 관계는 어느새 수복할 수 없는 수준으로 치달아 있었다.

이어서 닥친 무시무시한 대기근의 시대.

루돌폰 변경백령에서 발발한 제국 혁명의 시대.

라거펠트 자작가는 격동의 시대를 훌륭히 뛰어넘었다. 아니, 그것만이 아니었다.

티어문 제국과 선크랜드 왕국, 베이르가 공국을 분단하는 데 한몫한 헨리카와 라거펠트 자작가는 뱀의 은혜를 입어 세력을 확장했다. 다른 중앙 귀족이 혁명의 불꽃에 타버리는 와중에도 그들의 번영은 쇠퇴하지 않았다.

그 뒤에서 헨리카는 끊임없이 유언비어를 퍼트렸다.

젬의 말을 따라, 그저 시키는 말을 시키는 사람에게 옮긴다.

그 말은 독한 술. 입에는 달콤하고 시원하지만 듣는 이를 만취로 이끌어간다.

그렇게 취기에서 깨어나는 건 파멸하는 순간. 모든 게 늦어버린 뒤.

라거펠트 가문은 그 틈을 타고 더욱 재산과 권세를 불려 나갔다.

성공에 성공이 맞물린, 영광의 고리와도 같은 인생. 그 인생도 끝이 보이기 시작한 무렵……

헨리카는 자신의 방 창문 너머로 광활한 정원을 내려다보고 있었다.

정원에는 헨리카의 생일을 축하하기 위한 연회를 준비하는 중이었다.

정원 한구석에선 손주들이 경애하는 할머니를 축하하기 위한 공연을 연습하는 게 보였다.

그녀의 세 아이도 한곳에 모여 축하해줄 예정이었다.

그 순간 헨리카는 문득 생각했다.

'이게 내 행복이었던 걸까'라고.

눈 앞에 펼쳐진 영광이 가득한 광경, 행복으로 넘치는 풍경. 그걸 바라보며…….

"아아……. 무척 멋진 인생이에요. 극한으로 번영한 우리 라거펠트 가문은 제 자랑."

입을 열어 그렇게 말해보았다.

영지민에게서 착취하고 혁명 정부를 기만하고 같은 귀족을 깎아내렸다.

그렇게 손에 넣은 번영. 흔들림 없는 권세.

그것은 확실히 자랑스러운 것인데…… 그럴 터인데.

가슴속에 생겨난 작은 감정. 그건 이유를 알 수 없는 초조함.

서서히 퍼져나가는 초조함에 등을 떠밀리듯 그녀는 보석함을 꺼냈다.

커다란 보석이 하나, 둘, 셋, 넷.

전부 서민은커녕 많은 왕족조차 손에 넣지 못할 만큼 지극히 귀중하고 값비싼 보석이었다.

정교하게 세공된 반지, 목걸이, 귀걸이. 아름다운 드레스에 착용감이 좋은 고급 구두까지 그녀는 무엇이든 갖고 있었다.

저택을 치장하는 아름다운 그림, 머나먼 나라의 방식으로 세공한 양탄자, 좋은 나무를 사용한 가구, 눈부시게 빛나는 샹들리에의 호화찬란한 빛은 라거펠트 가문의 영광을 한층 더 빛내주는 것이었다.

그 하나하나를 마치 전리품처럼 세면서 헨리카는 계속 나아갔다.

"아아, 행복해라. 행복해요. 저는 틀리지 않았어요. 저는 한 번도 틀리지 않았어요."

노령이 된 헨리카는 그렇게 승자의 미소를 지었다.

"커다란 저택, 라거펠트를 치장하는 미술품, 보석들, 재능이 넘치는 남편. 아이들도 손주들도 건강하고, 우리 라거펠트 가문은 안녕해요."

노래하듯, 혹은 하늘을 향해 선언하듯 그녀는 말했다.

"이렇게 행복해도 되는 건지 무서울 정도예요. 아아, 행복해라. 정말 진심으로 행복해요."

듣는 이 없이, 그저 스스로에게 말한다. 설득한다.

……그것은 기도였다.

자신은 행복하다, 행복하길 바란다…… 그런 절실한 기도였다.

"제가 틀리지 않았으니 이런 행복을 얻을 수 있었어요. 그런 거예요. 그렇고 말고요. 실제로 저는 실패하지 않았잖아요."

자신이 틀리지 않았음을 누군가에게 보장받고 싶었다.

아무리 값비싼 보석을 세어도 확신할 수 없었다.

영광스러운 라거펠트 가문을 지탱하는 아이들이나 손주들의 얼굴을 봐도 확신할 수 없었다.

아니…… 반대로 귀여운 손주들을 볼 때마다 머릿속에 그녀가 해 온 일들이 떠올랐다.

뱀이 시키는 대로 다른 사람을 기만하고 헐뜯었다.

어쩔 수 없는 일이었다.

시키는 대로 하지 않았다면 추락하는 건 자신의 일족이었다.

시키는 대로 하면 약속된 번영을 손에 넣을 수 있다.

그렇다면 선택지는 하나밖에 없다.

헨리카는 틀리지 않았다. 틀리지 않았을 터이다. 그런데…….

"아아, 정말로 행복해요. 틀리지 않은 인생, 정말 좋아요."

자꾸 말하면 그게 사실이 되기라도 하는 양. 확신을 얻을 수 있다는 듯이.

그녀는 계속 반복했다. 계속, 계속, 계속, 계속.

"행복한 인생이었어요. 저에게는 아무런 후회도 없어요. 정말로 진심으로 자랑스러운 인생이에요."

이윽고 그 인생이 끝날 때, 헨리카는 그렇게 중얼거리며 숨을 거뒀다.

이리하여 제국의 마지막 자작가, 영광스러운 라거펠트 가문의 가주 헨리카 라거펠트의 눈부시고 화려한 인생은 막을 내렸다.

그 상인왕 샬로크 콘로그와도 비견할 수 있었다고 할 정도인 부와 번영으로 치장된 인생이 과연 그 말대로 행복했었는지 아닌지는 본인 말고는…… 아니, 본인조차도 알 수 없었다.

그리고 시간은 거꾸로 흐른다.

미아는 그해 학생회장 임기 3년 차를 맞았다.

역대 학생회장 중에서도 상당한 장기 집권이라 할 수 있었다. 하물며 동시대에 공국의 성녀 라피나가 있다는 걸 고려하면 참으로 기적적인 상황이라고 해도 과언이 아니었다.

그런 3년 차인데, 미아는 학생회 인사에 조금 공을 들이고 있었다. 그 이유는.

"라냐 양을 꼭 끌어들이고 싶어요."

이래서였다. 정확하게는 미아의 뇌내 달력에서 슬슬 대기근 시기가 다가오고 있었기 때문이다.

올해 여름, 그리고 내년, 그다음 해……. 수확량은 더욱 내려갈 것이다. 대비는 해놓았으나 역시 더 치밀하게 대책을 세워두고 싶다.

"페르쟝의 왕녀인 라냐 양과도 긴밀하게 연계할 수 있게 해놓고 싶어요."

이렇게 라냐를 학생회로 끌어들인 미아는 인재 측면에서 만전의 준비를 갖추었다.

학생회 내에서도 특히 식량 사정과 연관이 있는 건 농작지에 대해 잘 아는 라냐와 티오나, 그리고 유통경로에 해박한 상인의 딸 클로에였다.

미아넷에서도 중요한 역할을 맡는 이 세 사람은 저마다 미아가 자신에게 무엇을 기대하는지 똑똑히 자각하고 있었다. 따라서 적극적으로 지혜를 교환하고 대화의 자리를 마련했다.

어느새 세 사람은 학생회 식량 지원 충의단(Food Need Yeoman)이라 불리게 되었으며 식량 관련 과제는 세 사람을 중심으로 진행하게 되었다.

그날도 식량 지원 충의단, 통칭 FNY단 세 사람은 다가오는 식량 위기를 두고 의견을 교환하고 있었다.

"미아 님께서 제창하셨던 '빵 케이크 선언'은 역시 훌륭해요. 식량 지원을 진행하면서 빼놓을 수 없는 이념이 되었죠."

가슴에 살며시 손을 올린 티오나가 말을 이었다.

"그 이념을 실천하기 위해 저는 최선을 다하려고 합니다."

미아가 걷어찬 역사에서 루돌폰 변경백은 민중에게 식량을 무상으로 나눠준 인격자였다. 그 딸인 티오나의 사고방식 또한 순수한 선의로 편중되는 경향이 있었다.

한편 그 말을 듣고 있던 클로에는 안경을 고쳐 쓰며 조용히 입을 열었다.

"맞아요. 그 이념은 무척 훌륭한 이상이죠. 하지만 선의만으로는 어려운 국면이 있을 거예요."

상인의 딸 클로에에게 선의에 기반한 구두 약속이란 믿기 어려운 것이었다.

사람의 마음은 쉽게 변한다. 그 말 또한 쉽게 바뀌버린다. 그래서…….

"식량은 당연히 지원해야죠. 거기에는 조건을 걸면 안 돼요. 하지만 '다음에 다른 나라가 곤경에 처했을 때는 협력한다'는 약속은 서면으로 남겨놓을 필요가 있지 않을까요?"

소중한 것은 문서로 작성해서 언제든 다시 읽을 수 있도록 해두는 게 핵심이다. 계약서를 중시하는 상인의 시점이었다.

여차할 때 말을 했느니 안했느니로 싸우지 않도록 제대로 물증을 남겨놓는 건 아주 중요한 일이다.

그리고 이래저래 약속이 짓밟힌 경험이 있는 티오나와 라냐도 클로에의 말에 깊이 동의했다.

"그렇다면 아예 농경지를 빌리는 약속도 세트로 넣어두는 건 어떨까?"

밝은 목소리로 제안한 사람은 이 자리에서 가장 나이가 많은 라냐 타하리프 페르쟝이었다.

"농경지를 가져간다는 건가요?"

"아니. 협력을 부탁하는 거지. 미아 학원에서 신종 밀을 개발하고 있다는 건 알고 있지? 그 밀을 심을 수 있는 밭을 여기저기에 확보해두고 싶어."

라냐의 제안에 클로에의 안경이 반짝였다.

"아하……. 빌린 밭의 상태를 시찰한다는 명목으로 사람을 보낼 수 있다면 그 땅의 대략적인 수확량 정보도 손에 넣을 수 있고……. 괜찮겠네요."

"라냐 왕녀 전하의 아이디어, 저도 찬성이에요. 아주 좋은 생각이에요."

"어어? 그, 그래? 고마워……."

두 사람의 열렬한 칭찬에 조금 쑥스러워하는 라냐였지만, 티오나는 아주 진지한 얼굴로 말을 이었다.

"저는, 미아 님의 '빵 케이크 선언'은 저희가 자부심을 안고 살기 위한 길을 제시하는 것이라고 생각합니다."

어딘가 엄숙한 말에 클로에와 라냐는 작게 숨을 삼켰다.

"그리고 클로에 양과 라냐 왕녀 전하가 만드신 계약서는 미아 님의 길로 유도할 때 유익하다고 보고요. 곤경에 처한 사람들을 도와준다고 약속하게 하고, 그 방법을 사전에 마련해놓는 것……. 그런 거라고 느꼈어요."

"그렇게 말씀해주셔서 조금 안심했어요. 약점을 잡고 이용하는 셈이라…… 반대하실 줄 알았거든요……."

쓴웃음을 짓는 클로에를 보며 티오나는 고개를 저었다.

"아뇨, 저희는 약한 사람이에요. 그 순간은 은혜를 느끼고 언젠가 갚으려고 생각은 해도 좀처럼 그 마음을 오래 가질 수 없죠. 그리고 안이하게 편한 길로 넘어가 버려요. 좋은 일을 하고 싶다고 생각해도 실천하지 못해요. 자기 영지만, 자기들 귀족만 잘살면 된다는 사고방식으로 빠지죠. 그렇기 때문에 미아 님께서 제시하신 길을 걸어갈 동료를 늘리는 체제가 필요해요……."

그 순간 티오나가 겸연쩍어하며 웃었다.

"죄송합니다. 어쩐지 설교하는 것처럼 말해버렸네요."

그런 티오나를 보고 라냐와 클로에는 서로의 얼굴을 쳐다본 뒤 작게 웃음을 터트렸다.

한편 학생회실에서 FNY단의 세 사람이 뜨겁게 토론하는 그 시각, 미아는 복도를 걷고 있었다.

자국의 기근 대책을 마련하고 학생회 구성에도 만전을 기한 미아였지만, 사실 딱 하나 마음에 걸리는 게 있었다. 그건…….

"문제는 귀족이 허세를 부린다는 거예요. 손쓸 수 없어질 때까지 영지의 곤경에 입을 꾹 다물 수도 있으니까요. 그쪽 정보 수집은 사대공작가에 부탁하고 싶지만……."

졸업한 세 명의 별을 지닌 공작가 자제들에게 기대하고 싶은 미아였지만, 그렇다고 남에게 맡기기만 할 수도 없다.

이 일은 파멸로 직결하는 중대사이다.

"오히려 세인트 노엘이기 때문에 발견하기 쉬울 수도 있어요. 중앙 귀족은 자존심이 강한 만큼 조금만 부추겨도 술술 말해주니까 제 수완에 달렸죠."

그런 관계로 밤이며 낮이며 전과 달라진 학생이 없는지 눈에 힘을 잔뜩 주며 살펴보는 미아였다.

그런 미아의 시야에 문득 한 명의 소녀가 들어왔다. 편지를 들고 안절부절 걸어가는 소녀. 안색이 별로 좋지 않았다.

"어머나? 저 사람은 헨리카 양 아니었나요?"

미아는 작게 고개를 갸우뚱거렸다.

라거펠트 자작 영애 헨리카는 입학 초에 미아를 추종하던 무리 중 한 명이었다. 그러고 보면 최근에는 전혀 보지 못했고, 2학년 때의 학생회 선거에서도 미아 파에 들어오지 않았던 것도 같다.

"안느를 중용하는 게 마음에 안 들어서 멀어진 사람도 있으니까 제게 거리를 두는 것 자체는 문제없지만요……. 저 모습은 마음에 걸리네요."

고개를 크게 끄덕인 뒤 미아는 조용히, 그러면서도 신속하게 움직였다.

본가에서 보낸 편지를 읽은 헨리카는 깊은 한숨을 쉬었다.

거기에 적혀 있는 건 재정적 궁핍 상태와 왜 젬의 지시를 따르지 않았냐는, 몇 번째인지 모를 질책이었다.

"아버지는 당신께서 무슨 짓을 하라고 말씀하시는 건지 모르시는 거군요."

처음 세인트 노엘 학원에 왔을 때 헨리카는 젬이 시키는 대로 행동하려고 했다. 젬 덕분에 입학할 수 있었고 그렇게 하는 게 옳다고 생각했기 때문이다.

하지만 철부지 황녀라는 평판과 달리 미아는 나쁜 짓은 하나도 하지 않았다.

변경 귀족에게도 평민에게도 차별 없이 대하는 그 자세는 오히려 중앙 귀족 헨리카의 눈에는 위화감마저 느껴지는 모습이었다…….

──이걸 소문으로 퍼트려도 제국의 황녀의 위광을 전파하지는 못할 것 같은데?

그렇게 고개를 갸웃거리게 되는 나날이 이어졌다.

그런 상황에 젬에게서 온 새 지시서를 받은 헨리카의 등줄기가 싸늘해졌다.

"미아의 죄를 날조해서 악평을 퍼트려라."

평소처럼 헨리카의 마음을 충족시켜주는 달콤한 수식이 붙어 있었지만…… 거기에 적혀 있는 내용은 무시무시한 지시였다.

헨리카는 그 지시를 따르지 않았다. 미아의 행동을 그대로 퍼트리는 거라면 모를까, 하지도 않은 일을 소문으로 흘리는 건 완전히 악의 어린 허위이기 때문이다.

"딱히 거절해도 괜찮지만…… 가문이 힘들어지지 않으면 좋겠군요."

마지막으로 만났을 때, 젬은 협박하듯 노려보았다. 그 얼굴을 보고 헨리카는 눈을 뜬 기분이 들었다.

더불어 라피나나 시온의 인품을 알게 되면서 그녀는 자신이 무슨 짓을 하려고 했었는지 알게 되었다.

"저는 미아 황녀 전하와 두 분의 사이를 갈라놓으려고 했던 거예요……."

그 사실을 깨달은 뒤로 헨리카는 미아와 거리를 두었다. 자신이 하려고 했던 일이 들킬지도 모른다. 그것이 두려웠다.

──만약 알려지면 분명 용서하지 않으실테죠…….

얼마 지나지 않아 젬에게서 지시가 오지 않게 되었다. 그리고 라거펠트 가문은 다시 몰락했다. 최근에는 식량 부족이 심각해져서 더욱 궁핍해진 상태였다.

하지만 헨리카는 어떻게 할 수도 없었다.

이쪽에서 젬에게 연락하는 건 어렵고, 설령 연락이 닿았다고 해도 이제와서 그의 지시를 따를 마음도 없다.

만약 라거펠트 가문이 번영을 얻는다고 해도 그건 해선 안 되는 짓이라고…… 그녀의 마음속 어딘가에서 경고하고 있었다.

"하아……. 막막하네요."

헨리카가 한숨을 내쉰 바로 그때였다.

"헨리카 양, 잠시 괜찮으신가요?"

그 목소리에 그녀는 펄쩍 뛰어올랐다. 부리나케 돌아보자 그곳에 서 있는 사람은.

"미, 미미, 미아 황녀 전하……."

미아는 작게 머리를 기울이며 이쪽을 보고 있었다.

"오랜만이에요, 헨리카 양. 무슨 일 있으셨나요? 안색이 조금 좋지 않아 보이는데……."

"대단한 일은 없었습니다. 그저 몸이 조금 무거웠던 것뿐인지라……."

"어머, 그랬군요? 하지만 무리하면 안 됩니다. 당신은 명예로운 제국 자작가. 게다가 황실을 오랫동안 모셔 왔던 중앙 귀족의 영애잖아요? 제가 도와드릴 수 있는 일이 있다면 솔직하게 말씀해주세요. 예를 들어, 그래요. 라거펠트 영지의 농작물 수확이 안 좋다거나 식량 부족으로 기근이 일어날 것 같다거나……."

"아니……. 어, 어째서, 그 사실을……?!"

경악해서 눈을 부릅뜨는 헨리카를 향해 미아는 부드럽게 미소 지었다.

"당연히 알죠. 당신은 제 소중한 신민이니까요……."

"으…… 으흑, 미아, 황녀 전하……."

생각지도 못한 다정한 말에 헨리카는 순식간에 함락됐다.

울먹울먹 눈시울을 적시며 조금씩 설명하기 시작했다.

젬이라는 남자에 대해. 그가 자신에게 시켰던 일을…….

전부 다 들은 뒤 미아는 조용히 입을 열었다.

"……그렇군요. 그런 거였어요."

헨리카는 무심코 몸을 움츠렸다. 배신자라고 비난이 날아오는 게 두려웠기 때문이었다. 하지만 미아의 어조는 어디까지나 평온했다.

"잘 말씀해주셨습니다. 라거펠트 가문과 그 영지민이 괴로워하고 있다는 사실을 간과할 수는 없죠. 바로 지원해야겠네요."

그 말에 헨리카는 경악했다.

"미아 님께서, 저를, 용서해주시는 건가요……?"

그 질문에 미아는…… 그저 말없이 무언가 생각에 잠긴 듯했다.

하지만…… 사실 미아의 가슴은…… 분노로 활활 불타고 있었다!

──큭, 끄으응. 그랬군요. 그런 거였단 말이죠? 제 나쁜 소문을 시온과 라피나 님에게……. 큭! 용서하고 싶지 않은 마음은 굴뚝같지만, 한 번 기근이 일어나면 라거펠트 영지만으로 끝나지 않을 테니까요…….

지리상 루돌폰 변경백령과 가깝고 베르만 자작령과 붙어있다. 프린세스 타운도 미아 학원에도 누를 끼칠지 모른다.

──게다가 어쨌든 헨리카 양과는 아는 사이니까요. 못 본 척하는 건 조금 내키지 않아요. 솔직하게 고백해줬으니까 과도한 벌을 주는 것도…… 그렇다면!

미아는 엄숙한 표정으로 선언했다.

"아뇨, 용서하지 않을 겁니다. 당신에게는 벌을 드리겠어요."

"벌……?"

침을 꿀꺽 삼키는 헨리카에게 미아는 판결을 건넸다.

"당신은 티오나 루돌폰, 클로에 포크로드, 라냐 타하리프 페르장, 이 세 사람에게 식량 지원에 대한 지시를 들으세요."

중앙 귀족 자제에게 변경 귀족인 티오나의 지시를 따르라는 건

굴욕적일 터. 마찬가지로 라냐는 자신들이 얕잡아보는 농업국의 왕녀이며 클로에는 작위를 돈으로 샀다고 멸시당하는 상인의 딸이다.

셋 다 헨리카가 머리를 숙이고 싶지 않은 사람들일 것이다. 따라서.

"당신의 가문, 라거펠트 자작가의 자존심을 지키고 싶다면 그렇게 하세요. 이게 제가 드리는 벌입니다."

그 말을 듣고 헨리카는 입술을 깨물었지만 그래도 깊이 머리를 숙였다.

이리하여 헨리카는 FNY단이 만든 계약서에 서명하게 되었다.

식량을 지원받는 대신 농경지를 제공할 것, 그곳에서 신종 밀을 재배할 것, 그리고 어딘가 식량이 부족한 지역이 나왔을 때는 주저 없이 식량을 공출할 것을 맹세했다.

시간은 흐르고 또 흐른다.

그날, 옛 학우 헨리카가 황제 미아를 방문했다.

"강녕하셨습니까. 미아 폐하."

"오랜만이군요, 헨리카 양. 여전하신가요?"

노년에 접어든 두 사람이긴 했으나 미소를 나누는 그 모습에선 옛 학우 간의 친근함이 묻어나왔다.

불현듯 찾아온 침묵. 그 후 헨리카는 입을 열었다.

"미아 폐하, 기억하고 계십니까? 제게 내리신 벌을……."

"아아…… 그런 적도 있었죠."

추억을 회상하듯 눈을 가늘게 뜨는 미아에게 헨리카는 부루퉁한 표정을 지었다.

"그때 저는 굴욕에 젖어 폐하를 원망했습니다. 또 그 계약서를 봤을 때 말도 안 되는 내용에 현기증이 날 것 같았죠. 하지만 바로 마음을 고쳐먹었습니다. 미아 폐하께 도움을 요청한 것도, 내려주신 벌을 순순히 받아들인 것도 결코 잘못된 선택이 아니었다고요."

제국의 예지 미아가 제시한 길은 헨리카에게는 아주 좁고 불편한 길이었다.

실제로 더 교활하게 처신했다면 라거펠트 가문은 지금보다 더 성장했을지도 모른다. 지원 같은 건 무시하면 더 큰 부를 축적할 수 있었을지도 모른다. 그 유혹은 무척 컸고, 따라서 자신을 옭아매는 그 계약서는 아주 귀중했다.

"감사합니다. 폐하. 저는 제가 걸어온 길을 자랑스럽게 여깁니다. 설령 그게 자발적으로 선택한 것이 아니라 폐하가 강제로 집어넣은 길이었다고 해도……. 저는 멋진 인생을 걸어올 수 있었습니다. 아이들이나 손주들에게 자랑할 수 있는 훌륭한 인생이었습니다."

조용히 이야기하는 헨리카에게 미아는 장난기 어린 미소를 지었다.

"후후후, 그렇게 생각해주셨다니 다행이지만, 아직 인생을 평가하기에는 이르지 않나요? 저희의 멋진 걸음은 앞으로도 계속

이어지는걸요."

　그렇게 두 노인은 화기애애한 다과회를 즐겼다.

　헨리카 라거펠트의 인생은 계속된다.

　평범한 제국 자작가의 가주로서, 또 미아 황제의 친구로서.

　그녀가 그 인생의 마지막에 어떤 말을 남기는지…….

　그것이 자신은 틀리지 않았다는 승리의 선언인지, 아니면 그저 사랑하는 사람들에게 남기는 평범하고 사랑으로 가득한 말이었는지…….

　지금은 아직 아무도 모른다.

티어문 제국 이야기
이야기

미아의 승마 연습 일기
(후의 점심)

Mia's
Diary
of Horse-riding Practice
(After Lunch)

Tearmoon
Empire Story

무슨 인과인지 승마 대회에 출전하게 되었습니다.

뭐, 기왕 나가게 되었으니 이것도 일기를 써서 기록으로 남기기로 할까요.

승마 연습과 덤으로 점심 기록을 일기로 남기겠습니다.

7월 20일

오늘은 동풍과 장애물 넘기를 연구. 장애물과 너무 가까우면 발이 걸리므로 주의가 필요. 딱 좋은 거리를 검토.

딱 좋다고 해서 말인데, 오늘 점심으로 먹은 샌드위치의 맛이 제법 좋았음.

운동 후에 살짝 짭짤한 베이컨과 신선한 잎채소의 아삭아삭한 식감이 훌륭함.

주방장의 실력은 여전히 퍼펙트! ☆☆☆☆☆

7월 21일

살짝 근육통이 있지만 시간이 없으니 오늘도 훈련.

장애물로 향하는 각도 조절이 어려움. 직선으로 들어가면 잘

뛸 수 있지만, 각도가 조금만 날카로워지면 아무리 동풍이라고 해도 발을 멈출 때가 많음.

실컷 연습한 뒤에 먹는 오늘의 점심은 타코스. 페르쟝이 그립다.

매콤한 소스와 육즙이 가득한 고기의 베스트 매칭. 완벽함. 추억이 더 맛있게 만들어줘서 아주 흡족했음. ☆☆☆☆☆

7월 22일

오늘의 점심은 파이에 훈제 연어를 넣은 키피쉬라는 요리. 파이라면 달다는 선입견이 있었는데 아주 맛있었음.

연어의 기름진 진한 맛이 파이와 잘 어울렸음. ☆☆☆☆

동풍과도 점점 호흡이 맞아가는 느낌. 어쩐지 점프까지 가는 동작도 원활해진 것 같음.

7월 23일

오늘은 패티와 야나, 키릴도 함께 점심을 먹었음. 샌드위치의 소를 다양하게 준비해서 직접 고를 수 있다는 재미도 즐길 수 있었음. 역시 안느!

참고로 빵은 말 얼굴 모양이었음. 역시 안느…… 라고 생각했는데, 아무래도 귀의 모양이 영 만족스럽지 않은 모양.

소를 너무 많이 넣는 바람에 먹을 때 살짝 흘리고 말았음. 실패.

하지만 웃음이 끊이지 않는 점심시간이었으니 합격.
☆☆☆☆☆ 이상.

연습도 잘 됐음.

7월 24일

오늘의 점심은 피자 루나티아나.

찐득하게 녹은 치즈가 듬뿍. 토마토 소스 듬뿍. 제도 명물 피자는 노릇노릇 바삭바삭해서 아주 맛있음!

갓 구운 피자를 밖에서 먹는다는 건 최고의 사치가 아닐까.

주방장의 정성이 기쁜 메뉴였음. ☆☆☆☆☆

이상하네요. 승마 기록에 덤으로 점심 메뉴를 기록하고 있었는데, 중간부터 점심 기록에 덤으로 승마가 딸린 느낌이 되었어요. 이래서는 마치 제가 먹을 것밖에 안중에 없는 사람처럼 보이잖아요. 정말이지, 이 수수께끼의 현상은 대체 뭘까요……?

다음에 벨에게 물어보는 게 좋으려나요. 미래를 흔들어놓는 알 수 없는 현상의 징조거나 하면 큰일이잖아요.

아무튼, 대회 전까지 호스 댄스를 제 것으로 만들어놔야죠. 못난 모습은 보여드릴 수 없고 루비 공녀를 위해서도 열심히 해야겠어요.

그나저나 패티가 즐거워해서 다행이에요. 이대로 건강한 환경에서 몸과 마음을 키워나가면……. 적어도 이 시대에 있을 때는 실컷 놀게 하는 게 좋겠어요.

후기 ~후회하거나 회개하는 이야기~

안녕하세요. 오랜만입니다. 모치츠키입니다. 13권, 재밌게 읽으셨나요?

이번 13권과 맞춰서 드라마 CD 제2탄도 발매됩니다. 그 캐릭터에 목소리가 생겨서 오오오! 하고 흥분했습니다. 그쪽도 부디 재밌게 들어주세요.

전에 이런 이야기를 들은 적이 있습니다. '후회'와 '회개'는 다르다고요. 후회는 과거를 돌아보면서 뉘우치는 것. 반면 회개는 잘못된 길에서 방향을 바꾸는 것.

후회는 과거에 묶여서 발이 멈춰버리지만, 회개는 방향을 바꿔서 계속 걸어가는 것.

이번 바르바라의 이야기는 그런 생각을 하면서 적었습니다.

그리고 의식하진 않았지만, 미아라는 인물은 전생을 후회해도 거기에서 멈추지 않고 제대로 다른 길로 걸어가고 있구나…… 하고 생각했더니, 역시 제국의 예지…… 라는 말이 튀어나올 것 같습니다. 큰일입니다.

무시무시한 제국의 콩깍지라고 해야 할까요.

미아 : 어머……? 이건 저를 칭찬하고 있는 건가요?
벨 : 당연하잖아요. 미아 할, 언니. 진취적이라는 칭찬이에요.

그런 것보다 놀랍게도! 저에게도 목소리가 생겼어요!

미아 : 아아, 그 드라마 CD 말이로군요. 여기저기 인터뷰에서 들었지만⋯⋯. 대단한 대사도 없으니까 괜찮겠죠. 방심하면 바로 황녀전이 엉뚱한 방향으로 새 버리지만⋯⋯ 또 제가 하늘을 날거나 하는 내용이 적히진 않을지 걱정이네요.

벨 : 맞아요. 저도 잘 확인해야겠어요. 애초에 날 수 있는 건 월광 댄스가 딱 맞아 떨어졌을 때뿐이니까 그 부분은 정확하게 적어달라고 해야죠.

미아 : ⋯⋯안느와 에리스에게 단단히 일러두지 않으면 안 되겠군요.

여기서부터는 감사 인사입니다.

Gilse님, 감사합니다. 이번에도 말이 아름다워요. 표지를 액자에 넣고 걸어놓고 싶습니다!

담당자 F님, 여러모로 신세 졌습니다. 앞으로도 잘 부탁드립니다.

가족, 친척 여러분에게. 항상 응원해주시고 주변에 홍보해주셔서 감사합니다. (웃음)

그리고 이 책을 읽어주신 독자 여러분, 감사드립니다. 앞으로도 미아의 노력을 응원해주세요.

자매의 대화

내가 취재한 미아 님의 위업이 너무 대단했구나.

응.

으음.......

황녀전 제목으로 이거다 싶은 게 없어.......

파아앗

으음, 좀 더.......

'흩날리는 광채! 희대의 대성녀 미아 황녀전 ~모든 기적을 만드는 소녀~' 같은 건?

번쩍

'당신은 보았는가 느꼈는가! 그리고 마음속 깊이 새겼는가! 유일무이한 성녀 미아 루나 티어문의 이름을!'

같은.......!

왜, 왠지 오한이.......

고마워 언니

역시 에린느야

푸엣 취

드라마 CD 제2탄 발매 중!

티어문 제국이야기 13권 구매해 주셔서 감사합니다!

티어문 제국
이야기

Tearmoon Teikoku Monogatari 13~Dantoudai kara hazimaru hime no gyakuten story~
by Nozomu Mochitsuki

Copyright © 2023 by Nozomu Mochitsuki
Original Japanese edition published by TO Books, Inc.
Korean translation rights arranged with TO Books, Inc.
Korean translation rights © 2024 by Somy Media, Inc.

티어문 제국 이야기 13 ~단두대에서 시작하는 황녀님의 전생 역전 스토리~

2024년 4월 15일 1판 1쇄 발행

저　　　자	모치츠키 노조무
일 러 스 트	Gilse
옮 긴 이	현노을
발 행 인	유재옥
이　　　사	조병권
출판본부장	박광운
담 당 편 집	정영길
편 집　1 팀	박광운 최서영
편 집　2 팀	정영길 조찬희 박치우 정지원
편 집　3 팀	오준영 이소의 권진영
디자인랩팀	김보라 박민솔
디지털사업팀	박상섭 김지연 윤희진
라이츠사업팀	김정미 맹미영 이윤서
영업마케팅팀	최원석 박수진 이다은
물 류 팀	허석용 백철기
경영지원팀	최정연
인쇄제작처	㈜코리아피엔피
발 행 처	㈜소미미디어
등　　　록	제2015-000008호
주　　　소	서울시 마포구 토정로222, 403호 (신수동, 한국출판콘텐츠센터)
판매 및 마케팅	(070) 8822-2301

ISBN 979-11-384-2595-7 04830
ISBN 979-11-6507-670-2 (세트)